译文经典

恶之花 巴黎的忧郁
Les Fleurs du Mal
Le Spleen de Paris

C. P. Baudelaire

〔法〕波德莱尔 著

钱春绮 译

上海译文出版社

译本序

中国有李白和杜甫，德国有歌德和席勒，法国有雨果和波德莱尔。

一九〇五年，《隐居所》杂志的记者曾向纪德提出这样一个问题："据你看，谁是法国最大的诗人？"纪德说："就算是维克多·雨果吧！"

不错，雨果写了大量的诗歌，达二十余卷之多，气势磅礴，才华横溢，绚丽多彩，可是，就其对法国国内及世界的影响而论，那就不能跟波德莱尔相比了，因此，美国的伯恩斯坦在他编选的《波德莱尔、兰波、魏尔兰诗选》（一九四七）的序言中声称，不是把雨果，而是要把波德莱尔提名作为法国第一位诗人的候选人。

在世界各国出版的世界文学名著丛书之类的作品中，你会发现，可以没有雨果的诗集，可以没有歌德的诗集，但是，绝不会漏掉波德莱尔。像布宜诺斯艾利斯的洛萨达出版社出的一套小丛书"现代文库"也收入了波德莱尔的《恶之花》的西班牙文译本。

波德莱尔给现代诗歌开创了一个新时代，他成了法国象征派诗歌的先驱，被尊为现代派诗歌的鼻祖。从二十世纪初以来，他的声誉日隆，他的诗被译成世界各国的语言，而且不断地被重新翻译，不但在法国本国，就是在其他各国，研究波德莱尔的专家也不断涌现，每年发表的研究论文很多，而且获得越来越多读者。有人说,波德莱尔的诗集乃是有志于诗歌者的必读之书,这句话并不过分。还有人说,现在用世界上任何语言写的抒情诗,无论是间接的或是直接的,没有受到波德莱尔影响的诗,是很少的,这个说法也不是没有根据。

法国象征主义最后一个大诗人瓦莱里在他那篇著名的论文《波德莱尔的位置》中这样写道:"到了波德莱尔,法国诗歌终于走出了法国国境。它被全世界的人诵读,使人承认它就是现代性的诗歌本身,产生了模仿,使许多精神丰饶多产。像斯温伯恩、邓南遮、格奥尔格那样的作家,辉煌地显示了波德莱尔在国外的影响。"

法国象征派大诗人兰波在《洞察者的信》中叙述法国诗的历史时,对波德莱尔说过这样的赞词:"波德莱尔是最初的洞察者,诗人之王,真正的神。"

波德莱尔给后世留下的不朽的诗集《恶之花》,出版于一八五七年,当时诗人三十六岁。但实际上他很早就写诗了。他在童年时代,受到爱好美术的父亲的熏陶,给他播下了爱好艺术的种子。一八三七年(十六岁)参加全国中学会考,他就以其拉丁文诗获得二等奖。这时,他深受圣勃夫的诗集《约瑟夫·德洛尔姆的生涯、诗和思想》和他的小说《快乐》的影响。十七岁时,跟他的继父去比利牛斯山旅行,写了一首《乖离》。据诗人之友普拉隆说,波德莱尔到一八四三年,二十二岁时,已写成《恶之花》中的十几首诗,常常朗诵给朋友们听。一八四五年(二十四岁),十四行诗《献给一位白裔夫人》在五月二十五日的《艺术家》杂志上刊出,使用笔名"波德莱尔·迪费(Baudelaire Dufaÿs)"。

"迪费"为诗人母亲的旧姓。这是他最初发表的诗作。同年十月，刊登广告，拟出一部诗集《累斯博斯的女性》，但未实现。一八四八年十一月又在《酒商回声报》上预告于次年二月由米歇尔·莱维书店出版诗集《冥府》。据诗人之友阿塞利诺说，他曾在一八五〇年看到由书法家帕里眷清的原稿，但该稿后来下落不明，因此，到底完成了多少，无从查考。

一八五一年（三十岁），在《议会通讯》杂志上发表了十一首诗（《艺术家们的死亡》《猫》《猫头鹰》等），以《冥府》为总题。一八五五年（三十四岁），又在《两世界评论》上发表了十八首（《致读者》《通功》等），以《恶之花》为总题。《恶之花》诗集名就是由此开始的，而这个题名，据说，是诗人之友伊波利特·巴布的建议。

在《两世界评论》上发表的诗给诗人带来了声誉，但也带来了不利。由于选题和处理的大胆，引起了读者的反感，使编辑先生们不敢替他出诗集。最后，诗人只得乞援于友人，阿朗松的出版家普莱·玛拉西斯，这位书商曾受到一八四八年革命的牵连，被判流放，后来回到故乡从事地方报纸的印刷事务，他爱好诗歌，已给邦维尔出过诗集，现在波德莱尔要他帮忙，他便慨然应允。

一八五七年六月二十五日，《恶之花》初版问世了。收诗一百首，另有《致读者》一首。印了一千三百部。出版者：普莱·玛拉西斯-布罗瓦斯书店。

立即闯下笔祸。

在内阁授意之下，七月五日的法国官方报纸《费加罗报》登出布尔丹的文章，他是该报创办人的女婿，他对诗人大加诽谤，斥责这部诗集"不道德"，猛烈抨击这部作品的

"可怕",并对作者和出版者提出法律诉究。

另一家《立宪主义者报》也对诗人进行了攻击。

七月七日,内政部认为《恶之花》作者有扰乱公共道德之嫌,命令检察厅搜查。十天后,检察厅表示同意,开始传讯作者和出版者并查封出版物。

当然,主持公道者也不乏其人。

七月十三日,福楼拜给诗人写了一封充满赞美之词的信。

七月十四日,蒂埃里在《世界通报》上发表为《恶之花》辩护的文章。

七月二十三日,《现在》杂志发表了迪拉蒙的辩护文章和瓦特里蓬的文章《艺术和文学上的道德问题》。

但是,由于新闻统制,原拟刊载在《祖国报》上的多雷维利和原拟刊载在《法国评论》上的阿塞利诺的文章都被禁止发表。而圣勃夫,尽管受波德莱尔嘱托,也没有公开出面辩护。

不过,米歇尔·莱维书店还是在八月中旬出了一本小册子,把蒂埃里、迪拉蒙、多雷维利、阿塞利诺的文章收在一起,题名《为〈恶之花〉著者夏尔·波德莱尔辩护文集》,印了一百册。

同时,波德莱尔也动了"关系学"的脑筋,在八月十八日写信给萨巴蒂埃夫人,想靠女人的内线疏通,托她代为奔走,以求在判决时获得从轻处理。

八月二十日,诗人被第六轻罪法庭传讯。波德莱尔仔细准备了辩护词,大律师居斯塔夫·谢为他辩护。

提起公诉的是帝国检察官皮纳尔(福楼拜的小说《包法利夫人》的案件也是由他提出起诉的)。

结果，由庭长迪帕蒂、法官德勒斯沃、蓬通·达曼柯尔和纳卡尔组成的法庭，根据冒犯宗教道德为要点的公诉，虽宣告波德莱尔无罪，但仍保留触犯公德和善良风俗的质询，判处作者三百法郎罚款，出版者普莱·玛拉西斯和布罗瓦斯各一百法郎，并勒令从诗集中删掉六首诗。

十一月六日，靠了向皇后提出要求减免，才于次年一月二十日减去五十法郎罚款。

这个判决给法国带来了耻辱。直到九十年后，即一九四九年五月三十一日才由法国最高法院宣布该判决无效。

当时，这个判决给诗人带来多大的心灵创伤啊。他痛恨世俗对诗歌所怀的敌意。他在《赤裸的心》中记下两句简短的话："《恶之花》的事件。由于误解而受的屈辱和诉讼。"这话中多么强烈地显示出诗人的痛苦和愤慨。

但诗人并不是孤立的。福楼拜、雨果和其他许多文人都对波德莱尔寄予极大的同情。雨果用冷嘲的口吻写信安慰诗人说："你获得今天的政体所能给予的稀有的叙功。"

而诗人本人，也并没有灰心丧气，在朋友们的支持下，他继续写诗，准备再版。

一八六一年二月初（四十岁），《恶之花》再版问世，仍由原书店出版，印了一千五百册。书中删去了六首禁诗，另外增补三十五首。但波德莱尔并不满足，又对诗集进行修订，准备出第三版，但天不假年，一八六七年，诗人方才四十六岁就去世了，未能偿此夙愿，而这一修订本，现在也已下落不明。直到诗人死后，才由诗人之友阿塞利诺和邦维尔编订第三版，作为定本，于一八六八年收入全集第一册刊行，由戈蒂耶作序，米歇尔·莱维书店出版。这部第三版共收诗一百五十一首。

以上三种版本中，现在认为最有权威的还是再版本。

初版《恶之花》共收一百首诗（序诗《致读者》除外），分为五部分，第一部分题名《忧郁与理想》，共七十七首。第二部分题名《恶之花》，共十二首。第三部分题名《叛逆》，共三首。第四部分题名《酒》，共五首。第五部分题名《死亡》，共三首。

再版时，作了调整和补充，删去六首禁诗，增补三十五首（《幻影》算作四首。若作一首算，则全诗共一百二十六首）。分成六部分，即《忧郁与理想》《巴黎风光》《酒》《恶之花》《叛逆》《死亡》。

波德莱尔花了十几年的时间写作的一首一首的诗，在结集成《恶之花》时，并不是按照写作年代的顺序编排，而是奇妙地按照一个有秩序的紧密结构排列的。在初版问世时，小说家多雷维利就说，从中可以看出"一座秘密的建筑"，"一个由诗人规划好的计划"。再版后，也就是一八六一年十二月，诗人给维尼赠书写信说：这部诗集"不单单是剪贴簿，而是有头有尾的"。确实，这部诗集从头到尾，好像有一根红线把它们贯穿起来，形成一种奇妙的系列。

第一部分《忧郁与理想》叙述诗人内心状态的忧郁以及想摆脱忧郁的理想。这一部分按照艺术诗篇、恋爱诗篇、忧郁诗篇的顺序排列。诗人想从对美的追求和爱情的陶醉中排除他的忧郁，但结果却以失败告终。

第二部分《巴黎风光》叙述诗人脱离自己的精神世界，走向现实世界去进行观察，但是，现实是丑恶的、悲惨的，只能给诗人带来失望。

于是诗人想乞灵于酒，这样就写下第三部分《酒》，但是酒也不能解决问题，于是诗人又深入到罪恶中去体验生活，这些题材构成第四部分《恶之花》。

接着，诗人写下第五部分《叛逆》，对天主发出反抗的叫喊，可是，任你怎样大声疾呼，天主也不理睬，最后，诗人只得向死亡寻求解脱，这样，就由第六部分《死亡》作为全部诗集的终曲。然而，要注意的是：诗人并不是甘心束手待毙的，死亡在这里不过是寓意，实际上诗人是要遁入另一个世界去从事新的探索，也就是说，诗人并没有完全放弃他的希望。

所以，《恶之花》实际是一部对腐朽的资本主义社会进行揭露、控诉，因而也就是进行反抗的诗集，我们在读这部诗集时，应当注意到其中包含的社会意义，而不要被那些表象所迷惑。

高尔基对波德莱尔诗作中的反抗精神曾给予很高的评价，称他"生活在邪恶中而热爱着善良"，并且把他列入这样的艺术家之列，他们是"更正直、更敏感的人，具有寻求真理和正义愿望的人，对生活有极大需要的人……他们自己心中有着永恒的理想，不愿意在偶像面前低头"。

《恶之花》原文为"Les Fleurs du Mal"。在法文中，"Mal"有邪恶、丑恶、罪恶、疾病、痛苦等义。诗人在本诗集的献词中称这部诗集为"病态的花（fleurs maladives）"，所以，有人说，"恶"是误译，应译为"病"（这个病就是世纪病），这当然也有道理，但并不全面，"恶"在这里，是有复杂的多种意义的，既有宗教的意义，又有形而上学的意义，译为《恶之花》还是恰当的，德译作"Blumen des Bösen"，英译作"Flowers of Evil"，俄译作"Цветы Зла"，都是取其"恶"的含义,而且诗人作诗的初衷,不正是要从丑恶中发掘美吗? 至于"花"字,当然是含有文学的、美学的意义,也就是艺术,就是诗。

波德莱尔处于浪漫主义文学运动的退潮期,必须开拓新的诗的世界,显出他自己的独创性。圣勃夫在为《恶之花》写的辩护书中说:"诗的领域全被占领了。拉马丁取去'天国',雨果取去'地上',不,比'地上'还多。拉普拉特取去'森林'。缪塞取去'热情和令人眼花缭乱的盛宴'。其他人取去'家庭'、'田园生活'等等。戈蒂耶取去西班牙及其鲜艳的色彩。还留下什么可供波德莱尔采取呢?"

留给波德莱尔采取的,不能不说,只有"恶之美"。他在为将来出版的《恶之花》订正版草拟的序言中说:"什么叫诗? 什么是诗的目的? 就是把善跟美区别开来,发掘恶中之美。"他又说过这样的话:"我觉得,从恶中提出美,对我乃是愉快的事情,而且工作越困难,越是愉快。"确实,"恶之美"乃是浪漫派忽略掉的新主题,这无疑是波德莱尔的新发现。

这里还得说一下,波德莱尔所要发掘的美,是有他的特定含义的。他在《火箭》中写道:"我发现了美、我自己的美的定义,这是一种颇热烈的忧伤,又有些模模糊糊,可任人臆测……神秘、悔恨,也是美的特点……忧郁乃是美的出色伴侣,我很难想象有什么美的典型没有不幸相伴随……男性美最完备的典型,类似弥尔顿所描绘的撒旦。"这些话,可以帮助我们理解为什么《恶之花》中会出现那么多的忧郁,因为,这才是波德莱尔所追求的美啊,同时,也给我们提供一个反驳的证据,为什么把波德莱尔称为"恶魔诗人"乃是一种污蔑,因为,波德莱尔的恶魔乃是弥尔顿式的反抗的恶魔啊。这种忧郁,这种反抗,都是跟诗人所处的时代息息相关的。也就是当时的现实在诗中的反映。

有人说,波德莱尔以丑为美,把丑恶美化,是对丑恶的迷恋、欣赏和崇拜。我认为这种说法有失公正。丑怎能变为美? 实际是化丑为美,化腐朽为神奇,正如诗人自己所说:"你给我泥土,我把它变为黄金。"这无非是说,通过艺术的手法,把丑恶的东西变成一件美的艺术品而已。法国雕刻大师罗丹说过:"一位伟大的艺术家或作家,取得了这个丑或那个丑,能当时使它变形……只要用魔杖触一下,丑便化成美了——这是点金术,这是魔法。"是的,罗丹的魔杖是他的雕刻刀,他用它把法国大诗人维庸所描写的丑老太婆雕成杰出的雕像《美丽的制盔女人》;被解剖的尸体是丑的,法国画家德拉克洛瓦却从籍里柯用画笔描绘人体解剖的画中看出了崇高和美;而波德莱尔,他的魔杖就是他的笔。

再说,对美和丑的评价,不同的人是有不同的标准的。衣衫褴褛的穷人,弯腰曲背的老太婆,拄着手杖行走的盲人,瑟缩发抖的妓女,这些,在资本主义社会的"上等人"眼中是丑的,然而,这并不是真丑,丑有真丑与假丑之分,真正的丑应当是那些屠杀无辜的殖民主义者和战争狂人、卖国求荣的叛徒、敲骨吸髓的剥削阶级……在波德莱尔的笔下,他所寻找的丑恶对象是属于真丑还是假丑,不是很容易看出的吗?

还需要说明的是,波德莱尔所说的美,并非指形式的美,而是指内在的美,他力求把美内在化、精神化。他在美术评论文章中批评绘画时很重视内在的美。在诗歌创作方法上也是如此,在《感应》那首诗中所体现的就是"芳香、色彩、音响全在互相感应"的一种内的世界。这首诗显示出象征主义的一个奥义，是从方法论上说明波德莱尔的诗的世界的一首重要的十四行诗。这种感应，不仅是人的各种感觉（嗅觉、触觉、听觉、视觉）互相感应（通感），而且在宇宙万物之间，自然与人之间，主观世界和客观世界之间，物质世界与精神世界之间，都能互相感应，互相沟通。当然，这种感应的理论，并不是波德莱尔独创的，他在《论雨果》那篇评论中说过："斯威登堡已经教导我们说，天是极伟大的人，无论在精神界或自然界，形式、运动、数、色、香，一切都有深长的意义，都是相互的、转换的、感应的。"（斯威登堡的这句话波德莱尔引自《天国及其惊异》第五十九节）还在《一八四六年的沙龙》第三章《论色彩》中引用德国浪漫派作家霍夫曼《克莱斯列里阿那》中的一节话："不仅是在梦中，不仅是在入睡前的轻微的梦幻心境中，就是在醒着听到音乐的时候，我都发现在色、声、香之间有某种类似性和某种秘密的结合。"在《一八五五年博览会》中论德拉克洛瓦时说："他的色彩的极美的调和，常令人想到和声与旋律，人们从他的绘画所获得的印象，常常是近乎音乐的。"从绘画（色）唤起音乐感（声），如果再加上"芳香"的要素，这就立体地创造成内的世界。但光凭这三者还不够，诗人在《理查·瓦格纳和〈汤豪塞〉在巴黎》一文中说："在音乐中，正像在绘画中，甚至像在艺术中最为实证的文字的场合一样，常常存在着需由听众的想象力填补的空隙。"他又接下去说："真正的音乐在各个不同的头脑里暗示着类似的观念。"

波德莱尔写诗，也是这样，往往用暗示的手法刺激读者的想象。但不仅读者需有想象力，诗人自己尤贵有想象力。他在《再论埃德加·爱伦·坡》一文中说："在他（坡）看来，想象力乃是种种才能的女王……但是想象力不是幻想力……想象力也不同于感受力。想象力在哲学的方法范围之外，它首先觉察到事物深处秘密的关系、感应的关系和类似的关系，是一种近乎神的能力。"波德莱尔把感应原理引进诗歌创作，以其独创的象征手法，给法国诗歌的发展做出了巨大贡献。后来的象征主义三大诗人马拉美、魏尔兰、兰波，如果不是由于《恶之花》的影响，也许不会有他们的成就。而且后来，波德莱尔的影响，不仅限于文学，还波及其他艺术，通过罗普斯和莫罗的绘画，通过罗丹的雕刻，在世界上继续产生广泛的影响。

波德莱尔被称为西方现代派诗歌的鼻祖，这是由于他给近代西方诗歌开创了一个新时代，他用最适合于表现内心隐秘和真实感情的艺术手法，独特而完美地显示出自己的精神境界，他歌唱现代人的忧郁和苦恼，他的现代性，是他的诗歌内容，而不是形式，因为，他的诗歌形式，还是传统的、古典的，例如，集中有不少诗都是用十四行诗体的谨严格律写成的。

波德莱尔又是一位城市诗人，特别可称他为巴黎的诗人。他把城市生活引入诗歌，描写了巴黎风光，但他描写的，并不是灯红酒绿的巴黎，而是城市底层的贫民生活。他并不是单纯描写风景，而是与心情相联系，他描写忧郁，也不是单纯的抒情，而是情景融为一体。

波德莱尔不是一个革命者，但他确曾参加过街垒战斗，跟起义的革命民众同过呼吸，办过革命刊物。他崇拜过蒲鲁东，为《工人之歌》的大众诗人皮埃尔·杜邦写过赞美文章，他曾醉心于民主主义和社会主义，在《天鹅》那首诗里为流亡者叫屈，由这几点看来，送他一顶"革命民主主义诗人"的桂冠，也未尝不可。至于他在诗中经常表现出他对贫苦大众的同情，如果称他为"人道主义诗人"，恐怕也不算过分吧。

但是在这里，我还想送他另一顶桂冠，我要称他为一位出色的爱情诗人。加在波德莱尔头上的桂冠有好几顶，如颓废诗人、恶魔诗人、尸体诗人、坟墓诗人，可是，我在书本里（请原谅，我读书甚少）却没见过称他为爱情诗人的。他的爱情诗竟被"恶"名所掩，真有点不公平。事实上，《恶之花》集中有三十多首爱情诗，分别属于三个不同的女性，即黑美人让娜·迪瓦尔（诗人的妻子，肉体之爱的代表）、白美人萨巴蒂埃夫人（诗人崇拜的美神和爱神，精神之爱的代表）和一位绿眼睛的女郎玛丽·迪布朗。像《阳台》《秋之歌》《邀游》等都是爱情诗中的绝唱。波德莱尔的爱情诗不同凡响，具有其独特性，同时也可以从中看出诗人与生俱来的双重性格。这种两重性，常常在他的梦想和行为中反映出来，因此，在他的诗和其他作品中也出现种种矛盾。《恶之花》正是一部充满矛盾的诗集，或者说，一部含有两重性的诗集。从这个两重性的观点出发，有助于我们解释波德莱尔的作品、他的人生观和他的一生。

除了《恶之花》，波德莱尔还写了一部"散文体的诗"，就是《巴黎的忧郁》，或称《小散文诗》。这部诗集是诗人晚年的杰作，诗人死后才结集出版。

诗人最初发表散文诗，是在一八五五年，也就是在《恶之花》初版问世前两年。这一年的六月，在《枫丹白露》诗文集刊上发表散文诗二首：《黄昏》和《孤独》。其后又在一八五七年八月二十四日的《现在》报刊上发表了六首（《黄昏》《孤独》《计划》《时计》《头发》《邀游》），总题《夜之诗》。散文诗集的最初题名，就是这个《夜之诗》。到了一八六一年，又在十一月一日的《幻想派评论》上发表散文诗九首（除了发表过的六首外，加上《群众》《寡妇》《年老的街头卖艺者》三首），这时，他开始使用《散文诗》做总题名。一八六二年八月二十六日、二十七日及九月二十四日的《新闻报》上发表散文诗二十首，题名改为《小散文诗》。而在一八六一年圣诞节写给乌塞的信中则说散文诗集的题名可用《孤独的散步者》或《巴黎的闲逛者》，在另一封信中又说想用题名《光与烟》，并声称少则写四十首，多则写五十首。他在《费加罗报》上发表六首散文诗（《绳子》《黄昏》《慷慨的赌徒》《陶醉吧》《天资》《纯种马》）时，改用《巴黎的忧郁》为题。最后，在一八六六年六月一日的《十九世纪评论》上发表两首散文诗（《假币》《魔鬼》）时，又题名为《变狼狂小诗》，这个题名是由友人博雷尔提出的。由此可见，对于这部散文诗集的题名，诗人生前并没有做出决定。

波德莱尔本想写出百篇左右的散文诗，而且对这部诗集抱有极大的自负和信心，但由于当时编者的意见不同，有些诗不宜发表，所以只写下五十首，这五十首诗花了十多年的时间，创作的进展，实在是非常缓慢的。

《巴黎的忧郁》一向被认为仅仅是《恶之花》的附录，不过是《恶之花》的补充，其实这两部诗集各有其独立的价值。

在这部散文诗的序言中，波德莱尔曾强调他是受了贝特朗的影响而采用这种体裁的。贝特朗是法国浪漫派的小诗人，他留下的散文诗集《夜间的伽斯帕尔》是法国诗坛上的

第一部散文诗集，在形式上，每首诗分成五节或六节，每节中的诗句，不用脚韵，但却有无形的韵律；在内容上，他把佛兰德斯、旧巴黎、西班牙、意大利的中世纪风物用造型的、绘画的方式使其在幻想中复活，所以，他把他的散文诗称为"仿伦勃朗和卡洛画风的幻想诗"。波德莱尔的散文诗，虽然也没有节律，没有脚韵（当然也有无形的内在韵律），但每首并不分成匀称的几节，贝特朗偏重外形的、客观的、绘画式的描写，不把作者的自我放进去，波德莱尔的散文诗，却是偏重音乐的、偏重主观的、把自我渗透进去的诗的告白，不管是什么对象，都就其跟作者的关系这一点上加以摄取，而且在其中响着讽刺、挖苦、憎恶、绝望、悲叹等的旋律。再则，贝特朗描写的是古代生活，波德莱尔描写的却是现代生活。所以，波德莱尔虽然从贝特朗的散文诗受到启发，却并不是机械的模仿，在主题、手法、文体各方面都是有很大差异的。

对这部散文诗曾产生影响的，还可以举出圣勃夫，他在青年时代写的一部诗集《约瑟夫·德洛尔姆的生涯、诗和思想》朦胧地表现出世纪病的忧郁和绝望，对波德莱尔的创作，不无启发，但在本质上并没有起到很大的作用。

另外，对波德莱尔影响较大的应举出爱伦·坡。波德莱尔在年轻时曾想成为像巴尔扎克那样的小说家，但是他缺少构思长篇小说的才能，而爱伦·坡的短篇小说体裁却逐渐对他产生吸引力。那种戏剧的、怪诞的风格很能刺激他的想象力。《巴黎的忧郁》中的《二重的房间》《年老的街头卖艺者》《诱惑或爱神、财神、荣誉女神》《悲壮的死》《慷慨的赌徒》《手术刀小姐》，在这些作品中，都可以看到爱伦·坡的影响。当然，在《恶之花》集中，也有同样的情况。大家都知道，波德莱尔曾花了十七年时间翻译爱伦·坡的作品，受坡的影响是很深的。他曾说过："你们可知道我为何如此耐心地翻译坡的著作？因为他跟我相似。"

《巴黎的忧郁》所描绘的当然是巴黎的风光，构成这部散文诗的基调，不外是诗人周围的环境：形形色色的巴黎场面及其观察者诗人——这就是诗人的忧郁。尽管诗中有许多梦想的、幻觉的描写，但还是扎根在现实之中。令人注意的是，诗人的眼光总是向着底层的人们，显示出作者对不幸者的同情，也可以说，流露出诗人的人道主义精神。特别值得注意的是《把穷人击倒吧》那首诗，诗人已经意识到：光靠怜悯、同情是不能解决问题的，必须激起穷人们起来反抗，诗人说他的精灵是"行动的精灵""斗争的精灵"，这种斗争哲学，无疑是有煽动性的，简直令人感到是在号召穷人起来革命，这也就无怪乎当时的杂志拒绝刊载这首诗了。

《巴黎的忧郁》为法国散文诗开辟了一条新的道路。后来的象征派诗人如马拉美、魏尔兰、洛特雷亚蒙都从事这个新的诗歌体裁的创作。由于散文诗有内在的节奏和旋律，其音乐感并不亚于格律诗，有时反而胜过格律诗，同时又可以让诗人更自由地处理，因此在法国的诗歌领域里，散文诗一直是为诗人们乐于采用的体裁。而且这种体裁的诗，也越过法国国境，为其他国家的诗人们所接受。俄国作家屠格涅夫晚年写的《散文诗》，就是在波德莱尔的影响下写成的。

译者
一九八八年四月十日

目 录

恶之花……………………………………… 001
巴黎的忧郁……………………………… 315

恶之花

谨以

最深的谦虚之情

将这些病态的花

呈献给

完美的诗人

法国文学的十全十美的魔术师

我的非常亲爱和非常尊敬的

老师和朋友

泰奥菲尔·戈蒂耶

C. B.

致读者[*]

愚蠢和错误,还有罪孽和吝啬,①
占有我们的心,折磨我们的肉身,
我们在培养我们喜爱的悔恨,
就像乞丐们赡养他们的白虱。

我们的罪孽顽固,我们的后悔无力;
我们想让我们的忏悔获得厚报,
我们快活地走回泥泞的小道,
以为廉价的眼泪会洗尽一切污迹。

三倍伟大的魔王[②]在恶之枕边,
总把我们迷惑的精神摇入睡乡,
而我们的意志,像贵金属一样,
被这位高明的化学师化成轻烟。

正是恶魔,拿住操纵我们的线![③]
我们从可憎的物体上发现魅力;

---

[*] 本诗最初发表于一八五五年六月一日的《两世界评论》,为十八首《恶之花》诗篇的第一首。
① 列举纠缠现代人的各种罪恶。诗人最憎恨自欺和伪善。
② 三倍伟大的魔王,即智慧、学问、魔术、炼金术之神,古代希腊人对埃及大神托特的尊称。
③ 波德莱尔在一八六○年六月二十六日写给福楼拜的信中说:"我对于人类的某种突然的行动和思想总不能不假定为人类外部的邪恶之力的介入来理解。"这种邪恶之力即指恶魔。

恶之花 巴黎的忧郁 | 005

我们一步步堕入地狱，每天每日，
没有恐惧，穿过发出臭气的黑暗。

像一个贫穷的放荡子，狂咬狂吻
一个老妓女的受折磨的乳房，
我们一路上把秘密的欢乐偷尝，
拼命压榨，像压榨干瘪的香橙。

一群恶魔，仿佛数不清的蛔虫，
麇集在我们的脑子里大吃大喝，
我们一透气，死亡，看不见的大河，
就发出低沉的呻吟，流进我们肺中。

如果匕首、毒药、放火以及强奸，
还没用它们那种有趣的构图
装点我们可怜的命运①的平凡画布，
那是由于我们的心，唉，不够大胆。②

可是，就在那些豺狼、豹子、猎犬、
猴子、蝎子、秃鹫、毒蛇，③就在那些
在我们罪恶的污秽的动物园里
尖啼、怒吼、嗥叫、爬行的怪物里面，

却有一只更丑、更凶、更脏的野兽！

---

① 命运，指不能成为大罪人的、可怜而平凡的命运。
② 这个主题在第十八首诗《理想》中得到发挥。
③ 这些可憎的动物象征现代人的和卑劣的罪恶。

尽管它不大活动，也不大声叫嚷，
它却乐意使大地化为一片瓦砾场，
在它打呵欠时，一口吞下全球。

这就是无聊①！——眼中噙着难忍的珠泪，
它在抽水烟筒②时梦见断头台。

读者，你认识它，这难对付的妖怪，
——伪善的读者③——我的同类——
　我的兄弟！④

---

① 无聊，一种世纪病，即厌倦、厌恶、萎靡不振、失意、忧郁等，为缠住浪漫派诗人的妖怪。下文指出读者也受到它的纠缠。
② 水烟筒，从印度传入西方的烟具。
③ 不仅诗人自己，读者也是伪善者。
④ 此行诗令人想到拉马丁的《信仰》中的诗句："像我一样的人，我的友伴，我的兄弟。"英国诗人托马斯·艾略特的名诗《荒原》第七十六行曾引用此行诗句。

恶之花　巴黎的忧郁

忧郁与理想

1 祝福*

当初,在最高之神的命令之下,
诗人降生到这个烦恼的世间,
他的母亲恐怖万分,①满口辱骂,
向着怜悯她的天主捏紧双拳:

——"唉!我真情愿生下一团蝰蛇,
也不愿生下这惹人耻笑的东西!
我要诅咒那片刻欢娱的一夜,②
使我腹中孕育为我赎罪的种子!

"既然你从一切妇女中选出了我,
让我遭受我可怜的丈夫的厌恶,
既然我不能把他投入熊熊烈火,
像情书一样,烧掉这孱弱的怪物,

"我要把这压垮我的你的憎恶,
向你恶意诅咒的工具③上喷洒,

---

* 本诗最初发表于一八五七年初版《恶之花》。诗人不被周围一切人理解,而且受到诅咒。他的母亲和妻子也误解他,轻视他。但此种诅咒,对他却变为祝福。因为,虽然诅咒使诗人尝到这样的烦恼,诗人自己却把它当作可贵的考验,当作神圣的灵粮而乐意接受。
① 波德莱尔的母亲于一八六八年写信给阿塞利诺说:"我们多么吃惊,夏尔竟想当个作家!"
② 《圣经·旧约·约伯记》第三章第一至第三节:"约伯开口咒诅自己的生日,说:'愿我生的那日和说怀了男胎的那夜都灭没。'"
③ 工具,指诗人。

我要尽力扭伤这悲惨的小树,
使它不能抽出感染瘟疫的毒芽!"

她就这样咽下她的怨恨的毒涎,
一点也不理解永难改变的天命,
她亲手堆积在那焦热地狱①里面,
为惩治母罪而准备的火葬柴薪。

可是受到一位天使暗暗的保护,
这个废黜的孩子②陶醉于天日之光,
他所喝的饮料,他所吃的食物,
都变成神馔和朱红色的玉液琼浆。

他跟轻风嬉戏,他跟浮云谈笑,
在通往十字架的路上③高歌陶醉;
伴他朝圣的圣灵见他像林中小鸟
那样高高兴兴,不由落下眼泪。

他想爱的人都望着他,怀着惧心,
或者见他文质彬彬,竟然妄图
能够惹他发出一声不平之鸣,
而大胆地对他试逞他们的残酷。

---

① 焦热地狱,耶路撒冷的欣嫩子谷,本是焚烧垃圾之处,古时在该处杀儿童献祭摩洛神(《圣经·旧约·列王纪下》第二十三章第十节)或巴力神(《圣经·旧约·耶利米书》第十九章第五节)。
② 废黜的孩子,原文为"L'Enfant déshérité",直译"被剥夺继承权的孩子"。波德莱尔常用此词组,意为"由于当了诗人而被双亲和世人抛弃的孩子"。参看《酒魂》一诗。
③ 通往十字架的路,象征基督受难的苦路。

在给他果腹的面包和葡萄酒里,
他们①掺进了龌龊的痰液和灰尘;
他们伪善地扔掉他接触过的东西,
而且埋怨自己曾踩过他的脚印。

他的妻子②走到广场上大声叫嚷:
——"既然他当我是值得崇拜的美人,
我就要装扮得像古代女神的偶像,
我要像她们那样,让我全身装金;

"我要陶醉于乳香、没药、甘松油脂、
屈膝跪拜之礼、食物③与葡萄酒,
看我能否从爱慕我的人的心里
把敬神的诚意僭越地含笑消受!

"等我耍够这种亵渎神明的玩笑,
就把纤弱而有力的手贴紧他胸膛,
我的指甲,将像美人鸟④的利爪,
抓开一条血路,直达他的心脏。

"仿佛抓住一只扑扑颤抖的小鸟,
我要从他胸中掏出鲜红的心,

---

① 指不理解诗人的俗世庸人。
② 指让娜·迪瓦尔(Jeanne Duval)。
③ 食物,原文"viandes",亦可译"肉",但此处泛指一切食物。
④ 美人鸟,希腊神话中的怪物,头和上半身为女形,但有鸟翼、鸟尾、鸟足和鸟爪。神话中曾讲到菲纽斯受到这种恶鸟侵扰,被劫去食物。后来,阿耳戈号船上的英雄帮他除了此害。

为了供我钟爱的猫①吃个大饱,
把它扔在地上,怀着轻蔑之情!"

宁静的诗人举起虔敬的双臂,
向着显现出壮丽宝座的上天,
他明晰的精神发出无限光辉,
给他遮住狂怒的群众的场面:

——"祝福你,天主,你赐与的苦闷,
就是治疗我们的污垢的灵药,
这就是最优良、最纯粹的香精,
引导坚强的人趋向神圣的喜悦②!

"在一群圣天使的真福的品位里,
我知道,你给诗人保留一个席位,
你会邀请他去参加宝座天使、
德行天使、主权天使③的永恒宴会。④

"我知道,痛苦是唯一的高贵之宝,⑤
现世和地狱绝不能加以侵蚀,

---

① 猫,原文"bête",亦有译为"爱犬"者,但前行有"小鸟",猫食鸟为常见之事,译"猫"较能引起联想。
② 神圣的喜悦,意为肉欲的快乐。
③ 宝座天使、德行天使、主权天使,天主教中天使有九级,称为九品天神,第三、四、五级即为宝座(上座者之圣品)、主权(宰制者之圣品)和德行(率领者之圣品)。
④ 这一节令人想到席勒的诗《大地的瓜分》:诗人在世间无立足之地,宙斯请他到天上去居住。
⑤ 把苦闷、痛苦看作灵药、香精、高贵之宝乃是本诗的要旨。

恶之花 巴黎的忧郁 | 013

要编我的神秘的花冠，那就需要
依靠一切时代和整个世界的助力。

"可是，古代巴尔米拉①失去的宝石，
人所不知的金属，海底下的珍珠，
即使由你亲手镶嵌，也不足成为
这顶闪烁、光亮、美丽冠冕的饰物；

"因为，只有从原始光的圣炉之中
汲取来的纯光，才能将它精制，
凡人的肉眼，不管怎样光辉炯炯，
总不过是充满哀怨的昏暗的镜子！"②

---

① 巴尔米拉，今名塔德莫尔，叙利亚沙漠地带的古城废墟，相传为古代所罗门王所建。公元二六八年女王则诺比即位，国势大振。二七二年罗马皇帝入侵，女王被擒，该古城遂沦为废墟。至十七世纪末期，始为人发掘。
② 在这最后一节中可以感到与柏拉图哲学概念的共鸣。

2 信天翁[*]

常常，为了消遣，航船上的海员
捕捉些信天翁，这种巨大的海禽，
它们，这些懒洋洋的航海旅伴，
跟在飘过苦海的航船后面飞行。

海员刚把它们放在甲板上面，
这些笨拙而羞怯的碧空之王，
就把又大又白的翅膀，多么可怜，
像双桨一样垂在它们的身旁。

这插翅的旅客，多么怯懦呆滞！
本来那样美丽，却显得丑陋滑稽！
一个海员用烟斗戏弄它的大嘴，
另一个跷着脚，模仿会飞的跛子！

云霄里的王者，诗人也跟你相同[①]，
你出没于暴风雨中，嘲笑弓手；
一被放逐到地上，陷于嘲骂声中，
巨人似的翅膀反倒妨碍行走。

---

[*] 本诗最初发表于一八五九年四月十日的《法国评论》，后收入《恶之花》第二版（初版未收此诗）。本诗原来只有三节，缺第三节，后根据阿塞利诺的建议补写。诗中所述乃是一八四一年航海前往毛里求斯岛时的海上所见。
[①] 不为世人理解的诗人的孤独感乃是浪漫派和巴那斯派诗人爱用的主题。

恶之花　巴黎的忧郁　　|　015

3 高翔[*]

在池沼的上面，在幽谷的上面，
越过山和森林，越过云和大海，
越过太阳那边，越过清霄之外，
越过星空世界无涯的极限，

我的精神，你在轻飘飘地高飞，
像陶醉在水波间的游泳名手，
你在深深的无限中欣然遨游，
怀着不可名状的男性的喜悦。

远远地飞离这种致病的瘴气①，
到上空的风中涤除你的罪恶，
把澄明的太空中的光明的火
当纯净的神酒一样吞入肚里。

谁能抛弃在迷雾的生活之中
压人的烦恼和那巨大的忧伤，
而且鼓起强健的羽翼，直冲向
宁静光明之境，真是幸福无穷！

---

* 高翔为诗人想凌空飞翔的梦想，表示精神的向上和高扬。诗人脱离肉体，没入超越现实和自然的理想和观念的世界，心旷神怡。他能够听懂花语和沉默的万物的语言，也就是进入万物感应的化境，这种思想在《感应》一诗中得到更进一步的发挥。
① 瘴气，指俗世中不洁的空气。

他能在清晨,让思想驰骋碧天,
仿佛云雀一样,作自由的飞行,
——他能凌驾生活之上,不难听清
百花以及沉默的万物的语言!

4　感应*

自然是一座神殿,那里有活的柱子①
不时发出一些含糊不清的语音;
行人经过该处,穿过象征的森林,
森林露出亲切的眼光对人注视。

仿佛远远传来一些悠长的回音,
互相混成幽昧而深邃的统一体,
像黑夜又像光明一样茫无边际,
芳香、色彩、音响全在互相感应。

有些芳香新鲜得像儿童肌肤一样,②
柔和得像双簧管,③绿油油像牧场,④
——另外一些,腐朽、丰富、得意扬扬,

---

* 本诗直接发表于初版《恶之花》,约作于一八四五年左右,亦说作于一八五五年左右。"感应"的概念表达了波德莱尔的美学思想,是象征主义的重要理论基础。波氏常重复论述这一主题,参看《浪漫派艺术:理查·瓦格纳和〈汤豪塞〉在巴黎》《一八五五年博览会》。在《一八四六年的沙龙》中波氏曾引用 E. T. A. 霍夫曼《克莱斯列里阿那》中的一节:"我都发现色、声、香之间有某种类似性和某种秘密的结合……"有些评论家从第一节中找到跟爱伦·坡的几行诗有共鸣之处,如坡的"Al Aaraaf"中有这两行:"All nature speaks, and ev'n ideal things / Flap shadowy sounds from visionary wings。"
① 将自然比作神殿,是法国文学中常见的比喻。
② 嗅觉与触觉通感。
③ 嗅觉与听觉通感。
④ 嗅觉与视觉通感。

具有一种无限物的扩展力量，
仿佛琥珀、麝香、安息香和乳香，
在歌唱着精神和感官的热狂。

5

我爱回忆那些赤身露体的时代,①
福玻斯爱给雕像②抹上一层金色。
那时,男男女女度着轻松的生涯,
真是无忧无虑,也不弄虚作假,
多情多意的天空抚爱他们的脊梁,
锻炼他们身上重要器官的健康。
母亲自然③,那时总是丰收丰产,
不把她的子女当作太重的负担,
却像心里充满无偏之爱的母狼,
让芸芸众生吮吸她褐色的乳房。
优美、健壮、强力的男子,他有权利
以占有拜他为王的美女而自鸣得意;
那些没受损伤、没有裂纹的果实,
又光滑又紧的果肉④使人垂涎三尺!
今天的诗人,如果他要想象出
这种自然的伟大,置身在男男女女
露出他们裸体的场合,对着这种
充满恐怖的阴暗的画面,他的心中

---

① 本诗第一节,正如卢克莱修、维吉尔、奥维德一样,赞美古代的黄金时代和原始人性。为浪漫派诗人爱用的题材。
② 福玻斯,太阳神,阿波罗的别名,太阳、光明、诗歌、音乐之神。雕像,指人体。
③ 母亲自然,即大地女神,自然力的拟人化。古代小亚细亚人崇拜的自然女神,众神及地上一切生物之母。她使自然界死而复苏,并赐予丰收。
④ 果肉,指女性的肉体。

将会感到冷气袭人，打起寒噤。
哦，为了没有衣服而伤心的畸形！
哦，可笑的躯干！应当掩蔽的躯体！
哦，歪斜、消瘦、浮肿、松软的可怜的肉体，
你们这些孩子，被那实用之神
冷酷、安静地用青铜襁褓裹起你们！
你们这些妇女，唉，像蜡烛一样苍白，
靠荒淫的生活营生，又受其侵害，
还有你们处女，继承母性的罪恶，
又继承下多产繁殖的一切丑恶！

我们这些腐败的国民，确有一种
古代民族所不知之美：我们的面孔，
由于心脏溃疡的侵蚀而显得憔悴，
我们具有如人所说的颓废之美；
可是，我们这些迟生的缪斯的发明，
永远阻止不了病态种族的吾民
把我们由衷的崇敬之情献给青春，
——神圣的青春，她笑容可掬，平易近人，
她那清澈澄明的眼睛像一道流泉，
她那样无忧无虑，像蔚蓝的上天，
像鸟儿和花，把她的芳香，她的歌唱，
她的甘美的温暖倾注在万物之上！

6 灯塔*

鲁本斯①,遗忘之河②,懒散的花园,
新鲜的肉枕,虽不能让人抚爱,
却不停地涌流着那生命之泉,
像天空中的风,像海里的潮水;

列奥纳多·达·芬奇③,又深又暗的镜子,④
那儿,映出的天使们,多么妖娆,
在遮蔽天国的冰河和松林荫里,
露着充满神秘的甘美的微笑;

伦勃朗⑤,充满怨声的凄惨的医院,
一个大十字架是唯一的点缀,
那儿,从秽物中发出含泪的祈愿,
突然间透过冬季太阳的光辉。

---

* 普雷沃(J. Prévost)曾对本诗作过详细的分析。诗人将各个艺术家的特征作了简洁而精密的概括,令人感到作为美术批评家的波德莱尔的眼光的准确。
① 鲁本斯(Pierre-Paul Rubens, 1577—1640),佛兰德斯画派的大画家,作品以表现强烈的运动感和旺盛的生命力为特征。他画的人物肌肉非常丰满。此处指他的《梅迪奇家的玛丽下船图》(卢浮宫博物馆)和《爱之园》(普拉多美术馆)。
② 遗忘之河,希腊神话中环绕冥府的河流,亦译忘川、恨河、冥河。因为鲁本斯的画引人进入忘我之境,故作此比喻。
③ 列奥纳多·达·芬奇(Leonardo da Vinci, 1452—1519),文艺复兴时期意大利画家。
④ 达·芬奇的作品《蒙娜丽莎》《施洗者约翰》和《圣母安娜和圣子》等画面中人物的微笑令人想到深暗的镜子。
⑤ 伦勃朗(Rembrandt van Rijn, 1606—1669),荷兰画家。描绘人类的惨景,非常感人。光线的巧妙应用是他全部艺术的重要特点。此处所述可能指其《打开书本的哲学家》《解剖学讲义》。

米开朗基罗①,辽阔的场所,看到一群
赫拉克勒斯②之徒混入基督徒队伍,
直立起来的强力的幽灵,在黄昏时分
伸出他们的手指撕扯身上的尸布;

羊人③的厚颜无耻,拳击师的气愤,
你,善于搜集这些贱民④之美,
高傲的宽宏的心,虚弱的萎黄的人,
皮热⑤,苦役囚犯们的忧郁的皇帝;

华托⑥,这狂欢佳节,许多显赫的人,
仿佛蝴蝶一样,辉煌地来来往往,
被吊灯照亮的轻妙鲜艳的背景,
给这翩翩旋转的舞会注入了疯狂;

戈雅⑦,充满无数陌生事物的噩梦,
在魔女宴会当中被烹煮的胎儿,

---

① 米开朗基罗(Michelangelo Buonarroti,1475—1564),文艺复兴时期意大利雕刻家和画家。他绘画中的人物具有无比惊人的体魄和力量。作品有《末日审判》等。
② 赫拉克勒斯,希腊神话中的英雄、大力士。此处指米开朗基罗为西斯廷教堂作的天顶画和壁画。
③ 羊人,希腊神话中人身羊足的农牧神,淫荡的象征。
④ 贱民,原文"goujat",意为粗鲁的人、粗汉,古语意为随军仆役、勤务兵,作此解题,可能指皮热的高浮雕作品《亚历山大和第欧根尼》(卢浮宫博物馆)中的皇帝侍从。
⑤ 皮热(P. Puget,1620—1694),法国雕塑家,以囚犯为雕刻题材。
⑥ 华托(J. A. Watteau,1684—1721),法国画家,题材多描绘贵族男女寻欢作乐的生活。
⑦ 戈雅(F. de Goya y Lucientes,1746—1828),西班牙画家。创作范围极广,包括肖像画、风俗画、历史画、宗教画、讽刺画等。此处可能指他的铜版组画《随想画》。

照镜子的老太婆,为邀恶魔之宠
而拉好长袜的、赤身裸体的女孩儿;

德拉克洛瓦①,堕落天使出没的血湖,
掩映在常绿的枞树的阴影里,
在忧郁的天空下,吹奏乐队过处,
奇怪的乐音像韦伯②的闷塞的叹气,

这些诅咒、亵渎之词、怨叹之声,
这些狂喜、叫喊、眼泪、赞美诗篇,
是从无数迷路处传来的回声,
对于凡人乃是一种神圣的鸦片。

这是无数哨兵所发出的问话,
这是由无数喇叭筒传出的命令;
这是在无数城堡上点着的灯塔,
这是在密林中迷路的猎人的叫声!

因为,主啊,这确实是我们能以
显示人类尊严的最有力的证明,
这种将要代代流传,而且将在你
永恒的岸边消逝的热烈的呻吟!

---

① 德拉克洛瓦(F. V. E. Delacroix,1798—1863),法国浪漫派的代表画家。波德莱尔在《一八五五年博览会》中引用此节诗的自注:"血湖为红色。堕落天使的出没指超自然主义。常绿的枞树林为红色的补色——绿色。忧郁的天空指他绘画中的暴风喧吹的背景。吹奏乐和韦伯是指他的色彩的谐和所唤起的浪漫派音乐的观念。"
② 韦伯(C. M. von Weber,1786—1826),德国浪漫派音乐家。

7 患病的诗神*

我可怜的诗神,今朝你怎么啦?
你深陷的眼睛充满黑夜幻象。
我看你的脸色在交替地变化,
映出冷淡沉默的畏惧与癫狂。

是绿色的淫鬼①和红色的妖魔
用小瓶向你灌过爱情和恐怖?
捏紧专制顽强的拳头的梦魇
曾逼你陷入传说的沼泽②深处?

我愿你胸中散发健康的芳香,
坚强的思想经常在来来往往,
你基督徒的血有节奏地流淌,

就像古代音节和谐的音响,③
那时,有诗歌之父福玻斯
和潘④,那位收获之主轮流治理。

---

* 本诗直接发表于初版《恶之花》。克雷佩认为自本诗以下十首,描写诗人的惨况。
① 淫鬼,跟熟睡中的男人性交的女恶魔。
② 沼泽,原文"明图纳"(Minturnes),古代拉丁姆的海岸城市。罗马将军玛里乌斯(约前156—前86)被敌手苏拉赶出罗马,被迫隐栖于明图纳城近郊的沼泽地带。
③ 指古代希腊、拉丁诗律,由长、短音节的交互使用产生和谐的音响。
④ 潘,人身羊足,头上有角的畜牧神。丰饶、多产的象征,代表拟人化的大自然。

8 为钱而干的诗神

我内心的诗神,你,喜爱宫殿者,[①]
当正月放出北风,在夜雪纷飞、
阴郁无聊的期间,你可曾准备
温暖你那发紫的双脚的木柴?

你想借那从窗隙漏进的夜光
使你顽石似的双肩重新活动?
你发觉钱袋像宫殿一样空空,
你想摘取黄金[②],从蔚蓝的天上?

为了获得每晚的面包,你必须
像唱诗班的童子,摇晃着香炉,
去唱你不大相信的赞美诗篇,

或者,像枵腹的卖艺者去献媚,
强作笑颜,却在暗中偷弹眼泪,
为了博得庸俗观众们的一粲。

[①] 波德莱尔认为诗歌的特性乃是喜爱一切豪华的形式。
[②] 黄金,比喻金光灿烂的星辰。

9 坏修士[*]

在一些古代修道院的大墙上,
有好多壁画,描绘神圣的真理,
它的效果能温暖虔敬的心肠,
能缓和那种严肃气氛的凉意。

在基督播的种子开花的当时,
有许多好修士,现已被人遗忘,
他们把墓场当作他们的画室,
满怀着淳朴的心情赞美死亡。

——我的灵魂是坟墓,我这坏修士,
在其中散步、居住了几劫几世,
这可憎的修院,还是一片白墙。

哦,懒惰的修士!我要等到何时
才能把我这凄凉悲惨的身世
亲手画成妙景,供我亲眼欣赏?

---

[*] 本诗发表于一八五一年四月九日的《议会通讯》,《冥府》的十一首诗篇之一。写作年代当为一八四二年或一八四三年,波德莱尔当时曾将抄稿交给他的朋友多宗(Auguste Dozon)。原稿第四节第一行"懒惰的修士"原作"无能的奥尔卡尼亚"。奥尔卡尼亚(Orcagna,约1308—1368),原名 Andrea di Cione,佛罗伦萨画家、雕刻家、建筑师。比萨市神圣墓地的壁画,曾被认为是他的作品,特别是《死的胜利》,非常有名。本诗前两节所述,即指此。

10　大敌*

我的青春只是黑暗的暴风雨，
到处看到斜射过辉煌的阳光；
雷和雨造成如此破坏的惨况，
园中剩下的红果已寥寥可数。

如今我已接触到思想的秋天，
我应该拿起我的锄锹和耙子，
重新翻耕被大水淹过的土地，
大水造成的深坑简直像墓园。

谁知道我所梦想的新的花枝，
在被冲洗得像沙滩的土壤里，
能否找到活命的神秘的营养？

——啊，痛苦！啊，痛苦！时间侵蚀生命，
隐匿的大敌在蚕食我们的心，
用我们失去的鲜血把它养壮！

---

* 本诗最初发表于一八五五年六月一日的《两世界评论》。诗中所述隐匿的大敌有各种解释，如无聊、悔恨、时间、死亡、恶魔。从第十二行"时间侵蚀生命"观之，似以"时间"解释比较适合，《旅行》第七节也把时间称为大敌。

11　恶运[*]

要挑起这样一副重担,
应有西绪福斯[①]
的勇气!
尽管人们在黾勉从事,
学艺无涯而时间很短。[②]

远远离开著名的坟茔,
走向一座偏僻的墟墓,
我的心,像个闷声的鼓,
敲着送葬进行曲前进。

——许多珍宝沉埋在黑暗[③]
和遗忘之中永远长眠,
镐和探头够不着它们;

好花自伤,许多正吐放
甘美却又神秘的清香,
在深深的寂寞中怨恨。

---

[*] 本诗作于一八五二年,题名《无名的艺术家》。最初发表于一八五五年六月一日的《两世界评论》。恶运指艺术家的厄运,他虽作了很大的努力,终究难以成名而致埋没。
[①] 西绪福斯,希腊神话中的科林斯王,为人狡诈,死后被罚在下界推巨石上山,将及山顶,巨石又自动滚下,他又得再往上推,如此永无休止。
[②] 以下五行采用美国诗人朗费罗(Henry Wadsworth Longfellow,1807—1882)诗《人生礼赞》中的句子。
[③] 以下两节采用英国诗人托马斯·葛雷(Thomas Gray,1716—1771)的《乡村教堂墓地哀歌》第十四节中的诗句。

恶之花　巴黎的忧郁

12　前生*

我曾在那宏伟的柱廊下久居,
海日给它抹上了千万道火光,
庄严而屹立的巨柱,一到晚上,
使柱廊变得就像玄武岩洞府。

那些摇曳着碧空映象的海波,
用一种隆重而又神秘的方式,
把它丰美音乐的全能的调子
跟映入我眼中的日色相混合。

我就在那宁静的喜悦中悠游,
在蓝天、海涛和光彩包围之中,
由涂抹香料的裸体奴隶侍奉,

他们用棕榈叶扇凉我的额头,
他们最关心的是要深入侦悉
那种折磨着我的痛苦的秘密。

---

* 本诗最初发表于一八五五年六月一日的《两世界评论》。诗中歌咏梦想中的另一世界,同时结合诗人在热带地方旅居的回忆。

13　旅行的波希米亚人[*]

眼光炯炯的精于占卜的种族，
昨天已经启程，把她们的孩子
背在背上，给他们贪馋的嘴里
塞进下垂的乳房，常备的宝物。

跟在蜷缩着家属的马车之旁，
男子们扛着烁亮的武器步行，
他们向苍天抬起沉重的眼睛，
郁郁不乐地惋惜消逝的幻想。

蟋蟀，在沙地的深窝里面藏身，
望着他们走过，加倍提高叫声；
爱他们的地母，在旅人们面前

铺上绿茵，使岩石间流出清泉，
又使荒野开花，为给他们打开
那个黑暗未来的亲切的世界。

---

[*] 本诗约作于一八五二年。波希米亚人为浪漫派诗人爱用的题材。波德莱尔本诗系受法国版画家雅克·卡洛（Jacques Callot, 1592—1635）的同名版画的启发而作。

14 人与海[*]

自由的人,你会常将大海怀恋!
海是你的镜子:你向波涛滚滚、
汪洋无限中凝视着你的灵魂,
你的精神同样是痛苦的深渊。

你爱沉浸在自己的影子里面;
你用眼睛和手臂抱它,而你的心,
听这桀骜不驯的悲叹的涛音,
有时借此将自己的烦嚣排遣。

你们俩都很阴沉而小心翼翼:
人啊,有谁探过你内心的深奥,
海啊,有谁知道你潜在的富饶,
你们是那样谨守你们的秘密!

而在同时,不知已有多少世纪,
你们不知悔改,互相斗狠争强,[①]
你们竟如此喜爱残杀和死亡,
哦,永远的斗士,哦,仇深的兄弟![②]

---

[*] 本诗最初发表于《巴黎评论》一八五二年十月号。当时题名《自由人与海》。
[①] 人想征服海,海想吞没人。
[②] 时而相通相爱,时而互相残杀,显示了感情的二重性。

15　地狱里的唐·璜[*]

当唐·璜来到下界的冥河之旁，
把渡钱交给卡隆[①]，这阴沉的乞丐，[②]
露出像安地善[③]一样傲慢的眼光，
用强力的报复之手荡起桨来。

在黑暗的穹苍下扭动的妇女，
露出下垂的乳房，敞开着衣袍，
仿佛一大群献作牺牲的动物，
在他的背后发出拖长的哀号。

斯卡纳赖尔[④]笑索积欠的工钱，
而唐·路易[⑤]用一只颤抖的手指，
叫岸上的一切游魂都来观看
这个曾嘲笑白头老父的逆子。

---

[*] 据普拉隆所述，本诗作于一八四三年以前。最初发表于一八四六年十二月六日的《艺术家》，题名《不知悔改的男子》。可能取材于德拉克洛瓦的两幅绘画：《但丁和维吉尔在地狱》和《唐·璜的小船》。盖兰的石版画《地狱里的唐·璜》（载一八四一年的《艺术家》）似亦与本诗有关。
[①] 卡隆，希腊神话中冥河的司渡者。
[②] 莫里哀《唐·璜》第三幕第二场：唐·璜曾给穷人一个路易，叫他辱骂天主。
[③] 安地善（Antisthenes，前445—前365），古希腊哲人，犬儒派之祖。（编注：一译安提西尼。）
[④] 斯卡纳赖尔，唐·璜之仆。此处暗指莫里哀《唐·璜》第五幕第七场，他看到主人被天雷殛毙，工钱落空，叫道："啊，我的工钱！我的工钱！"
[⑤] 唐·路易，唐·璜之父，曾教训逆子。见莫里哀《唐·璜》第四幕第六场。

恶之花　巴黎的忧郁

贞洁、消瘦的爱尔维拉①，穿着重孝，
颤抖地傍着旧情人、负义的汉子，
好像求他再作一次最后的微笑，
微笑中依然闪着初誓的甜蜜。

一个穿甲胄的堂堂的石头人②，
屹然掌着船舵，劈开黑色的水波，
而这沉着的英雄，躬身倚着剑柄，
什么都不屑一顾，只对浪迹凝眸。

---

① 爱尔维拉，唐·璜的情妇。唐·璜把她从修道院中勾引出来，随后又抛弃了，逼她重返修道院。见莫里哀《唐·璜》第一幕第二场及第四幕第九场。
② 石头人，典出莫里哀的《唐·璜》。唐璜诱骗了一个少女，少女之父跟他决斗，竟丧生剑下。某日，唐·璜经过死者之墓，跟墓前的石像开玩笑，说要请他赴宴。石像晚间果然来到唐·璜家中。俄而雷电交加，房屋倒塌，唐·璜被天雷殛毙，堕入地狱。

16　骄傲的惩罚[*]

从前，在神学充满生气与活力、
极其繁荣而令人惊异的时期，
据说，某日，有一位伟大的博士，
他已说服了好多不信的人士，
感动他们蒙昧的内心；他已走通
奇妙的道路，迈向天国的光荣，
那是他自己也搞不清楚，或许
只有纯洁的圣灵才能通过的道路，

　　仿佛一个人登得太高，惊慌大叫，
他的心里激起一种恶魔的骄傲：
"耶稣，小耶稣！我过分抬举了你！
可是，如果我曾想攻击你，而不保你，
你的光荣还抵不过你的羞耻，
你不过是个渺小的胎儿而已！"

顷刻之间，他的理智完全消逝。
这种太阳的光辉被黑纱蒙蔽；
一切混乱在他的脑子里打转，
本是生动的庙堂，充满秩序和丰满，

---

[*] 本诗最初与《酒魂》一同发表于《家庭杂志》一八五〇年六月号上。据阿尔贝·玛丽·施米特所述，本诗取材于米什莱（Jules Michelet, 1798—1874）《法国史》中所载的一段十三世纪的轶事。这个受惩的骄傲者是图尔内的西蒙，他是一位议事司铎。

在它的穹顶之下，本来多么华美。
如今，那里却盘踞着沉默和黑夜，
仿佛失去钥匙的地下室一样，
从此他就像只畜生在路上游荡，
当他走出去时，什么也看不见，
穿过田野，也辨别不出冬天夏天，
肮脏、丑陋、无用，就像废物一样，
成为孩子们戏弄和嘲笑的对象。

17　美*

世人啊，我很美，像石头的梦一样，
我这使人人相继碰伤的胸心，
生来是要给诗人激发一种爱情，
就像物质一样永恒而闷声不响。

我像神秘的人面狮，君临碧霄；
我把雪的心跟天鹅之白相结合；
我对移动线条的运动感到厌恶，①
我从来不哭泣，也从来不发笑。

诗人们看到我这堂堂的姿态，
仿佛借自最高傲的纪念雕像，
他们也会刻苦钻研，消磨时光；

因为，为了迷惑柔顺的钟情者，
我有使万象显得更美的明镜：
我的眼睛，永远放光的大眼睛！

---

* 本诗最初发表于一八五七年四月二十日的《法国评论》。把美比成大理石像那样的无表情、无感觉，显示出巴那斯派诗人们的美的理想。大理石（物质）的梦（理想）说明美的两面性。大理石像是永恒的，不动的，无言的，但是它的神秘的梦，永远放光的大眼睛，却大大减轻了它的冷酷和无生气。
① 厌恶线的位置的移动，即厌恶生命。诗人认为眺望没有生命的自然具有无限的美。

恶之花　巴黎的忧郁

18　理想*

绝对不是那种见之流氓世纪
变质的产品、装饰图案中的美人、
穿高帮鞋的脚、拿响板的手指，
能够满足像我这一种人的心。

我把医院美女，那些粥粥群雌，
留给伽瓦尔尼①，萎黄病的诗家，
因为我不能在苍白的蔷薇花里
找到符合我的鲜红的理想的花。

我这深渊似的深心所渴慕的人，
是麦克白夫人②，大胆犯罪的灵魂，
在狂风季节盛开的埃斯库罗斯③之梦；
或是你，伟大的夜④，米开朗基罗之女，
你把你那适合巨人之嘴的双乳
用一种奇怪的姿势安静地抚弄。

---

* 本诗最初发表于一八五一年四月九日的《议会通讯》，为《冥府》诗篇之一。
① 伽瓦尔尼（Paul Gavarni，1804—1866），法国讽刺画家，其作品多取材于巴黎街头、家庭生活及冶游景象，以同情之心描绘下层社会的悲惨生活。波德莱尔在一八四二至一八四六年扬杜米埃而抑伽瓦尔尼，但后来在书信和美术评论中，却对他高度尊重。参看波德莱尔的《几位法国讽刺画家》一文。
② 麦克白夫人，莎剧《麦克白》中的女主人公。剧中麦克白夫人怂恿丈夫杀害了苏格兰国王，篡夺王权。波德莱尔曾从戈蒂耶的藏画中见过德拉克洛瓦同一题材的绘画。
③ 埃斯库罗斯（Aeschylus，约前525—前456），古希腊悲剧作家。
④ 《夜》，佛罗伦萨梅迪奇教堂中米开朗基罗的四大寓意雕像（《昼》《夜》《晨》《昏》）之一，为双乳耸露的大理石雕女像，作躺卧姿势。

19　女巨人*

从前，当大自然抱着强烈的奇想
每天孕育着畸形的孩子的时代，
我一定爱待在一个女巨人身旁，
像淫猥的猫在女王的脚边徘徊。

我一定爱看她灵与肉同时开花，
在恐怖的嬉戏之中自由地成长；
从她眼中飘动的湿雾里，猜测她
心中是否有阴暗的情火隐藏；

我从容地游遍她的壮丽的肉体；
我爬到她双膝的大坡上面休憩，
有时，在夏天，当那不健康的太阳

使她越过郊野疲倦地躺下身来，
我就在她乳房的荫处懒懒地酣睡，
仿佛山脚下和平的小村庄一样。

---

* 本诗为波德莱尔的早期作品之一，约作于一八四三年以前。最初发表于一八五二年四月二十日的《法国评论》。波德莱尔在《一八五九年的沙龙》第五章《宗教、历史、幻想》中这样写道："不管在自然界或是艺术中，在具有同等价值的场合，我首先择其大者。巨大的动物，巨大的风景，巨大的船，巨大的男子，巨大的女人，巨大的教堂……"

20 首饰*

爱人赤身裸体,她知道我的心,
只留下一些丁丁当当的首饰,
豪华的饰物赋予她得意的神情,
像摩尔人女奴欢庆快乐的节日。

当首饰抖动着发出尖声嘲笑,
这个金属和宝石的灿烂世界,
使我欣喜若狂,我强烈地爱好
这种由声和光混合成的宝贝。

她随后就肉体横陈,让我抚爱,
从沙发高处露出舒适的微笑,
见我如此情深意绵,就像大海
升向悬崖那样,向她步步升高。

她像一只驯服的老虎盯着我,
茫茫然像梦想似的搔首弄姿,
那种天真淳朴跟淫荡的结合,
给她的变形添上了新的魅力。

---

* 本诗直接发表于初版《恶之花》。为被法院判决删削的六首禁诗之一。诗中描写的爱人指让娜·迪瓦尔。迪瓦尔是黑白混血,波德莱尔称之为黑维纳斯,是诗人肉体之爱的代表。

她的手臂和小腿,她的大腿和腰
像香油一样润滑,像天鹅一样苗条,
在我明朗的慧眼之前晃晃摇摇;
她的肚子和乳房,我的一串葡萄,

向我逼来,比堕落天使更加温存,
要来扰乱我灵魂的休憩状态,
要让我这安静而孤独的灵魂
从她坐着的水晶岩上坠落下来。

我好像看到一幅新绘的画图,
安提俄珀①的腰装着少年的上身,
这样,就使她的骨盆显得突出。
黄褐色的脸上搽满鲜艳的脂粉。

——灯火终于死心塌地趋于熄灭,
只剩下壁炉的火照亮这间卧室,
每次当它发出冒着火焰的叹息,
就把她琥珀色的皮肤染成血色。

---

① 安提俄珀,希腊神话中底比斯王的女儿。宙斯趁她睡熟时化身为羊人将她奸污,后来生下安非翁。意大利画家科瑞乔(Correggio,约 1494—1534)的杰作《安提俄珀或安提俄珀的睡眠》藏于卢浮宫博物馆。参看戈蒂耶诗集《珐琅和雕玉》中的《云》。

21　面具*

具有文艺复兴风格的寓意的雕像
献给雕刻家
埃尔内斯特·克里斯托夫①

瞧这佛罗伦萨式的优美的瑰宝；
在这丰满的肉体的曲线之中，
充满典雅和魄力，这神圣的同胞。
这尊女像，真是出于鬼斧神工，
窈窕得令人爱慕，而且非常壮健，
可以放在豪华的床上作为装饰，
可供一位主教或一位君王消遣。

——再瞧这漂浮着自鸣得意的狂喜、
非常微妙而又给人快慰的笑容；
这阴险、慵懒、讽刺、犀利的眼光；
这全用面纱蒙住的俊俏的面孔，
一颦一笑都像得意地对我们讲：
"快乐将我召唤，爱神给我奖励！"
看啊，这尊具有如许威严的雕像，

---

* 本诗最初发表于一八五九年十一月三十日的《现代评论》。
① 克里斯托夫（Ernest Christophe，1827—1892），与波德莱尔同时代的法国雕刻家。此处指他的雕像《人间喜剧》（最初题名《痛苦》）。波德莱尔在《一八五九年的沙龙》第九章《雕刻》中曾给予好评。这座雕像现在杜伊勒里公园。

优雅赋予她何等迷人的魅力!
走近吧,在她的美的四周徜徉。

哦,对艺术的亵渎!哦,多令人惊骇!
这预示幸福的、神圣肉体的女郎,
瞧她的顶部,却是个双头的妖怪!

啊,不然!这装得很美的辉煌的面庞,
不过是一副面具,骗人的装饰,
仔细看吧,她的真头,却在这边
残酷地蜷缩,真正的面孔在仰视,
藏在那个欺骗人的面孔的下面。
——可怜的高贵的丽人!你眼泪涔涔,
流成大河,流进我忧郁的心坎,
你的假象使我陶醉,我的灵魂
酣饮你眼中被痛苦逼出的泪泉!

可是,她为何哭泣?她,完美的丽人,
她征服世人,使世人在她脚边下跪,
是什么神秘的苦痛咬她壮健的腰身?
——她在哭,发狂的女人,因为她活过来!
因为她活着!可是,使她特别叫苦,
使她觉得连膝头都在打颤的哀伤,
乃是明天,唉,她还要继续活下去,
明天、后天以至永远!——像我们一样!

22　美的赞歌[*]

你是从天而降,或是从深渊上来,
美啊?你那地狱的神圣的眼光,
把善行的罪恶混合着倾注出来,
因此,可以把你比作美酒一样。

在你的眼睛里含有落日和黎明;
你散发像雷雨之夜一样的清香;
你的吻是媚药,你的嘴是药瓶,
它使英雄气短,它使孩童胆壮。

你来自黑暗深坑,还是来自星际?
命运迷恋你,像只狗盯住你的衬裙;
你随手撒下欢乐和灾祸的种子,
你统治一切,却不负任何责任。

美啊,你踏着死尸前进,对死者嘲讽,
在你的首饰上,恐怖也显得妩媚多娇,
凶杀夹在最贵重的小饰物当中,
在你傲慢的肚子上面妖冶地舞蹈。

炫目的蜉蝣飞向你这一支明烛,

---

[*] 本诗最初发表于一八六〇年十月十五日的《艺术家》。

哧哧地焚身,还说:"感谢火焰大恩!"
倒向美女身上的情郎,气喘吁吁,
仿佛垂死者抚爱自己的孤坟。

美啊,巨大、恐怖而又淳朴的妖魔!
你来自天上或地狱,这有何妨碍?
只要你的眼睛、微笑、秀足能为我
把我爱而不识的无限之门打开!

是魔王或天主派遣,你是人鱼或天神[①],
这又何妨?——眼睛像天鹅绒的仙女,
节律,香和光,唯一的女王!——只要你能
减少宇宙的丑恶,减轻时间的重负!

---

① 你是人鱼或天神,不管你像天神一样纯洁,或是像人鱼一样蛊惑人,使人毁灭。

23 异国的清香*

当我闭上双眼，在暖秋的晚上，
闻着你那温暖的乳房的香气，
我就看到有幸福的海岸浮起，
那儿闪耀着单调的太阳光芒；

悠闲的海岛，获得自然的恩赏，
长满奇异的树木，美味的果实；
妇女的眼睛天真得令人惊异，
男子们身体瘦长而精力很旺。

你的香气领我到迷人的地方，
见一座海港，布满船帆和帆樯，
还露出受海波颠簸后的余慵，

而那绿油油的罗望子的清香，
在大气中荡漾，塞满我的鼻孔，
在我心中混进水手们的歌唱。

---

* 本诗为让娜·迪瓦尔而作。诗中混有对毛里求斯岛和多罗泰（参看《给一位马拉巴尔的姑娘》）的回忆。散文诗集《巴黎的忧郁》第十七篇《头发中的半球》亦有类似的描写。

24 头发[*]

哦,垂到脖子上的浓密的头发!
哦,环形的鬈发!哦,慵懒的清香!
狂喜啊!我要像挥动手帕一样
将头发摇荡,为了在今晚让沉睡在
发中的回忆充满这阴暗的卧房!

无精打采的亚洲,炎热的非洲,
遥遥远隔而几乎消逝的万邦,
都活在你的深处,芬芳的丛林!
像别人的精神飘在乐曲之上,
爱人啊,我的精神在你的发香上荡漾。

我要去到那充满生气的树木和人
都在炎热之下长久昏厥的地方;
结实的发辫啊,请做载我的海浪!
乌木色的海,在你的内部藏有
风帆、桨手、旌旗、桅杆的美梦之乡:

一个喧嚣的海港,可以让我的灵魂
大量地酣饮芳香、色彩和音响;
那儿有驶过金光波纹的航船

---

[*] 本诗最初发表于一八五九年五月二十日的《法国评论》。本诗歌咏让娜·迪瓦尔的头发。参看散文诗集《巴黎的忧郁》中的《头发中的半球》。

伸开巨大的臂膀，要拥抱那
永远漂着暑气的晴天的荣光。

我要把我爱陶醉的头钻进这座
包容另一海洋的黑发的大海；
我微妙的精神，受到摇动的抚爱，
将能再找到你，丰饶的慵懒啊，
找到香甜的悠闲给我的无限安慰！

蓝色的头发，由黑暗撑着的营帐，
你赐我无限的、圆形天空的蔚蓝；
在你一绺绺头发密布绒毛的岸边，
我要热烈陶醉，陶醉在由麝香、
椰子油、柏油混合的香气里面。

长久！永久！在你浓密的长发里，
我要亲手撒布红蓝宝石和珍珠，
让你能够常常听从我的心愿！
你不是我梦中的绿洲？不是我悠然
从其中饮我回忆之酒的葫芦？

25[*]

我爱你,就像喜爱黑夜的苍穹,
哦,哀愁的器皿①,高大的沉默的女郎,
丽人啊,你,我的黑夜的装饰,
你越是逃避我,越是带着嘲讽,
好像要扩大我伸出的手臂
跟无限碧空②的距离,我越是爱你。

我冲向前进攻,我爬上去袭击,
就像一群蛆虫围住一尸体,
哦,无情而残酷的野兽!我爱你,
即使这样冷冰冰,却越发显得美丽!

---

[*] 本诗约作于一八四三年。最初发表于初版《恶之花》。诗中的女性为让娜·迪瓦尔。有的注释家认为本诗的含意不明,不知诗人是对一个女人还是在对月亮倾诉。有人认为是歌咏月亮与女人的两重性。
① 器皿,《圣经》用语,如《圣经·新约·使徒行传》第九章第十五节,"他是我所拣选的器皿",《圣经·新约·罗马书》第九章第二十二节,"那可怒、预备遭毁灭的器皿",《圣经·新约·彼得前书》第三章第七节称妻子为"软弱的器皿"。这些器皿实际上均指人。
② 无限碧空,天国的象征。

26[*]

你要把整个世界纳入你的闺阃,
邪恶的女人! 无聊使你心肠残忍。
每天需要供应你一颗心,让你
磨炼你的牙齿,干这奇妙的把戏。
你的眼睛炯炯放光,像商店一样,
又像节日的烛台,点得烛火辉煌,
你从不知道你那双眸的美的法则,
只顾专横地滥用一种假借的权力。

你这充满残暴、又聋又瞎的机器!
保健工具,嗜吸世人鲜血的女子,
你怎么不知羞耻,你怎么没看见
照在镜中的你的朱颜已经改变?
当那善于隐藏意图的自然,利用你,
哦,女人,哦,罪恶的女王——利用你
这头劣畜塑造一位天才之时,
自以为了解这种恶的威力的你,
难道它从没有使你吓得退缩?

哦,卑贱的伟大,崇高的屈辱!

---

[*] 据普拉隆所述,本诗为最早的诗篇,约作于一八四一年。因此,诗中的女性不可能是让娜·迪瓦尔(波德莱尔于一八四二年才与她相识),而应为犹太妓女萨拉 (Sarah)。

27　可是尚未满足[*]

古怪的女神，像黑夜一样的褐色，
混有哈瓦那烟草和麝香的香气，
某个俄比[①]的作品，草原的浮士德[②]博士，
两胁乌黑的魔女，阴暗的深夜的孩子，

我不要康斯坦斯，不要鸦片和纽伊[③]，
宁要你那情思绵绵的嘴里的灵液；
当我的情欲成群结队地走向你，
你的眼睛是我的"无聊"饮水的天池。

从你灵魂的气窗、黑色的大眼睛中，
哦，无情的恶魔，别射来情火熊熊；
我不是冥河，不能将你抱上九次，[④]

而且，唉！我也不能，放荡的麦格拉[⑤]，

---

[*] 本诗为歌咏让娜·迪瓦尔的诗篇。约作于一八四二至一八四三年，直接发表于初版《恶之花》。原题"Sed Non Satiata"为拉丁文，引用尤维纳利斯咏皇后梅萨琳娜的诗句："Et lassata viris, sed non satiata recessit"（虽被男子们缠倦了，可是，尚未满足，就退下了）。
[①] 俄比，西印度群岛的黑人魔术师，大约来自非洲。
[②] 浮士德，十六世纪德国魔术师。
[③] 康斯坦斯和纽伊，葡萄酒名，均以产地得名。前者产于开普敦附近，后者产于勃艮第。
[④] 冥河绕地狱环流九次，典出维吉尔《埃涅阿斯之歌》第六卷第四百三十九行。
[⑤] 麦格拉，三个复仇女神中的第二个。引申为悍妇、泼妇。

恶之花　巴黎的忧郁

为挫败你的勇气,使你陷于穷途,
在你卧床的地狱里变成普洛塞耳皮那[①]!

[①] 普洛塞耳皮那(珀耳塞福涅),冥王之妻,又是荒淫放荡之女神,此处喻同性爱。让娜·迪瓦尔跟她的使女搞同性恋爱,不能使诗人得到性的满足,故作此语。此外,各注释家对此尚有种种不同的解释。

28[*]

她穿上飘动的、珠光色的外衣,
走起路来也好像在跳舞一样,
像被神奇的杂技师用棒头挑起、
按着节拍摆动着的长蛇。

像沙漠中阴沉的沙子和穹苍,
两者对人类的痛苦毫不关心,
又像海上汹涌的纷纭的波网,
她就这样露出冷冰冰的神情。

她的明眸是用迷人的矿石做成,
在这象征性的奇怪的本性里,
混合着纯洁的天使、古代人面狮,

一切全是钻石、光芒、纯钢、黄金,
仿佛一颗无用的星一样,永远
闪着不育之女的寒冷的威严。

---

[*] 本诗最初发表于一八五七年四月二十日的《法国评论》,当时题名为《十四行诗》,歌咏让娜·迪瓦尔。

29　跳舞的蛇[*]

慵懒的爱人，我爱看你
　　美丽的身上，
仿佛一幅飘动的料子，
　　皮肤在发光！

你那发出强烈香气的
　　满头浓发上
海，馥郁，动荡，激起蓝色、
　　棕色的波浪。

仿佛受到晨风的吹荡
　　醒来的小船，
我的梦魂正准备驶往
　　遥远的天边。

你的眼睛一点不表示
　　温存和爱情，
那是一对冰冷的首饰，
　　混合铁和金。

看到你有节奏地行走，

---

[*] 本诗直接发表于初版《恶之花》，为歌咏让娜·迪瓦尔之作。

放纵的女郎,
就像受棒头指挥的蛇
　　在跳舞一样,

你那懒得支撑不住的
　　孩子般的头,
像一头幼象软绵绵地
　　摇晃个不休,

看你倒下来,玉体横陈,
　　像灵巧的船
摇来摆去,把它的桅桁
　　倒向水波间。

仿佛轰隆融化的冰川
　　涨起了大水,
当你两排牙齿的岸边
　　洋溢着口水,

我像喝到苦而醉人的
　　波希米[①]美酒、
给我心里撒满繁星的
　　流体的宇宙!

---

① 波希米,通译波希米亚,在今捷克境内。

30　腐尸[*]

爱人，想想我们曾经见过的东西，
　　在凉夏的美丽的早晨：
在小路拐弯处，一具丑恶的腐尸
　　在铺石子的床上横陈，

两腿翘得很高，像个淫荡的女子，
　　冒着热腾腾的毒气，
显出随随便便、恬不知耻的样子，
　　敞开充满恶臭的肚皮。

太阳照射着这具腐败的尸身，
　　好像要把它烧得熟烂，
要把自然结合在一起的养分
　　百倍归还伟大的自然。

天空对着这壮丽的尸体凝望，
　　好像一朵开放的花苞，
臭气是那样强烈，你在草地之上
　　好像被熏得快要昏倒。

---

[*] 据普拉隆所述，此诗约作于一八四三年以前。直接发表于初版《恶之花》。诗中的爱人指让娜·迪瓦尔。本诗对路旁的尸体作写实的描绘，诗人常在酒店和画室中朗诵，因而使他以"尸体文学的诗人"而闻名于世。原题"Une Charogne"，我国文献中多译作"死牲口"或"死兽"，此处应为一"女尸"。

苍蝇嗡嗡地聚在腐败的肚子上,
　　黑压压的一大群蛆虫
从肚子里钻出来,沿着臭皮囊,
　　像黏稠的脓一样流动。

这些像潮水般汹涌起伏的蛆子
　　哗啦哗啦地乱撞乱爬,
好像这个被微风吹得膨胀的身体
　　还在度着繁殖的生涯。

这个世界奏出一种奇怪的音乐,①
　　像水在流,像风在鸣响,
又像簸谷者做出有节奏的动作,
　　用他的簸箕簸谷一样。

形象已经消失,只留下梦影依稀,②
　　就像对着遗忘的画布,
一位画家单单凭着他的记忆,
　　慢慢描绘出一幅草图。③

躲在岩石后面、露出愤怒的眼光
　　望着我们的焦急的狗,
它在等待机会,要从尸骸的身上

---

① 指苍蝇嗡嗡地飞,蛆虫窸窸窣窣地钻动。
② 以上所述均为过去所见,现在回想起来,只留下梦影而已。
③ 波德莱尔曾批评当时的风景画家不重视凭记忆作画,见《现代生活的画家》中《记忆的艺术》。

恶之花　巴黎的忧郁

再攫取一块剩下的肉。

——可是将来,你也要像这臭货一样,
　　像这令人恐怖的腐尸,
我的眼睛的明星,我的心性的太阳,
　　你、我的激情,我的天使!

是的!优美之女王,你也难以避免,

　　在领过临终圣事①之后,
当你前去那野草繁花之下长眠,
　　在白骨之间归于腐朽。

那时,我的美人,请你告诉它们,
　　那些吻你吃你的蛆子,
旧爱虽已分解,可是,我已保存
　　爱的形姿和爱的神髓!②

---

① 临终圣事,天主教徒临终前须领临终圣事,其中包括告解、圣体和终傅三件。
② 肉体虽已消亡,爱的形姿和神髓依旧保存在诗中,显示精神主义的、理想主义的倾向。葛赛尔记录的《罗丹艺术论》中曾引用本诗的最后三节,并作如下的说明:"当波德莱尔描写一具又脏又臭、到处是蛆、已经溃烂的女尸时,竟对着这可怕的形象,设想这就是他拜倒的情人,这种骇人的对照构成绝妙的诗篇——一面是希望永远不死的美人,另一面是正在等待这个美人的残酷命运。"(参看人民美术出版社沈琪的译本)

31　我从深处求告*

我的心坠入黑暗深渊,我从深处
求你怜悯,你①,唯有你使我悦爱。
这是铅色地平线上的阴郁的世界,
这儿,在黑夜中漂着恐怖和亵渎;

毫无暖意的太阳在上空漂浮半年,
其余半年,只有黑夜笼罩大地;
这是比极地更荒凉的不毛之地;
没有野兽、河流,没有森林、草原!

在世界上没有任何一种恐怖
超过这冰冻太阳的寒冷残酷
和这像太古混沌似的茫茫黑夜;

我要羡慕最卑贱的动物的运气,
它们能够进入浑浑噩噩的睡眠,
我们时间的线球却摇得如此缓慢!

---

* 本诗原题为拉丁文"De Profundis Clamavi",即《圣经·旧约·诗篇》第一百三十篇的首句:"耶和华啊,我从深处向你求告。"我国天主教徒称之为《哀悼经》,译作"主,余自幽谷,吁告尔"。本诗最初发表于一八五一年四月九日的《议会通讯》(《冥府》诗篇之一),当时题名《贝雅德丽齐》。一八五五年六月一日在《两世界评论》发表时题名为《忧郁》。
① 你,原文用大写,指天主,还是指爱人(让娜·迪瓦尔),各家议论不一。但从最初题名《贝雅德丽齐》观之,似指诗人的爱人。因为把她看成吸血鬼、魔女,乃是恶魔之流,故特别用大写。

32　吸血鬼[*]

你，仿佛刀子那样一挥，
刺进我的忧愁的心里；
你，顽强得像一群魔鬼，
疯狂而又打扮得华丽，

来用我受凌辱的精神
做你的领地、你的床垫；
——我被你捆得紧紧，贱人，
就像囚犯挣不脱锁链，

就像酒鬼离不开酒盅，
就像惯赌者难以戒赌，
就像尸体逃不开蛆虫，
——你真该咒诅，真该咒诅！

我曾求助于快速的剑，
帮我将我的自由夺取，
也向阴险的毒物祈援，
来帮我克服怯懦。

---

[*] 本诗最初发表于一八五五年六月一日的《两世界评论》，为十八篇《恶之花》组诗之一。当时题名《贝雅德丽齐》。前一首《我从深处求告》在一八五一年发表时，亦用《贝雅德丽齐》为题名。又本集《恶之花》第九首亦用《贝雅德丽齐》为题。这三首诗有密切关系，都是咏让娜·迪瓦尔的。吸血鬼指夜间从坟墓中出来吸人血的鬼。

可叹！不管利剑和毒物，
都瞧不起我，对我说道：
"我们不值得给你帮助，
帮你摆脱奴隶的镣铐，

"大傻瓜！——如果我们拼命
救你脱离了她的王国，
你又会用无数的亲吻
使吸血鬼的尸体复活！"

33　忘川*

靠近我的心，冷酷、固执的恋人，
钟爱的老虎，神态慵懒的怪物；
我要把战栗的手指长久伸入
你那浓厚头发的茂密的丛林；

我要把疼痛的头深深藏在
你那充满香气的衣裙之下，
我要，仿佛闻一朵凋谢的花，
闻闻消逝的爱情留下的香味。

我要睡眠！我愿睡而不愿生！
进入死亡似的朦胧的睡乡，
我要在你光滑如铜的肉体上
撒遍我的毫无后悔的亲吻。

要吞没我消沉的啜泣余悲，
什么也不及你深渊似的床；
你的嘴上栖着强力的遗忘，
你的亲吻中流着忘川之水。

今后我要乐于服从命运，

---

* 本诗最初直接发表于初版《恶之花》，为被法院判处删削的六首禁诗之一。传说饮忘川之水能忘记过去。诗中的恋人指让娜·迪瓦尔。

就像一个命中注定的人；
像顺从的殉教者，无辜的囚人，
由于热狂而更加受到苦刑，

我要从这向无真心实意的、
尖乳房的迷人的奶头上面，
为了熄灭我的胸中的哀怨，
吸啜消愁药①和毒芹的甜汁。

---

① 消愁药，典出荷马《奥德修纪》第四歌第二百二十八行。诗中叙述海伦有此药，是一个埃及女人给她的，和在酒里，饮后可以忘记一切忧愁。

34[*]

某夜,我躺在一个犹太丑女[①]身旁,
就像一具尸体靠紧另一具尸体,
在这卖身女的身旁,我不由想起
我求之不得的多愁的美貌女郎[②]。

我想起了她那种天生的威严,
她的眼光具备无限的活力和优美,
她的头发成为香气氤氲的头盔,
想起来就使我的爱情死灰复燃。

因为,我真会狂吻你高贵的肉体,
从你凉爽的脚吻到黑色的发丝,
打开你那深情厚爱的无限宝库,

如果在某个夜晚,哦,冷酷的女王,
只要你能自然而然地流出泪珠,
使你那冷冰冰的眸子暗淡无光。

---

[*] 本诗最初直接发表于初版《恶之花》。据普拉隆所述,此篇乃诗集中最早的诗篇之一。
[①] 犹太丑女,指犹太妓女萨拉。
[②] 美貌女郎,指让娜·迪瓦尔。

35　死后的悔恨[*]

我阴郁的美人，当你将去睡在
用黑色大理石凿成的墓碑之下，
只有漏雨的地窖做你的老家，
只有空洞的窀穸做你的住宅；

当墓石压住你那胆怯的胸房、
你那意懒情慵的袅袅的纤腰，
阻止你的芳心的跳动和爱好，
拖住你的腿，不让你驰骋情场，

那时，我的无边的梦想的良朋、
坟墓——因为坟墓常能了解诗人，
在那些难以成寐的长夜之中，

会对你说："缺德的妓女，你未曾
知道死者会哭，如今又有何补？"
——蛆虫将像悔恨般咬你的肌肤。

---

[*] 本诗最初发表于一八五五年六月一日的《两世界评论》，为十八首《恶之花》组诗之一，属于让娜·迪瓦尔诗篇。诗中采用了法国七星诗社时代诗歌的常用语言。

36 猫[*]

来，美丽的猫，靠拢我多情的心胸：
　　缩起你那锐利的脚爪，
让我沉浸在你那双美丽的眼中，
　　那儿混有金银和玛瑙。

当我的手指从容不迫地爱抚
　　你的头和你弹性的背，
当我的手触着你那带电的娇躯、
　　感到快乐而怡然陶醉，

我恍惚看到我的娇妻。她的眼光
　　像你的一样，我的爱兽，
又深又冷地刺人，仿佛一柄标枪，

　　从她的脚直到她的头，
有一种微妙的气氛、危险的清香
　　绕着褐色的肉体荡漾。

---

[*] 本诗直接发表于初版《恶之花》，约作于一八五二年。《恶之花》诗集中有三首咏猫诗。本诗咏猫兼咏让娜·迪瓦尔。

37　决斗*

两个战士白刃交锋；他们的武器
使空气里飞溅一片血影和寒光。
——铿锵的金铁之声，这决斗的把戏，
乃是受到苦恋折磨的青春的喧嚷。

宝剑都砍断了！就像我们的青春，
爱人啊！但他们又用牙齿和利爪，
代替毫不济事的刀剑报仇雪恨，
哦，积怨之恋使人心变得多凶暴！

恶狠狠的勇士揪扭着滚了下去，
滚到薮猫①和雪豹出没的山沟里，
他们的肌肤将使荒地荆棘丛生。

——这个挤满亲朋的深渊，乃是地狱！
无情的女丈夫，让我们毫无悔意
滚了进去，使我们永远怀恨到底！

---

* 本诗最初发表于一八五八年九月十九日的《艺术家》。《恶之花》再版时收入集中。本诗令人想到海涅《诗歌集》中的《两兄弟》。
① 薮猫，一种产于葡萄牙的大山猫。

38　阳台*

我的回忆之母,情人中的情人,
你赢得我的全部喜悦!全部敬意!
请你回想那些抚爱的优美温存,
那炉边的快慰,那些黄昏的魅力,
我的回忆之母,情人中的情人!

被熊熊的炭火照亮的那些黄昏,
罩着蔷薇色雾气的阳台的傍晚,
你的乳房多温暖!你的心多温存!
我们常常作些永难磨灭的交谈,
被熊熊的炭火照亮的那些黄昏。

在暖和的傍晚,夕阳多么美丽!
宇宙多么深奥!爱心多么坚强!
最敬爱的女王,当我俯身向你,
我好像闻到你的血液的芳香。
在暖和的傍晚,夕阳多么美丽!

黑夜拉上像墙壁一样的厚幕,

---

* 本诗直接发表于初版《恶之花》,为歌咏女性诗篇中最美的一首。每节第五行与第一行重复,为诗人最擅长的一种格式。诗中的女性为让娜·迪瓦尔。诗人跟她一时失和而分居,故作此诗缅怀旧情,同时也结合现在,表达了对将来的希冀。

我的眼睛在暗中窥探你的双瞳,
我酣饮你的气息,哦,甘美,哦,毒素!
你的双足在我亲切的掌中入梦。
黑夜拉上像墙壁一样的厚幕。

我有妙术把那幸福的良辰唤回,
埋头在你的膝上,重温我的过去。
因为,何处可寻到你的慵懒之美,
除了你的芳心和你可爱的娇躯?
我有妙术把那幸福的良辰唤回。

那些无穷的亲吻,那些盟誓、芬芳,
可会从那不可测的深渊里复生,
就像从海底深处出浴后的太阳,①
恢复它的青春,又向空中上升?
——哦,无穷的亲吻!哦,盟誓!哦,芬芳!

---

① 歌德叙事歌《渔夫》:"你不看到太阳月亮都爱浸入海里?它们出浴后的面庞不是倍加美丽?"

39　魔鬼附身者*

太阳罩上一层黑纱。像它一样,
哦,我生命的月亮!你也去蒙上黑影,
随便睡吧,抽烟吧;发愁吧,别作声,
去厌倦无聊的深渊里深深地潜藏;

我爱你这样!可是今天,如果你要
大摇大摆地前去充满热狂的地方,
像从半阴影中出现的昏星那样,
也好!迷人的匕首,就让你出鞘!

让那吊灯的烛火照亮你的明眸!
去给野人的眼中点起情欲之火!
病态、活跃,你的一切我都欢喜;

任你随心所欲,黑夜,红色的黎明;
我这战栗的全身,没有一根神经
不在叫:哦,亲爱的巴力西卜①,我爱你!

---

* 本诗约作于一八五八年,为歌咏让娜·迪瓦尔的诗篇,最初发表于一八五九年一月二十日的《法国评论》。《恶之花》再版时收入。本诗是受到法国幽默作家卡佐特(Jacques Cazotte, 1719—1792)的《多情的魔鬼》的启发而作的。
① 巴力西卜,又称巴力,《圣经·新约·马太福音》第十章第二十五节又译别西卜,注为鬼王之名。巴力西卜为迦南宗教的丰收神,对他的崇拜仪式带有纵欲特征。

40 幻影*

I 黑暗

命运已将我深深地幽禁,
在无限哀愁的地窖里面;
照不进明亮的蔷薇色光线;
只伴着黑夜,阴郁的女主人,

我像个画家,被嘲笑的神
强迫在黑暗的画布上画图;①
像食欲可怕的大菜师傅,
我在烹食着我自己的心,

常有个幽灵,优美而华丽,
辉煌地探头探脑地进来。
当她的全身映入我眼中,

从她迷幻的东方的风采,
我认出这位美丽的来宾,

---

* 这一组十四行诗约作于一八六〇年,最初发表于一八六〇年十月十五日的《艺术家》,后收入《恶之花》第二版。让娜·迪瓦尔于一八五九年患中风住院,出院后得半身不遂后遗症。
① 这两行诗仿雪莱《伊斯兰的反叛》第五歌第二十三节中的两行诗:"就像某位大画师把他的画笔浸在地震和日食的黑暗中。"波德莱尔在《人工乐园》的《吸鸦片者》中曾引用过这两行诗。

正是她！黝黑，却光彩照人。

Ⅱ 芳香

读者，你可曾有那么一次
满怀着醉意去悠然品尝、
闻那香囊里陈年的麝香
或是弥漫全教堂的香粒？

深奇的魅力，过去的年华
又回到眼前使我们陶然！
就像是偎在情人的身边
亲手采摘那回忆的好花。

她这柔软的、密密的发丝，
乃是活香囊、闺中的香炉，
升起褐色的、野草的香气，

她那细布的、丝绒的衣服，
渗透着她的纯洁的青春，
像毛皮一样香喷喷熏人。

Ⅲ 画框

就像配上个美丽的框子，
可以使任何画师的杰作
跟那无限的大自然隔绝，
添上难言的奇妙和魅力，

金属和镀金，家具和首饰，
也如此适合她稀世之美；
一切都像是她的画框子，
增强她美的完璧的光辉。

有时，她好像还那样自信，
她认为一切都对她钟情；
她满怀快感，把她的裸体

沉浸在绫罗绸缎的吻中，
她那种或疾或徐的举动，
显出猴子般天真的优美。

Ⅳ 肖像

疾病和死亡把那为我们
燃烧的情火都化成了灰。
这双热烈温柔的大眼睛，
这张使我心灵沉溺的嘴，

像白藓①一样强烈的亲吻，
比日光更加热腾的欢笑，
还留下什么？可怕啊，灵魂！
只有退色的三色的素描，

它像我，孤独而死气沉沉，

---

① 白藓，一种芸香科植物，花有红有白，有强烈的香气。

被时间,那个害人的老头,
每天用粗糙的翅膀磨损……

生命与艺术的黑心凶手,
你怎能从我的记忆之中
抹掉她,我的欢乐和光荣!

41*

赠你这些诗篇,为了在某个晚上,
如果我的名字,有幸像一只帆船,
被朔风吹到遥远的后代的港湾,
使世人的脑海掀起梦幻的巨浪,

像无稽的传奇①似的、对你的怀想,
虽像扬琴一样使读者听得厌烦,
却由一种和合友好的神秘链环,
永远挂在我这高傲的韵脚之上;②

从深渊直到九重天,除了我本人,
谁也不理会你的、被诅咒的女人;
——你啊,仿佛一个昙花一现的幽灵,

你用轻松的脚步和安详的眼光
踩踏那些对你百般挑剔的蠢人,
青铜脸的大天使,煤玉眼的雕像!③

---

* 本诗最初发表于一八五七年四月二十日的《法国评论》,题名《十四行诗》。本诗如同咏让娜·迪瓦尔组诗的跋诗,献给让娜·迪瓦尔的诗至此结束。又,本诗的题材常见于前辈诗人,特别是七星社诗人的诗中。
① 无稽的传奇,暗示古来传说中的女性。
② 恋人的名字将在诗人的诗中永垂千古。
③ 让娜·迪瓦尔黑皮肤、黑眼睛,故作此描写。

42 永远如此*

你问："你哪来的这种奇怪的忧愁,
就像升到光秃的黑岩上的潮水?"
——当我们的心一摘下爱果之后,
生存就化为痛苦!这是周知的秘密,

这是非常简单、毫不神秘的苦闷,
就像你的喜悦,那样彰明较著。
哦,好奇的美人!请你别再追问,
你的声音虽美,也请你保持缄默!

沉默吧,无知的人!总是快活的灵魂①!
闭上稚笑的嘴!死亡更胜于浮生,
常常抛出巧妙的网将我们网住。

让我,让我的心陶醉于虚幻之中,
钻进你的美目,像进入一场美梦,
永远睡在你睫毛下的荫凉之处!

---

* 本诗最初发表于一八六〇年五月十五日的《现代评论》。《恶之花》再版时收入集中。原题为拉丁文"Semper Eadem",伊丽莎白女王曾以此言作为座右铭。本诗中的女性指萨巴蒂埃夫人(Mme Sabatier),她跟让娜·迪瓦尔相反,是白种人,波德莱尔称之为白维纳斯。
① 参看第四十六首《给一位太快活的女郎》。

43　她的一切*

今天上午，恶魔光临
我的顶楼，将我拜访，
他想抓住我的把柄，
说道："我要你对我讲，

"在构成她的魅力的
那一切众美的当中，
在组成她的娇躯的
黑色、蔷薇色的当中，

"何者最美？"——我的灵魂，
去对这可憎者回话：
——"她的一切都很醉人，
毫无什么高下之差。

"我不知美在哪一点，
一切全都使我陶醉。
她像清晨使人目眩，
她像夜晚给人安慰；

"她那个美丽的全身，

---

* 本诗最初发表于一八五七年四月二十日的《法国评论》。歌颂萨巴蒂埃夫人全身和谐匀称之美。

充满极微妙的和谐,
任怎样分析,也不能
把和音全记写下来。

"我全部感觉都融合
为一的神秘的变形!
她的呼吸奏出音乐,
像她声音发出芳馨!"①

---

① 参看第四首《感应》。

44[*]

今宵你要说什么，可怜的孤独的魂，
你要说什么，我的心，受过伤的心，
对那位最美、最善良、最亲爱的人，
她神圣的眼光又使你焕发青春？

——我们要来自豪地歌唱她的赞诗，
她那威严中的优美真无与伦比；
她灵妙的肌肤发出天使的香气，
她的眼睛给我们裹上光明的外衣。

不管是在夜间或是在孤独之中，
不管是在街头或是在人群之中，
她的倩影总像凌空飘舞的火炬。

它有时对我说："我很美，我命令你，
为了我的缘故，你要一心去爱美；
我是守护天使、诗歌女神和圣母！"

---

[*] 一八五四年二月十六日写不具名信给萨巴蒂埃夫人时附寄此诗。最初发表于一八五五年一月十五日的《巴黎评论》，作为巴尔巴拉（Charles Barbara）的小说《红桥谋杀案》中的引用诗（未具作者姓名）。

45　活的火炬*

它们在我面前行进，光辉的眼睛，
一定有个大智的天使赐以磁力；
神圣的弟兄，我的弟兄，它们前行，
把钻石似的光芒射进我的眼里。

它们救我脱离一切罗网和罪孽，
它们引导我步步走上美的道路；
它们是我的忠仆，我是它们的奴隶；
我整个生命都服从这活的火炬。

迷人的眼睛，你们发出神秘之光，
像白天点的大蜡烛，虽然被太阳
染上红色，却灭不了幻想的火焰；

大蜡烛赞美死亡，你们歌颂觉醒；
你们前行，歌颂我的灵魂的觉醒，
明星①啊，太阳也灭不了你们的火焰！

---

* 一八五四年二月七日在写给萨巴蒂埃夫人的不具名信中附赠此诗。最初发表于一八五七年四月二十日的《法国评论》。本诗受爱伦·坡的哀歌《献给海伦》的启发而作。
① 把眼睛比作明星，在十七世纪的诗歌中极其常见。

46　给一位太快活的女郎[*]

你的面貌、举止和仪容，
美丽得就像美景一样；
微笑在你的脸上荡漾，
仿佛飘过晴空的凉风。

悒郁的人走过你身边，
看到你的双肩和臂膀
射出明光一样的健康，
会使他觉得眼花缭乱。

你把富有音响的色彩
在你的服装上面撒满，
使诗人心中浮想联翩，
像看到百花齐跳芭蕾。

你这光怪陆离的外衣，
象征你的花哨的精神；
使我要发狂的女狂人，
我既爱你，同时又恨你！

有时，我在美丽的园中，

---

[*] 一八五二年十二月九日第一次不具名写信给萨巴蒂埃夫人时附寄此诗。直接发表于初版《恶之花》中。为被法院判处删削的六首禁诗之一。

拖着无力的身体徜徉，
我觉得冷嘲似的太阳
好像在撕裂我的心胸；

我又觉得阳春和绿草，
都是那样挫伤我的心，
我就采一朵花来泄愤，
惩罚那大自然的倨傲。

我也想在某一个夜晚，
等到淫乐的时钟敲响，
悄悄走近你玉体之旁，
像个卑鄙无耻的蠢汉，

刺穿你那仁慈的胸房，
惩罚你那快活的肌肤，
给你惊惶不定的腰部
造成巨大深陷的创伤，

然后，真是无比的甘美！
再通过你那分外晶莹、
分外美丽的新的双唇
输我的毒液，我的姐妹！①

---

① 问题出在这一句，法官将此句的"毒液"解释为梅毒，而波德莱尔则坚决否认，声称这里的"毒液"是指"忧郁"。

47　通功[*]

快活的天使啊，你可知道忧虑、
耻辱、悔恨、啜泣、无聊以及这些
就像搓纸团一样压紧人心的
漫漫长夜之中的茫茫的恐怖？
快活的天使啊，你可知道忧虑？

善良的天使啊，你可知道怨尤，
在复仇女神把地狱之鼓敲响、
操纵着我们一切能力的时光，
那些苦泪和暗暗捏紧的拳头？
善良的天使啊，你可知道怨尤？

健康的天使啊，你可知道热病，
沿着灰白的慈善医院的高墙、
抖动着嘴唇、寻觅稀疏的阳光、
像流民似的曳踵而行的病人？
健康的天使啊，你可知道热病？

---

[*] 一八五三年五月三日写不具名信给萨巴蒂埃夫人时附寄此诗，当时无题，仅书题词 A. A. (萨巴蒂埃夫人名 Aglaé-Apollonie 之略)。最初发表于一八五五年六月一日的《两世界评论》(《恶之花》组诗之一)。"通功"原文"Réversibilité"，一般意义为可逆性、可复归性。此处乃天主教神学名词，即 "réversibilités des mérites"（善行或功德的转换）之意。《教理问答》第九十八条："圣教会中的人能彼此相通功的：我所行的善功，别人有份子，别人所行的善功，我也有份子。"波德莱尔在本诗中具体指出爱人的各种美德（快活、健美）可以补偿诗人的缺陷，医治诗人的痛苦。

美貌的天使啊,你可知道皱纹,
当我们的馋眼从恋人的眼里
看出对于献身暗怀恐惧之时,
那可恨的痛苦、对衰老的担心?
美貌的天使啊,你可知道皱纹?

充满幸福、喜悦和光明的天使,
临终的大卫王一定也曾想望
获得像你娇躯上发散的健康!①
可是,我只求你为我祈祷,天使,
充满幸福、喜悦和光明的天使!

---

① 《圣经·旧约·列王纪上》第一章:"大卫王年纪老迈,虽用被遮盖,仍不觉暖",臣仆劝他"寻找一个处女,使她伺候王,奉养王,睡在王的怀中"。

48 告白*

一次,只有一次,温柔可爱的女郎,
　　你光滑的手臂挽住
我的手臂(在我灵魂的黑暗背景上,
　　这段回忆历历在目)。

夜色深沉;像一枚簇新的奖章,
　　一轮皓月皎皎当空,
庄严的夜色,像一条江河一样,
　　流过沉睡的巴黎上空。

沿门挨户,穿过各家的大门口,
　　悄悄走着几只猫咪,
竖耳倾听,又慢慢跟在我们身后,
　　像一些可爱的影子。

突然,在苍白的月光下展开的
　　极亲密的气氛之中,
从你那音色丰富而响亮的乐器、
　　只奏欢乐调的口中,

---

* 一八五三年五月九日在写给萨巴蒂埃夫人的不具名信中附寄此诗。诗中叙述诗人跟夫人某夜在协和广场上步月的回忆,虽不具名,夫人当亦能猜出是谁。本诗最初发表于一八五五年六月一日的《两世界评论》。

从你那像沐着朝阳的军乐队一样
　　　明朗而快活的口中，
漏出一种音调，颤颤巍巍地荡漾，
　　　是那样奇怪而悲怆，

像个孱弱、可怕、阴沉、肮脏的女孩，
　　　被她家族引以为耻，
为了怕被世人看见，长期以来，
　　　被秘藏在地下室里！

可怜的天使，你用刺耳的调子歌唱：
　　　"尘世一切无法确定，
不管怎样处心积虑，进行伪装，
　　　总会暴露自私之心；

"当个美丽的妇女真是一件苦差，
　　　是那样的平凡下贱，
就像愚蠢冷酷的舞女，痴痴呆呆，
　　　不由自主装出笑脸；

"相信世人的心，乃是一件蠢事；
　　　爱情和美都要分崩，
最后都要被遗忘丢进它的篓里，
　　　而把它们还给永恒！"

我常常回想起那迷人的月色，

那种寂静，那种倦怠，
那种在内心的忏悔室里低声地
　　说出的可怕的告白。

49　精神的曙光*

当又白又红的曙光伴着一种
刺人的理想射进放荡者心里,
靠神秘的报复之力,一位天使
张开眼睛,在沉睡的野兽之中。

精神太空那不可企及的碧青,
为那尚苦于迷梦的颓丧男子,
带着深渊的魅力深深地开启。
亲爱的女神,澄明纯洁的生命,

在残羹尚热的荒唐筵席上面,
你的面影,就像这样,在我眼前
不断飘动,分外明亮、绯红、可爱。

太阳使蜡烛的火焰暗淡无光;
光辉的女郎,你,常胜的征服者,
你的幻影也就像不灭的太阳!

---

* 本诗为一八五四年二月上旬赠萨巴蒂埃夫人之作,并有英语附言:"过了欢快而凄凉的一夜之后,我的灵魂全属于你……"但跟诗人度过一夜的女性,并非萨巴蒂埃夫人。本诗最初发表于一八五五年六月一日的《两世界评论》(《恶之花》诗篇之一)。

50　黄昏的谐调*

是时候了，花儿在枝干上发颤
每朵都在吐香，像个香炉一样；
音响和清香在暮霭之中荡漾；
忧郁的圆舞曲和倦人的晕眩！

每朵都在吐香，像个香炉一样；
小提琴像一颗伤痛的心呜咽；
忧郁的圆舞曲和倦人的晕眩！
天空又愁又美，像大祭台一样①。

小提琴像一颗伤痛的心呜咽，
一颗柔心，憎恨太虚黑暗茫茫！
天空又愁又美，像大祭台一样，
太阳沉入自己的凝血。

一颗柔心，憎恨太虚黑暗茫茫，
搜集光辉的往日的一切怀恋！

---

* 本诗为写给萨巴蒂埃夫人的诗，但未寄出。最初发表于一八五七年四月二十日的《法国评论》。原诗每节第二行和第四行都在次节的第一行和第三行中重复，全诗只押两个韵。这种美丽的格式原是一种马来诗体，称连环诗。法国浪漫派诗人发现这种诗体而加以模仿。如勒孔特·德·李勒（Leconte de Lisle, 1818—1894）的诗《悲伤的诗》共有八节，三十二行，最后一行与第一节第一行重复，但不限两个韵。
① 像个香炉……像大祭台，这两个比喻令人想到维尼（Alfred de Vigny, 1797—1863）的诗《牧人之家》第一章第五节的第四行和第七行的同样用法。

太阳沉入自己的凝血……
你在我心中像一尊"圣体发光"!①

---

① 圣体发光,一种圣器,又译圣体舣、圣体光子以及圣体显供台。把萨巴蒂埃夫人比作"圣体发光",显示诗人对夫人虔诚的崇拜之情。

51　香水瓶*

有种强烈的芳香，它对一切物质
都能渗透。好像还可以透过玻璃。
当你去打开一只东方来的小箱，
铁锁悻悻啼叫，发出咯吱的声响，

或者在荒废的屋里打开个衣柜，
充满多灰、黑暗世纪的呛人霉味，
你可以看到一个古瓶，余香犹存，
从其中冒出个复活过来的灵魂。

沉睡的无数思想，像阴暗的幼蛹，
在沉重的黑暗之中悄悄地颤动，
现在鼓起它们的羽翼翩翩飞翔，
染成蓝色，涂上蔷薇色泽和金光。

这时，醉人的回忆正飞舞在沉沉
混浊的空气中，眼睛闭上；而眩晕
却攫住被征服的灵魂，用手推它，
推向充满人间瘴气①的深渊之下；

---

* 本诗为萨巴蒂埃夫人而作，但未寄出。最初发表于一八五七年四月二十日的《法国评论》。
① 人间瘴气，指萨巴蒂埃夫人沙龙里的混浊空气。

它把它打倒在古老的深渊之旁。
像扯碎尸衣、发臭的拉撒路一样,①
这旧情的艳尸,虽已腐朽在墓中,
又在那儿睁开它的眼睛在蠢动。

就像这样,等我在世人的记忆里
消逝,被丢在阴森的衣柜角落里,
像一只老朽、卑微、龌龊、布满灰尘、
黏糊糊、生裂纹、凄惨的旧香水瓶,

我要做你的灵柩,我可爱的瘟症!
我也要做你的力与毒性的见证,
由天使调制的贵重的毒药!你是
腐蚀我的液体,操纵我心的生死!

---

① 病人拉撒路已死了四天,葬在墓洞中,用石头挡着。耶稣叫人挪开石头,唤他出来,死人就出来了,手脚裹着布,脸上包着手巾……见《圣经·新约·约翰福音》第十一章。

52　毒[*]

美酒能用奇迹一般的豪华富丽
　　装饰最破烂的旧房，
就像布满阴霾的太空中的夕阳，
　　在红霞散漫的金光里，
能使其中现出许多神奇的柱廊。

鸦片能够扩大无边无际的境界，
　　能使无限更加伸长，
能使时间深沉，又能使快乐增长，
　　用阴暗悒郁的愉快
塞满我们的灵魂，超过正常容量。

这些都比不上从你碧绿的眼中
　　滴下的毒，你的明眸
是倒映着我战栗的灵魂的明湖……
　　我那成群结队的梦，
来掬饮这苦水，润润干渴的喉咙。

这些都比不上你那磨人的毒涎
　　拥有的恐怖的魔力，

---

[*] 本诗最初发表于一八五七年四月二十日的《法国评论》。诗中的女性是碧眼女郎玛丽·迪布朗（Marie Daubrun）。

它把我灵魂投入无悔的遗忘里,
　　让它感到头晕目眩,
软弱无力,而把它推向死亡岸边!

53　阴沉的天空*

你的眼光仿佛蒙上一层烟雾；
你神秘的眼睛（蓝色？灰色？碧绿？）
时而温柔，时而幻想，时而残忍，
反映天空的苍白和萎靡不振。

你想起又白、又暖、又阴的日子，
当过敏的神经被莫名的愁思
扭歪，激动着嘲笑沉睡的精神，
那时，迷恋的人们都变成泪人。

你有时就像那在雾季的太阳
照射下的美丽的地平线一样；
又像被阴沉的天上落下的光线
烧着的湿润风景，是多么灿烂！

哦，迷人的气氛！哦，危险的女郎！
我也同样会爱上你的雪和霜？
我能从无情的严冬吸取一些
比冰和剑更锐利刺人的快乐？

---

* 本诗直接发表于初版《恶之花》。歌咏玛丽·迪布朗的绿眼睛。

54 猫[*]

I

有一只温柔、强壮、优美、
可爱的猫,在我头脑里
走来走去,像在它家里。
它叫起来,声音很轻微,

音色是那样柔和审慎;
可是当它念经或平息,
声音又总是丰富、深沉:
其中含有魅力和秘密。

这珠圆玉润美妙之声
渗进我最阴暗的心底,
像和谐的诗流遍全身,
像媚药一样使我欣喜。

它消除最残酷的痛苦,
它包含着一切的狂喜;
不需要任何片言只字,
可以表达深长的妙语。

---

[*] 本诗最初直接发表于初版《恶之花》。再版时将原诗分为两段,并做了改动。

没有任何琴弓,能紧扣
我的心,这完美的乐器,
触发它的震颤的弦丝,
使它豪迈地高歌,只有

你的声音,天使般的猫,
神秘的猫,珍奇的猫咪,
你的一切,就像那天使,
是那样谐和而又微妙!

Ⅱ

从它金色、褐色毛皮上
发出甘美的香气,某夜,
我只将它抚摸了一次,
我就沾染上它的芳香。

它是家宅的守护精灵;
在它的王国中的万物
都受它裁判、统治、鼓舞;
它是个妖精?是个神灵?

当我的眼睛像被磁铁
引向我的爱猫的身上,
随后,安详地回转眼光,
眺望自己的内心之时,

我看到它苍白的瞳孔
冒出火焰,真令人惊奇,
这盏明灯,活的猫眼石,
在凝视着我,动也不动。

55 美丽的船[*]

窈窕的魔女啊，我要来对你叙述
装饰你青春的各种优美的风度；
    我要亲口对你描绘
你那由幼稚与成熟结合的优美。

当你穿着宽大的裙子御风而来，
你就像一只美丽的船[①]漂向大海，
    扬起征帆，按着一种
轻徐、缓慢、动人的节拍摇荡摆动。

你那轩昂的头，显得特别优美，
衬着粗圆的颈项和肥满的肩背；
    你这位尊贵的少女，
安详而得意扬扬地走你的道路。

窈窕的魔女啊，我要来对你叙述
装饰你青春的各种优美的风度；
    我要亲口对你描绘
你那由幼稚与成熟结合的优美。

---

[*] 克雷佩最初认为本诗歌咏让娜·迪瓦尔，后又改变意见，认为是为玛丽·迪布朗而作。按照诗的排列顺序，应属于玛丽·迪布朗诗篇。诗中列举情人全身之美，乃是龙沙以来的诗歌传统，但也能看到《雅歌》的影响。
[①] 第二十九首《跳舞的蛇》第七节中也将情人的身体比作小船。

顶住波纹绸衣的那突起的乳房，
自豪的乳房像美丽的大橱一样，
　　　隆起而光亮的镜板，
像盾牌一般能吸住烁亮的闪电；

挑逗的盾牌，配上蔷薇色的肉钉！①
藏着秘密的大橱，摆满许多珍品，
　　　葡萄酒、利口酒、香料，
能够兴奋人心，麻醉人们的头脑！

当你穿着宽大的裙子御风而来，
你就像一只美丽的船漂向大海，
　　　扬起征帆，按着一种
轻徐、缓慢、动人的节拍摇荡摆动。

你那踢起裙边的两条高贵的腿，
激起阴暗的情欲，使人如痴如醉，
　　　就像在深底药瓶里
搅拌黑色媚药的两个女魔术师。

你那足以玩弄早熟力士的手臂，
对付光亮的蟒蛇，②是有力的劲敌，
　　　生来是为紧抱情郎，
像要把情郎铭刻在深心里一样。

---

① 古时的圆形盾牌，中心有一浮凸处，称为脐顶，此处比喻乳头。
② 此处暗指大力士赫拉克勒斯在摇篮中扼杀巨蟒的故事。

你那轩昂的头,显得特别的优美,
衬着粗圆的颈项和肥满的肩背;
　　你这位尊贵的少女,
安详而得意扬扬地走你的道路。

56　邀游*

好孩子，小妹，
想想多甘美，
到那里跟你住在一起！
在那个像你
一样的国土①里，
悠然相爱，相爱到老死！
阴沉的天上，
湿润的太阳，
对我的心有无限魅力，
多神秘，像你
不忠的眸子
透过泪水闪射出光辉。

那儿，只有美和秩序，
只有豪华、宁静、乐趣。②
在我们屋里，
我要去布置
被岁月磨得光亮的家具；
奇花和异卉

---

* 本诗为歌咏玛丽·迪布朗的诗篇。最初发表于一八五五年六月一日的《两世界评论》。创作年代有一八四八年说、一八五一年说、一八五四年说等。散文诗集《巴黎的忧郁》第十八篇与本诗为同名之作。
① 国土，指荷兰，但不一定指现实的荷兰，而是指诗人梦想中的理想乐土。此处将自然与情人同一化。
② 此处的叠句叙述理想的美的性质，对女性与自然双方均通用。但不仅指外形的要素，亦包括内在的要素。

吐放出香味,
混着龙涎香朦胧的馥郁,
　　富丽的藻井,
　　深深的明镜,
东方风味的豪华绚烂,
　　都要对人心
　　秘密吐衷情,
说出甘美的本国语言。

　那儿,只有美和秩序,
　只有豪华、宁静、乐趣。

　　瞧那运河边
　　沉睡的航船,
心里都想去漂流海外;
　　为了满足你
　　区区的心意,
它们从天涯海角驶来。
　　——落日的斜晖,
　　给运河、田野
和整个城市抹上了金黄
　　紫蓝的色彩;
　　整个的世界
进入温暖的光辉的睡乡。

　那儿,只有美和秩序,
　只有豪华、宁静、乐趣。

57　无法挽救的悔恨*

I

我们怎能扼杀古老的长期的悔恨,
　　它还活着、扭动、摆舞,
拿我们当养料,像蛆虫蚕食死人,
　　又像毛虫蚕食橡树?
我们怎能扼杀那难以平息的悔恨?

用什么媚药、什么美酒、什么药汤
　　能把这个旧敌淹死,
它破坏一切,贪馋无厌,像个暗娼,
　　又坚韧得像只蚂蚁?
用什么媚药?什么美酒?什么药汤?

说吧,美丽的魔女,说吧,你如知道,
　　请告诉这苦闷的心,
它像垂死的士兵,被伤兵们压倒,
　　又受到马蹄的踩躏,
说吧,美丽的魔女,说吧,你如知道,

---

* 本诗最初发表于一八五五年六月一日的《两世界评论》,题名为《献给金发美女》。一八四七年在圣马丁门剧场上演多尔努瓦夫人原作的梦幻剧《金发美女》,由玛丽·迪布朗担任女主角,故作此诗以献。

请告诉这个垂死者,他已被狼嗅到,
  他已受到乌鸦监视,
告诉这伤兵! 如果他该这样死掉:
  没有十字架和墓地;
这个可怜的垂死者,他已被狼嗅到!

人们能否照亮浑浊乌黑的穹苍?
  划破那种不分早晚,
既无星光、又无阴惨的闪电之光,
  比松脂更浓的黑暗?
人们能否照亮浑浊乌黑的穹苍?

照亮客栈玻璃窗的希望的明灯
  已被吹灭,永远消逝! ①
无月无光,走上歧途的受难之人,
  叫他能去何处过夜!
恶魔吹灭了客栈玻璃窗边的明灯!

可爱的魔女,你可喜爱被诅咒的人?
  可知道难恕的罪孽?
你可知道那种悔恨,拿我们的心
  当作射毒箭的靶子?
可爱的魔女,你可喜爱被诅咒的人?

---

① 此处所述与剧情有关:恶魔大叫"希望死了",金发美女看到映着灯光的玻璃窗,想逃进屋里去,她刚进去,恶魔们就把灯火吹灭。

无法挽救的悔恨用它的毒牙啃噬
　　我们的心、可怜的碑,
它不断地蛀蚀,就像白蚁从根基
　　将建筑物加以摧毁!
无法挽救的悔恨用它的毒牙啃噬!

II①

我有时看到,在通俗剧场的舞台上,
　　在乐队演奏的声中,
一位仙女点起神奇的黎明火光,
　　照亮地狱似的天空;
我有时看到,在通俗剧场的舞台上,

有个由光芒、黄金和薄纱组成的人
　　打败了巨大的魔王;
可是,我这从未出现过狂喜的心,
　　是令人失望的剧场,
总是看不到那位披薄纱羽翼的人。

---

① 本诗在第三版中始分为两章。

58　闲谈[*]

你是秋季美丽的天空，淡红、晴朗！
可是，哀愁像潮水在我胸中升起，
等退潮之后，在我沉闷的嘴唇上，
却留下苦涩泥土的灼人的回忆。

——你的手徒然掠过我昏厥的胸房：
它所探寻的，爱人啊，乃是被妇女[①]
用她的獠牙利爪洗劫过的地方。
别再寻我的心；它已被野兽吞去。

我的心是被众人破坏过的宫殿！
他们在那儿酗酒、残杀、揪扭头发。
——在你裸露的乳房四周香雾弥漫！……

美人，请便吧！灵魂的无情的连枷！
用你那宛如节日的发火的眼睛
把野兽吃剩下的残骸烧成灰烬！

---

[*] 本诗在初版中为歌咏玛丽·迪布朗诗篇的最后一首。再版时在本诗后增入《秋之歌》及《献给一位圣母》。
[①] 妇女，指让娜·迪瓦尔。

59 秋之歌*

I

我们就要陷入寒冷的黑暗,
再会,短促夏季的强烈之光!
我已经听到凄然着地的枯枝
簌簌地落在院中的石子路上。

我心中将恢复一切严冬:愤慨、
怨恨、战栗、恐惧、重劳役的繁忙,
我的心将变成红通通的冰块,
就像落进北极地狱中的太阳。

我倾听落地的薪枝,全身发抖,
搭刑架之声也没有如此凄凉。
我的心灵像一座崩圮的城楼,
禁不住撞锤①那样不停地猛撞。

在单调的着地声中,我像听见,
某处有人慌忙忙钉棺材之声……

---

* 本诗最初发表于一八五九年十一月三十日的《现代评论》,题名献给 M. D.(玛丽·迪布朗)。当时没有分章。《恶之花》再版时收入集中。本诗堪称波德莱尔爱情诗的绝唱。
① 撞锤,古时撞破城门、城墙的兵器,为一大杵,前端为铁制,形如羊头,故亦译羊头撞锤。又有悬于木架上者,称撞墙车。

为谁?——昨天是夏季;眼前是秋天!
这神秘的声音像出殡的钟声。

II

我爱你的淡绿目光,温柔的美女,
可是今天我却逃脱不了忧伤,
你的爱情,你的香闺,你的壁炉,
都不及照耀在大海上的太阳。

然而,爱我吧,好人!像慈母一样,
哪怕她的儿子不肖而且忘恩;
爱人啊,妹啊,给我一点像夕阳,
或是像秋光艳丽的片刻温存。

时间不长!坟墓等着;它真贪婪!
啊,请让我把头枕在你的膝上,
一面惋惜那炎炎的白夏,一面
欣赏晚秋的柔和的黄色的光!

60　献给一位圣母[*]

西班牙风格[①]的还愿品

圣母啊,我的恋人,我要为你建筑
一座地下祭台,在我的痛苦深处,
而在我心中最黑暗的角落里面,
远离世俗的欲望和嘲笑的视线,
挖一座壁龛,把它漆得金碧辉煌,
在里面供着你,惊讶的圣母雕像。[②]
用我琢磨的诗,这纯粹的金属网,
上面巧饰着水晶韵脚的点点星光,
做一顶巨大宝冠,装饰你的头颅;
再用我的嫉妒[③],哦,凡俗的圣母,
好好给你裁一件番邦式的外衣,
笔挺而厚实,还用猜疑做它的衬里,
让它像个岗亭,将你的魅力禁锢;
不用珍珠绣花,而全用我的泪珠!

---

[*] 一八五九年,《现代评论》没有敢登此诗,怕引起读者的反感。最初发表于一八六〇年一月二十二日的《自由谈》。一八六一年《恶之花》再版时收入集中。此诗亦属歌咏玛丽·迪布朗的诗篇,她是白肤金发碧眼的女郎,容貌像圣母。本诗可能受马修·格雷戈里·刘易斯(Matthew Gregory Lewis)的《修道士》中的一节启发而作。相传西班牙修士安布罗修(Ambrosio,340—397)的隐修庵中有一尊圣母像,此外他没见过其他女人。魔鬼诱惑他,派一个女人前来,容貌跟圣母像一样。安布罗修跌倒了,愤怒地打碎了圣母像。
① 波德莱尔在《火箭》中写过这句话:"西班牙在宗教中也纳入恋爱的自然的残酷。"
② 一面又妒又恨,一面还在崇拜,故圣母像感到惊讶。
③ 一八五九年玛丽和邦维尔一同去法国南部行乐,波德莱尔感到非常嫉妒。

作为你那飘来飘去摆动的长袍
是我的情欲,它时而低沉,时而升高,
时而在峰顶摇晃,时而在谷中休憩,
用接吻裹住你那白而泛红的肉体。
我还要用我的尊敬做一双豪华
美丽的缎鞋,供你神圣的秀足践踏,
它们把你的脚拥在柔软的怀里,
就像一副保持足型的可靠的模子。
如果我一心一意,发挥我的技能,
还不能用银月①为你雕一只脚镫,
我就要把那咬我肚肠的大蛇②,
完全胀满怨恨和唾液的妖怪,
放在你脚底,做你践踏、嘲笑的对象,
你这富于赎罪之力的胜利的女王③。
你将看到我的思想像给圣母、
处女的母皇、供花的祭台前的蜡烛,
在蓝色的天花板上反映出星光,
用它的火眼不断地对你注望;
我全心全意对你的爱慕,对你的倾倒,
都变成了安息香、沉香、乳香、没药,
我那狂飙精神,也变得烟雾腾腾,
向着那覆雪的白峰不停地上升。

---

① 银月,据于贝尔解释,银月指蜜月,此处表面的意义是:如果尽我一切热心的技巧,还不能给我模拟你的圣母像的台座雕刻一个银月……而骨里的意思则是:如果不管我在艺术上怎样孜孜努力,还是不能获得蜜月旅行的金钱。
② 大蛇,指嫉妒。
③ 此处意为:虽然犯罪,但毫不在乎的女王。

最后，为了完成你的马利亚①任务，
为了在爱情里面加入野蛮粗鲁，
阴暗的快感啊！我这悔恨的刽子手，
要用七罪宗②制成七把锋利的匕首③，
像麻木不仁的耍戏法的术士，
拿你爱情的最深之处当作靶子，
把匕首全插进你的抽搐的心，
你的啜泣的心，你的流血的心！

---

① 马利亚，圣母。这里指玛丽·迪布朗。
② 七罪宗，天主教《教理问答》二百零四条："七罪宗，就是骄傲、悭吝、好色、嫉妒、忿怒、饕餮、懒惰。"
③ 七把锋利的匕首，西洋美术中痛苦圣母的画像常画七支剑刺在圣母心中。七支剑象征七重痛苦。

61 午后之歌[*]

媚眼迷人的魔女,
尽管你凶恶的眉毛,
赋予你奇怪的相貌,
不像天使的风度,

我爱你,轻佻的女郎,
我的可怕的热情!
像祭司一片诚心,
崇拜着他的偶像。

你的粗硬的发丝
有沙漠、森林的清香,
你的头,瞧那种模样,
就像谜语和秘密。

你那吐香的肌肤,
像香炉烟气腾腾;
你像黄昏般迷人,
温暖黝黑的仙女!

效力最强的迷汤,

---

[*] 本诗最初发表于一八六〇年十月十五日的《艺术家》。《恶之花》再版时收入集中。据克雷佩所述,本诗为歌咏让娜·迪瓦尔之作。但亦有认为系歌咏玛丽·迪布朗或其他不明之女性者。

恶之花 巴黎的忧郁

也不及你的慵情，
你那抚爱的本领，
能够使死者还阳。

你那多情的纤腰，
爱你的背脊和双乳，
你那懒洋洋的风度
使椅垫神魂颠倒。

有时，为了要平息
你那神秘的热狂，
你装着认真的模样，
滥用亲吻和咬啮。

你先用冷嘲的微笑
折磨我，褐色的女郎！
再把月亮似的眼光
向我的心头照耀。

我把莫大的欢喜、
我的命运和才华，
放在你缎鞋之下，
你的丝光的脚底，

你是色彩，是光华，
治愈我灵魂的伤痛！
在西伯利亚黑暗中，
发生赤热的爆炸！

62 西西娜[*]

请想象那位装束优美的狄安娜[①],
她穿过了灌木丛,她走遍了森林,
迎风挺胸披发,爱听行猎的喧哗,
蔑视优秀的骑手而高傲地前进!

你曾见过爱好杀戮的泰罗阿涅[②],
煽动不穿鞋子的群众冲锋突击,
脸上眼中都冒火,自演重要角色,
手里拿着军刀,登上王宫的楼梯?

西西娜也如此!可是这位女战士,
虽有杀戮之心,却也有慈悲之心;
硝烟和战鼓虽然激起她的勇气,

但在乞怜者面前,也会放下武器,
对值得同情者,她那烈火似的心,
常常会化为一座流不干的泪池。

---

[*] 本诗最初发表于一八五九年四月十日的《法国评论》。西西娜是萨巴蒂埃夫人的女友,即尼埃里夫人(Mme Nieri),是个交际花,在第二帝国时代的巴黎社交界以优雅、阔绰和美貌闻名。她以共和主义者自诩,并钦佩意大利志士奥尔西尼(Felice Orsini),后者曾于一八五八年一月十四日投弹暗杀破仑三世,未遂被捕,并于三月十三日被处死。
[①] 狄安娜,希腊神话中的狩猎女神。
[②] 泰罗阿涅(Théroigne de Méricourt,1762—1817),法国大革命时期的女英雄。有自由女战士之称。大革命一开始她就积极投入,曾和革命群众一起攻占巴士底狱,包围王宫并逮捕路易十六等。

63　献给我的弗朗西斯卡的赞歌[*]

为一位博学而虔诚的制女帽妇女而作

我要用新弦歌颂你，
哦，在我内心的
孤独中嬉游的小动物！

你来披上花环吧，
哦，你能涤除一切
罪孽的温柔的女人！

具有磁力的女人，
我要饮你的亲吻，
像饮慈悲的忘川。

每当罪恶的暴风
在一切路上狂吹，
女神啊，你就显圣，

像苦海遇难的船

---

[*] 一八五七年五月十八日的《艺术家》最初刊载此诗。初版《恶之花》中附有献词和一段前记，再版时省去。原诗用罗马帝国末期的拉丁文写成，每行八音缀，三行同韵。译诗没有用韵。献词中的妇女，据邦维尔所述，名吕塞特，其他详情不明。

看到了救星……我要
向你的祭台献心!

充满美德的水池,
永远的青春之泉,
请让我哑口能言!

污秽的,你把它烧光;
粗糙的,你把它磨光;
懦弱的,你使它坚强。

我饥饿时的食堂,
我夜晚时的灯火,
请永远给我掌舵。

请给我增添力量,
你这撒满香料的、
令人舒畅的澡堂!

在我的腰部闪光吧,
哦,曾用天上的圣水
浸过的纯洁的腰带;

闪着珠光的杯子,
咸味的面包,美餐,
神酒,弗朗西斯卡!

64 献给一位白裔夫人[*]

在受太阳抚爱的芳香的国家,
在染成紫红的树和给人眼睛
洒下倦意的棕榈树华盖之下,
我认识个美无人知的白裔夫人。

面色苍白而暖热;这褐发美人,
颈部流露出故作高贵的神情;
高大而苗条,走起路来像猎人,
她的微笑很安详,目光很坚定。

如果你去真正的荣耀之邦,马丹①,
前去塞纳河、碧绿的卢瓦尔河②畔,
正好配那古色古香的园邸,美人,

在清静的浓荫之下栖身,你能使
诗人心中产生几千首十四行诗,
你的大眼会使诗人比黑奴更温驯。

---

[*] 一八四一年,诗人二十岁时在毛里求斯岛认识了当地的农场主奥塔尔·德·布拉加尔的夫人,她是白人的后裔。同年十月二十日,诗人从波旁岛写信给那位农场主时,附寄此诗。本诗最初发表于一八四五年五月二十五日的《艺术家》。
① 马丹,法语:夫人。
② 卢瓦尔河,法国最大的河,在塞纳河之南。

65　忧伤与漂泊*

请问，阿加特，你的心可有时高飞，
远离这污浊城市的黑暗的海洋①，
飞往另一座充满壮丽的光辉、
碧蓝、明亮、深邃、处女似的海洋？
请问，阿加特，你的心可有时高飞？

大海，茫茫的大海，安慰我们的劳累！
由巨大的风琴、那哀怨的飓风
伴奏着、嘎声歌唱的大海②，是什么魔鬼
赋予她催眠曲似的崇高的作用？
大海，茫茫的大海，安慰我们的劳累！

把我带走吧，马车！把我载去吧，快艇！③
离开！离开！这儿的泥浆是我们的眼泪！
——难道这是真情？阿加特忧伤的心
常这样说："离开悔恨、痛苦和犯罪，
把我带走吧，马车！把我载去吧，快艇！"

---

* 最初发表于一八五五年六月一日的《两世界评论》，为十八首《恶之花》组诗之一。原题为拉丁文"Moesta et Errabunda"。诗中的阿加特不知所指何人，一般认为可能是诗人痛苦之魂的拟人化，或回忆幼年时代的一位少女而加以理想化。本诗的主题是想通过旅游和回忆，遁入无限的空间与时间之中，以此来摆脱诗人的忧伤。
① 本诗前三节叙述诗人想摆脱大都市的忧郁，逃往海上。
② 嘎声歌唱的大海，指刮着狂风的大海。
③ 这几令人想到马拉美（Stéphane Mallarmé，1842—1898）的《海上的微风》中的诗句："逃遁吧！向那边逃遁吧！我觉得在不相识的波沫和天空之间……"

芬芳的乐园,你跟我们远远隔开,①
在你那碧空之下,全是爱与欢乐,
人们喜爱的一切,全都值得喜爱,
那儿,人心都沉湎于纯洁的享乐!
芬芳的乐园,你跟我们远远隔开!

可是,充满童稚之爱的绿色乐园,
那些赛跑、唱歌、亲吻,那些花束,
在山后颤动的小提琴的丝弦,
在黄昏的树林中的葡萄酒壶,
——可是,充满童稚之爱的绿色乐园,

充满秘密欢乐的纯洁的乐园,
是否已远得超过印度和中国?
能否用哀叹的叫喊召它回还,
能否用银铃的声音唤它复活,
充满秘密欢乐的纯洁的乐园?②

---

① 以下三节转入对童年的回忆,显示诗人对消逝的幸福和童年时代的怀念。那时诗人跟他孀居的母亲和女仆玛丽埃特住在巴黎郊外讷伊,过着快乐的日子。
② 快乐的童年时代已一去不返,饱受悔恨、罪孽和痛苦折磨的诗人最后只得以绝望的调子发出哀婉的悲叹。

66　幽灵[*]

仿佛野兽眼光[①]的天使，
我要回到你的闺房里，
趁着夜色昏昏的黑暗，
悄悄地走近你的身边；

我要给你，褐发的恋人，
像月亮一样冰冷的吻，
要给你像在墓穴周围
爬行的蛇一样的抚爱。

当那苍白的黎明到来，
你将发现留下的空位，
直到夜晚都冷冷冰冰。

别人会对你多情多意，
我却要实行恐怖统治，
统治你的青春和生命！

---

[*] 本诗直接发表于《恶之花》，在初版时为第七十二首。原题"Le Revenant"，意为幽灵、鬼魂，照字面解释，为归来者，死后还魂者。诗人想象自己死后，在夜间回到爱人让娜·迪瓦尔的身边。
[①] 野兽眼光（à l'oeil fauve），"fauve"意为浅黄褐色，又有猛兽之意。此处的天使来自地狱，即恶天使，堕落天使，不是来自天上的天使，故译作"野兽眼光"。

恶之花　巴黎的忧郁

67　秋之十四行诗*

你那明如水晶的眼睛向我询问：
"我对你有什么价值，奇怪的朋友？"
——快乐吧，不要作声！除了太古野兽
那样的单纯，我这恼怒一切的心，

不愿对你透露它的可怕的隐衷
和那用火焰写成的阴暗的奇闻，
摇着我的摇篮催我长眠的女人。
我憎恶热情，我的精神使我苦痛！

我们安然相爱吧！小爱神丘比特①
暗藏在哨所里，张着运命的弓矢。
我知道他那古代武库里的武器：

罪恶、恐怖和疯狂！——哦，苍白的雏菊②！
你我不都像秋季太阳已是迟暮？
哦，如此洁白而冷冷的玛格丽特！

---

* 最初发表于一八五九年十一月三十日的《现代评论》。《恶之花》再版时收入集中。克雷佩认为，这是歌咏玛丽·迪布朗的诗篇。一八五四年她曾在快乐剧场扮演过《阿登森林的野猪》中的玛尔格，故在诗中称她为玛格丽特。在波德莱尔眼中，当时她已失去青春，不再像一八四七年演金发美女时那样年轻了。
① 小爱神丘比特，罗马神话中的爱神，手持弓箭，中其金箭者就会产生爱情。
② 雏菊，原文为"marguerite"，音译即玛格丽特。

68　月亮的哀愁[*]

今晚，月亮进入无限慵懒的梦中，
像在重叠的垫褥上躺着的美人，
在入寐以前，用她的手，漫不经心
轻轻地将自己乳房的轮廓抚弄，

在雪崩似的软绵绵的缎子背上，
月亮奄奄一息地耽于昏厥状态，
她的眼睛眺望那如同百花盛开、
向蓝天里袅袅上升的白色幻象。

有时，当她感到懒洋洋无事可为，
给地球上滴下一滴悄悄的眼泪，
一位虔诚的诗人，厌恶睡眠之士，

就把这一滴像猫眼石碎片一样
闪着虹光的苍白眼泪收进手掌，
放进远离太阳眼睛的他的心里。

---

[*] 本诗为一八五〇年以前之作，直接发表于初版《恶之花》。

69 猫[*]

热恋的情人和谨严的学者们，
到了成熟的年纪，都同样爱猫，
家中的骄傲，强毅而温柔的猫，
畏寒而又深居简出，一如他们。

它们乃是学问[①]和喜悦的朋友，
它们探求沉默和黑暗之恐怖；
如果它们肯屈尊为冥王[②]服务，
可以代替马匹拉出殡的柩车。

它们在沉思时的高贵的风姿，
像陷于孤独的巨大的人面狮，
睡意沉沉地进入无边的梦乡；

它们的丰腰发出魔术的火花，
它们神秘的瞳孔充满像细沙
一样的金粉，闪着朦胧的星光。

---

[*] 本诗发表于一八五一年四月九日的《议会通讯》（《冥府》诗篇之一）。在此以前，在一八四七年十一月十四日文艺报《海盗·恶魔》上刊载的尚弗勒里（Jules Husson Champfleury, 1821—1889）的小说《爱猫特罗特》中曾引用本诗的片段（未提作者名）。在一八四八年《比利时评论》刊载的一篇论文中也曾引用本诗全文。据说诗中所咏的猫是诗人的朋友狄旺·勒·佩尔什的爱猫罗莎莉。此猫性爱孤独，耽于梦想，爱好夜与黑暗，带有可怕的神秘性。
[①] 学问，可能指带有神秘性的魔术。
[②] 冥王，希腊神话中的混沌之子，夜之兄弟，与冥王普路同（哈得斯）为二人。此字又解作地下黑暗的幽冥处所，鬼魂先通过此处而入冥府。

70　猫头鹰[*]

在黑水松叶阴的枝上,
猫头鹰们并排在一起,
它们像是异教的神祇,
睁着红眼睛沉思默想。

它们将保持屹立不动,
一直等到忧郁的时光,
那时,推翻坠落的斜阳,
黑暗完成了天下一统。

它们的态度教育贤士,
在世间应当担心的事,
乃是好喧闹,乃是好动;

醉心于过眼云烟的人,
为了想要把住所更动,
他们永远会受到膺惩。

---

[*] 本诗最初发表于一八五一年四月九日的《议会通讯》,为《冥府》诗篇之一。诗人将猫头鹰比作爱好冥想的贤士和哲人,比喻自己超然物外,摆脱世间的喧闹和混乱。但事实上,波德莱尔常常迁徙不定,搬来搬去(有人估计从一八四二年至一八五八年,迁移住处达十五次之多),所以说永远受到惩罚。在散文诗第二十三篇《孤独》中,诗人曾引用帕斯卡尔(Blaise Pascal,1623—1662)的一句话:"我们的一切不幸几乎都是由于我们不能待在自己的房间里。"

71　烟斗[*]

我是一位作家的烟斗,
看到我脸色像卡菲尔[①]妇女,
或者像阿比西尼亚[②]妇女,
就知道我主人是抽烟老手。

当他充满了无限忧烦,
我就冒烟,像农家茅屋,
为了从田间回来的农夫,
在厨房里准备晚餐。

从我烟雾腾腾的嘴里,
升起袅袅的蓝色的网,
把他的灵魂罩入睡乡,

我喷出了强烈的香气,
使他的心灵感到陶醉,
治愈他的精神的疲惫。

---

[*] 本诗直接发表于初版《恶之花》。在初版中为《忧郁与理想》的最后一首。烟草起了一种将诗人从忧郁中解放的作用。
[①] 卡菲尔人,东南非洲的黑种人。
[②] 阿比西尼亚,今埃塞俄比亚。

72　音乐*

音乐有时俘获住我,像大海一般!
　　　向着我苍白的星,
在多雾的苍穹下,茫茫灏气里面,
　　　我登上小舟航行;

我鼓起像征帆一样的我的肺部,
　　　挺起了我的前胸,
我攀越过那被黑暗的夜幕罩住、
　　　层峦起伏的波峰。

我感到一只受难船的一切痛苦
　　　在我的心里震颤;
顺风、暴风以及它们发生的抽搐,

　　　在茫茫深渊上面
摇我入睡。时而又风平浪静,变成
　　　我的绝望的大镜!

---

* 本诗直接发表于初版《恶之花》。再版时作了很大的改动。在《美丽的船》一诗中将爱人比作小船,而在本诗中则将小船比为诗人自己,将大海比为音乐。

73 墓地*

在沉闷黑暗的夜间,
如有慈悲的基督徒,
在某处古墟的后边
埋你可夸耀的身躯,

当贞洁的星正闭上
她们的沉重的眼皮,
蜘蛛正要吐丝结网,
蝰蛇正要产子之时;

在受罪的头顶上面,
你将一年到头听见
群狼的凄厉的哀号,

挨饿的魔女的发愁,
淫荡的老翁的蹦跳,
黑心的扒手的密谋。

---

* 本诗直接发表于初版《恶之花》。诗人死后出版的第三版,将原题"Sépulture"改作"Sépulture d'une Poète Maudit"(一个被诅咒的诗人之墓),有人认为有失诗人本意,因为第四行"埋你可夸耀的身躯"意指女性的身体。克雷佩猜想此女为一演员,因为从前教士是不同意让一个女戏子葬在公墓里的,此说亦颇有理。

74　幻想的版画*

这个怪诞的幽灵，他的全部装扮
是在骷髅上面戴着恐怖的王冠，
那样滑稽可笑，使人想到狂欢节。
他不用马刺马鞭，赶得马在喘息，
可怕的马，像他一样，也是个鬼怪，
喷着鼻子，仿佛一个癫痫病患者。
他们两个一同闯过缥缈的空间，
用那大胆冒险的马蹄践踏"无限"。
骑士挥着一把闪闪发光的军刀，
越过被马踩伤的芸芸众生奔跑，
就像一个巡视他的宫殿的国王，
驰遍辽阔、冷落、无边无际的坟场，
那儿有古代、近代历史上的万民
在苍白暗淡的日光下长眠不醒。

---

* 本诗在一八五七年十一月十五日的《现在》上发表时题名为《莫提玛的一幅版画》。莫提玛（John Hamilton Mortimer，约1741—1779），英国画家和版画家，常采用历史和传说的题材作画，特别偏爱恐怖的题材。本诗标题是指海恩斯（J. Haynes）根据莫提玛的画《骑白马的死神》所作的铜版蚀刻画。

75　快活的死者[*]

在充满蜗牛的黏滑的土地里,
我想前去挖一个深深的墓坑,
让我能把我的老骨悠然横陈,
像水中的鲨鱼,在遗忘中安息。

我很痛恨遗嘱,我也痛恨坟墓;
与其死掉,去乞求世人的泪花,
我倒情愿活着,先请那些乌鸦
来啄食我整副不干净的骸骨。

哦,蛆虫!无耳目的黝黑的良朋,
瞧,自由快活的死者走向你们;
你们,享乐的哲士,腐朽的后代,

钻进我的遗体,尽可满不在乎,
告诉我,这个失去灵魂而死在
死者中间的老身可还有痛苦。

---

[*] 本诗最初发表于一八五一年四月九日的《议会通讯》(《冥府》诗篇之一),当时题名《忧郁》。

76　憎恨的桶*

憎恨是苍白的达那伊得斯①的桶；
疯狂的"复仇"用通红结实的手臂，
把一桶一桶死者的鲜血和眼泪，
倾入这黑暗的空桶，徒劳而无功，

哪怕"复仇"能使那些牺牲者还阳，
复活他们的肉体，再把鲜血榨干，
恶魔却在桶底凿了秘密的洞眼，
使千载的辛苦和汗水全部漏光。

憎恨是一个躲在酒店里的醉鬼，
他总觉得酒喝得越多，越是干渴，
像勒耳那的水蛇②那样生生不绝。

——可是幸运的酒徒还认识征服者，
而憎恨，它的注定的命运真可悲，
它永远不能滑到桌子下面沉睡。

---

* 本诗作于一八五〇年以前。一八五一年四月九日发表于《议会通讯》，为《冥府》诗篇之一。一八五五年六月一日又发表于《两世界评论》，为《恶之花》诗篇之一。
① 达那伊得斯，意为达那俄斯之女。希腊神话中说她们有五十人，除一人以外，全遵父命在新婚之夜杀死其夫，后被罚在地狱里用无底桶汲水。
② 勒耳那的水蛇，古希腊神话中的怪物，栖息在勒耳那沼泽中。九头，其中有一个头是不死的，砍去它，仍会长出新头。

恶之花　巴黎的忧郁

77 破钟*

又酸辛,又可爱,是在冬天夜里,
在噼啪冒烟的炉火旁边倾听,
随着排钟在雾中齐鸣的声音,
慢慢地升起那些遥远的回忆。

那声音洪亮的大钟最为幸运,
它尽管老迈,依旧灵活而健康,
忠实地发出无限虔诚的音响,
像一个在营帐下守夜的老兵。

而我,灵魂已破裂,在无聊之时,
它想用歌声冲破夜间的寒气,
可是它的声音常常趋于微弱,

仿佛被遗弃的伤兵,气喘吁吁,
躺在大堆尸体之下,血泊之旁,
拼命挣扎,却动弹不得而死亡。

---

* 本诗为《冥府》诗篇之一,一八五一年四月九日发表在《议会通讯》时,题名为《忧郁》。一八五五年六月一日发表在《两世界评论》时,题名为《钟》。在初版《恶之花》中发表时,始改为《破钟》。一八五一年波德莱尔年甫三十,可是在忧愁的重压之下,已感到他的生涯进入多雾的寒冬季节,他的嗓音已像破钟一样嘶哑微弱,发不出嘹亮动听的声音了。

78　忧郁*

雨月①，整个城市使它感到气恼，
它从瓮中把大量阴暗的寒冷
洒向附近墓地的苍白的亡魂，
把一片死气罩住多雾的市郊。

我的猫在方砖地上寻找垫草，
不停地摇着它那生疮的瘦身，
老诗人的魂在落水管里升沉，
像怕冷的幽灵似的发出哀号。

大钟在悲鸣，冒着烟气的柴薪，
用假声伴奏伤风的钟摆之声，
这时，在一个患浮肿的老妇人

死后留下的发臭的扑克牌里，
红心侍从②和黑桃皇后在一起
闷闷地交谈他俩过去的爱情。

---

* 本诗最初发表于一八五一年四月九日的《议会通讯》，为《冥府》诗篇之一。诗人在阴雨连绵的冬季，感到忧郁哀伤。本诗各节的叙述，显示了诗人极丰富的想象力，奇诡幽冷，异想天开，出人意外。
① 雨月，一七九三年制定的法兰西共和历的第五月，相当于公历一月二十、二十二日至二月十九、二十一日。这一时期巴黎全市都笼罩在雨、雾、阴暗、寒冷之中。
② 红心侍从，指扑克牌里的 J。

恶之花　巴黎的忧郁

79 忧郁

我有比活了一千年更多的回忆。

一只在抽屉里塞满了账单、诗词、
情书、诉状、抒情歌曲以及用收据
包裹着一些浓密的头发的大橱,
也不及我烦闷的脑子藏着这样
多的秘密。它乃是金字塔、大坟场,
它收容了比万人冢更多的死尸。
——我是一块连月亮也厌恶的墓地,
那儿,爬行着长蚯蚓,像悔恨一样,
老是缠住我最亲爱的死者不放。
我是充满枯蔷薇的旧日女客厅,
杂乱地放着一些过时的流行品,
发愁的粉画,布歇①的褪色的油绘,
独自发出拔塞的香水瓶的香味。

在多雪之年的沉重的雪花下面,
当阴郁的冷淡所结的果实——厌倦,
正在扩大成为不朽之果的时光,
还有什么比这跛行的岁月更长?

---

① 布歇（François Boucher，1703—1770），法国画家、蚀刻画家，洛可可艺术的代表画家之一。

——活的物质啊,今后,你不过是一块
在多雾的撒哈拉沙漠深处沉睡、
被茫茫的恐怖所包围的花岗石!
不过是个不见知于冷淡的人世、
古老的人面狮,在地图上被遗忘,
野性难驯,只会对夕阳之光歌唱。[1]

---

[1] 此处暗用埃塞俄比亚王门农巨大石像的典故,古人说他在日出时能发出竖琴似的声音,向他的母亲黎明女神问好。

80 忧郁

我像是一个多雨之国的王者,①
豪富而却无力,年轻而已老衰,
他嘲笑那些卑躬屈膝的教师,
对爱犬和其他动物感到厌腻。
猎物、鹞鹰、或者看到他的百姓
死在阳台前,都不能使他开心。
听到宠爱的小丑唱滑稽的歌,
也不能使这冷酷的病夫解忧;
饰有百合花纹②的床变成坟墓,
任何君王都感到满意的侍女,
也想不出作什么猥亵的打扮
能使这年轻的活尸露出笑脸。
为他制造黄金的博士也不能
从他本质里根除腐败的成分,
由罗马人传过来的浴血洗澡
(权贵们到晚年时期都会想到),
也难重温他迟钝的尸体,那里,
流着忘川的绿水,却没有血液。

---

① 借未老先衰的年轻国王的冷漠、无力和绝望说明诗人的极度厌倦无聊。诗中的王者令人想起法国国王查理九世(1550—1574)。他受母后和吉兹公爵的操纵,下令屠杀新教徒(有名的圣巴托罗缪大屠杀)。他是个意志薄弱的国王,受到良心的责备而早死,年仅二十四岁。
② 百合花纹,法国王室的纹章。

81 忧郁[*]

当天空像盖子般沉重而低垂,
压在久已厌倦的呻吟的心上,
当它把整个地平线全部包围,
泻下比夜更惨的黑暗的昼光;

当大地变成一座潮湿的牢房,
在那里,"希望"就像是一只蝙蝠,
用怯懦的翅膀不断拍打牢墙,
又向朽烂的天花板一头撞去;

当雨水洒下绵绵无尽的雨丝,
仿佛一座大牢狱的铁栏一样,
当一群无声息的讨厌的蟢子
来到我们的头脑的深处结网,

这时,那些大钟突然暴跳如雷,
向长空发出一阵恐怖的咆哮,
像那些无家可归的游魂野鬼,
那样顽固执拗,开始放声哀号。

——一长列的柩车,没有鼓乐伴送,

---

[*] 本诗前三节叙述诗人深陷在忧郁之中,仿佛置身牢狱。第四节及第五节叙述痛苦的爆炸,诗人沉溺于殡葬和死亡的幻觉。

在我的灵魂里缓缓前进;"希望"
失败而哭泣,残酷暴虐的"苦痛"
把黑旗插在我低垂的脑壳上。

82　固执观念[*]

大森林，你们像大教堂使我惶恐；[①]
你们像风琴吼叫；荡漾着残喘声，
在哀伤不已之室、我们的歹心中，
传出你们的"主余自幽谷"[②]的回声。

海洋，我憎恨你![③]你的奔腾和喧豗，
我的心在内心里看到！我从海涛
发出的大笑[④]之中听到那位满怀
羞愧而饮泣的战败之人的苦笑。

连那会说出熟悉的语言的星光
也看不到的黑夜，你使我多喜爱！
因为我在探求空虚、阴暗和裸露！

可是，黑暗本身就像是一些画布，
我眼中迸出的无数消逝的死者，
活现在画布上，露出亲切的眼光！

---

[*] 本诗最初发表于一八六〇年五月十五日的《现代评论》。《恶之花》再版时始收入集中。
[①] 这个比喻令人想到夏多布里昂 (François-René de Chateaubriand, 1768—1848) 的著名比喻：大教堂，如同森林（见《基督教精神》III, I, 8）。
[②] 追思已亡的《哀悼经》。参看第三十一首《我从深处求告》。
[③] 参看《人与海》诗。
[④] 在写给普莱·玛拉西斯的一封信中有本诗的手稿，波德莱尔加了一句希腊文题词，引用埃斯库罗斯《被缚的普罗米修斯》第八十九、九十行的诗句：普罗米修斯远远地看到"海涛的无数的微笑"。

83　虚无的滋味*

曾经酷爱斗争的阴郁的精神啊，
那曾用马刺激起你的热情的"希望"①，
再不愿骑你！老着脸皮去躺在地上，
碰到障碍物步步要绊跤的老马！

死心吧，我的心；像畜生般睡吧！

惨败力竭的精神！对于你，年老的小偷，
爱情已没有滋味，也不想跟人争辩；
铜号的声音，笛子的吹奏，我们再见！
欢乐啊，别再将阴郁赌气的心引诱！

可爱的春天，它的香气已归于乌有！

时间②一刻不停地老在吞噬着我，
仿佛大雪覆没一个冻僵的尸首；
我从上空观看这圆滚滚的地球，
我不再去寻找一个藏身的住所！

雪崩啊，你肯带我跟你一同坠落？

---

* 本诗最初发表于一八五九年一月二十日的《法国评论》。《恶之花》再版时收入集中。诗人开始感到自己日趋衰弱，已有一种虚无之感。一八五九年十二月二十八日，波德莱尔在写给母亲的信中这样说："如果我尚未完成我觉得应该做、能够做到的一切，我已变成残废，或者感到我的脑子越来越不灵，那将如何是好？"
① "希望"，参看第八十一首《忧郁》第二节。
② "时间"，参看第十首《大敌》第四节。

84　苦痛之炼金术[*]

自然啊，有人热情地点亮你，
也有人使你蕴藏着悲哀，
你对某个人是一片墓地，
对别人却是生命与光辉。

帮助我、又常使我惶恐、
未曾相识的赫耳墨斯[①]，
你使我像炼金术师之中
那位最可悲的弥达斯[②]；

由于你，我把黄金变成铁，
我把天堂变成地狱；
我拉开了云的殓布，

发现一个可爱的尸体，
我又在那苍天的岸边
制造一些巨大的石棺。

---

[*] 本诗最初发表于一八六〇年十月十五日的《艺术家》。《恶之花》再版时收入集中。
[①] 赫耳墨斯，希腊神话中炼金术的祖师。参看《致读者》第三节。
[②] 弥达斯，希腊神话中的王者，从酒神处获得一切神力，一切东西碰到他的手都变成黄金，最后连食物也会变成黄金而无法进食。

85 共感的恐怖[*]

这个奇怪的铅色的天空,
像你的命运一样动荡,
浪子啊,请问有什么思想
从空中落到你空虚的心中?

——我虽然难以满足地渴望
朦胧无定的事物,可是,
我不会像从拉丁乐园里
逐出的奥维德[①]那样哀伤。

像沙滩一样碎裂的天空,
我的骄傲映在你空中!
你那蒙着黑纱的云头

就是载我的梦幻的柩车,
你的闪光就是我的心
乐于前往的地狱的反映!

---

[*] 本诗最初发表于一八六〇年十月十五日的《艺术家》。《恶之花》再版时收入集中。法国印象画派先驱布丹(Eugène Louis Boudin,1824—1898)住在翁弗勒尔海滨别墅,是诗人母亲的邻居。他主要描绘海岸和云的风景。波德莱尔常去他的画室参观,并在《一八五九年的沙龙》第八章《风景画》中,提到布丹的几百幅对着大海和天空即兴绘成的水粉画习作。他写道:"奇形怪状的辉煌的云团,混沌的阴暗,互相接连的绿色和蔷薇色的广阔的太空,像起皱的、卷起的、撕破的黑缎或紫缎的苍天……这一切深邃和这一切辉光,像喝酒或鸦片的魔力一样升向我的头脑里来。"本诗即受这些画稿的启发而作。

[①] 奥维德(Publius Ovidius Naso,前43—约17),古罗马诗人,公元八年因触怒皇帝屋大维,被放逐到黑海之滨。在流放期间,著《哀怨集》和《黑海书简》,备述流放之苦,哀求释放。后竟客死异乡。

86 自惩者[*]

赠 J. G. F. [①]

我要打你,没有憎怨,[②]
没有恼怒,像屠夫一样!
像摩西击打磐石一样,[③]
我要打得你眼皮里面

迸出很多苦恼的水,
灌溉我的撒哈拉沙土,
让我的鼓着希望的情欲
跳进你的咸苦的泪水,

---

[*] 本诗原题"L'Héautontimorouménos",为罗马剧作家泰伦提乌斯根据希腊剧作家米南德的同名剧改编的喜剧名。克雷佩认为波氏此诗大抵是从他爱读的作家梅斯特尔(Joseph de Maistre, 1753—1821)的《圣彼得堡夜话》中的一句"一切恶人都是自惩者"引来。本诗原拟在一八五五年六月一日的《两世界评论》上发表,作为十八篇《恶之花》组诗的终篇而未果。波氏在一八五五年四月七日写给该杂志编者维克多·德·马尔斯的信中,曾谈到本诗的意图,即拟将本诗作为《恶之花》组诗的真正的结论,其中有如下的一段话:"让我在爱情中休息。——可是,不行——爱情是不会让我休息的。——天真和善良是令人厌恶的。——如果你要使我欢喜,恢复我的情欲,那就残酷吧,谎骗吧,放荡吧,荒淫吧,偷窃吧! 如果你不愿如此,我就要毫不发怒地痛打你。因为我是冷嘲的真正代表,我的病是绝对治不好的。"
[①] 本诗最初发表于一八五七年五月十日的《艺术家》时,没有这行献词。《恶之花》再版时始补入。J. G. F. 是谁,各家所说不一。克雷佩和波米埃认为是"Jeanne Gentille Femme"(让娜·可爱的女性)之略。亦有认为是诗人的姊母的女友朱丽叶·热克斯-法贡(Juliette Gex-Fagon)者。波德莱尔的《人工乐园》也有同样的献词。
[②] 如果 J. G. F. 是指让娜,则此处的"你"就是让娜·迪瓦尔。
[③] 《圣经·旧约·出埃及记》第十七章第六节,耶和华对摩西说:"你要击打磐石,从磐石里必有水流出来,使百姓可以喝。"

像出海的船一样游泳,
在我被泪水灌醉的心里,
你那可爱的呜咽啜泣,
将像冲锋时擂鼓的声音!

我不是一个唱错的音符,
跟圣交响乐调子不合?
这不是由于摇我、咬我、
贪婪的冷嘲带来的好处?

冷嘲是我的尖叫的声音!
这种黑毒流进我血里!
我就是复仇女神自己
照看自己的不祥之镜。

我是伤口,同时是匕首!
我是巴掌,同时是面颊!
我是四肢,同时是刑车,
我是死囚,又是刽子手!

我是吸我心的吸血鬼
——一个被处以永远的笑刑、
却连微笑都不能的人,
一个被弃的、重大的犯罪者!

87　不可补救者[*]

I

从碧空掉进任何天眼
都难透视的那铅色冥河
泥水之中的一个观念、
一个形态、一个存在;

受到对畸形之爱的诱惑,
从事冒冒失失的行旅,
在噩梦的惊涛骇浪里
像泅水者一样挣扎、

逆着像一群狂人似的
不断歌唱、在黑暗中
不断回旋的巨大的漩涡,[①]
凄惨苦战的一个天使;

---

[*] 本诗最初发表于一八五七年五月十日的《艺术家》。《恶之花》初版中作为第一部《忧郁与理想》的第六十四首,阐明忧郁的奥义,起结论的作用。本诗第一部分语法结构打破诗的常规,如不细心阅读,不易理解。译诗按原诗形式译出,现说明如下:第一部分共八节诗,构成一个句子,前面七节是五个同位语(第一节"一个存在",第二节、第三节"一个天使",第四节"一个不幸者",第五节、第六节"一个亡魂",第七节"一只航船"),再由第八节加以总的说明。
[①] 大漩涡的描写大概是受爱伦·坡的小说《大漩涡底余生记》的启发。

恶之花　巴黎的忧郁

想逃出爬虫群栖之处,
寻求光明、寻求钥匙,
在徒劳的摸索之中
中魔术的一个不幸者;①

在张开放磷光的大眼、
使黑夜更黑、使其他一切
都看不清的、那些黏滑的
妖魔鬼怪的监视之下,

在地底湿气冲鼻难闻的
深渊之旁,没有灯光,
走下一座没有扶手的
永劫阶梯的一个亡魂;②

陷进北极的坚冰之中,
像掉进水晶网里,正寻思
从何处苦命海峡落进
这座狱中的一只航船;③

——这都是不可补救的命运的④
明显的象征,完美的画面,
令人想到恶魔的工作

---

① 这一节受但丁《神曲·地狱篇》第二十四歌的启发。
② 以上两节也受《神曲·地狱篇》中的各处描写所启发。
③ 这一节受爱伦·坡的小说《瓶中手稿》中的描写所启发。
④ 诗人自己处在不可补救的状态。以上堕落的恶天使、不幸者、亡魂、被冰封的航船,都是用来说明这种悲惨状态的形象化的比喻。

常常做得非常出色!

Ⅱ①

变成自己的镜子的心,
这就是明与暗的相对!②
摇曳着苍白的星光的、
又亮又黑的真相之井③,

含讥带讽的地狱灯塔,
恶魔的恩宠的火炬,
唯一的安慰与荣光
——这就是"恶"中的意识!④

---

① 本诗初版时不分两段,再版时始将最后两节分出,作为第二段。前一段是描绘恶魔工作的完美的情景,第二段是把诗人灵魂中的恶魔的功业、恶中的意识进行分析。
② 诗人观察自己。照镜子的自己和映在镜中的自己面对面相对,亦即被反省的意识和进行反省的意识互相对立。
③ 真相之井,古希腊哲学家德谟克里特说过:真相藏在井底。
④ 一面意识到恶,一面又作恶,是谓恶中的意识。

88 时钟[*]

时钟！恐怖的、无情的、不祥的神，
它的指针威胁我们，说道："别遗忘！
战栗的痛苦，就像射中靶子一样，
很快就要射穿你充满恐怖的心；

"轻烟似的快乐将在天边消隐，
就像一个气的精灵[①]退入后台，
任何时节，人人能获得的欢快，
时时刻刻都要被一片片吞尽。

"一小时三千六百次，每一秒都在轻轻
向你低语：别遗忘！——'现在'急忙发出
昆虫似的声音对你说：我是'过去'，
我用污秽的吸吻吸去了你的生命！

"请记住！别遗忘！浪费者！要记牢！[②]
（我的金嗓子会说任何一种语言）

---

[*] 本诗最初发表于一八六〇年十月十五日的《艺术家》，写作时间约在发表前数年，《恶之花》再版时收入集中。时间时而显得太快，时而显得太慢，乃是波德莱尔和一般浪漫派诗人常用的题材。在第十首诗《大敌》中，诗人曾把时间看作侵蚀生命的大敌。在波德莱尔看来，时间常常意味着死亡的临近，而人生的旅程，它最后目的地就是死亡。
[①] 气的精灵，空气中的女妖，轻盈飘忽的美人。
[②] "请记住"原文为英语 "Remember"，"别遗忘"为法语 "Souviens-toi"，"要记牢"为拉丁文 "Esto memor"。

好嬉游的凡人,每分钟都是母岩①,
没有提出黄金,不可放手丢掉!

"别遗忘,时间乃是贪婪的赌徒,
不用作弊而赢,每次总是这样。
白昼在缩短;黑夜在延长,别遗忘!
深渊总是焦渴;漏壶②空空无余。

"时钟快响了,那时,神圣的'偶然',
庄严的'美德'、你的还是处女的妻子,
甚至'悔恨'(哦!最后的归宿!),都要劝你:
死吧,老迈的懦夫!时间已经太晚!"③

---

① 母岩(gangues),又译脉石,凡矿物或矿藏所由以产出之岩石,称曰母岩。
② 漏壶,古代所用的计时器,用水计时。
③ 为理解本诗,也可参考波氏的散文诗集《巴黎的忧郁》第五首《二重的房间》的最后几节。

巴黎风光

1 风景[*]

为了纯洁地作我的牧歌,我想
躺在天空之旁,像占星家一样,
而且靠近钟楼,让我醉梦沉沉,
听微风送来庄严的赞美钟声。
两手托着下巴,从我的顶楼上
眺望歌唱着的、喋喋不休的工场;
眺望烟囱和钟楼,都市的桅杆,
和那使人梦想永恒的大罗天。

透过雾霭观看:蓝天生出星斗,
窗上映着明灯,那煤烟的气流
升向穹苍,月亮把苍白的妖光
一泻千里,真个令人感到欢畅。
我将观看春夏秋的时节变更,
当冬季带着单调的白雪来临,
我将要关好百叶窗,拉好门帘,
在黑夜中兴建我妖精的宫殿。

那时,我将梦见青色的地平线、
花园、在白石池中啜泣的喷泉、

---

[*] 本诗最初发表于一八五七年十一月十五日的《现在》,题名《巴黎风景》,约作于一八五二年以后,当时波德莱尔对民主运动已失去兴趣,所以关在自己的房里回想他的青春时代,一边写他的牧歌。

亲吻、早晚不停地唱歌的小鸟
和牧歌中最天真的一切情调。
骚乱①徒然对窗玻璃大声怒吼，
我不会从写字台上抬我的头；
因为，我将在这种快乐中陶醉：
凭我的意志之力把阳春唤回，
从我的心房里拉出红日一轮，
用思想之火制造温暖的气氛。

---

① 骚乱，指一八四八年的革命，那时已再不能打乱诗人的梦想了。

2　太阳[*]

沿着古老的市郊，那儿的破房
都拉下了暗藏春色的百叶窗，
当毒辣的太阳用一支支火箭
射向城市和郊野，屋顶和麦田，
我独自去练习我奇异的剑术，
向四面八方嗅寻偶然的韵律，
绊在字眼上，像绊在石子路上，
有时碰上了长久梦想的诗行。

这一位养父，萎黄病的敌视者，
在田间唤醒诗，仿佛唤醒蔷薇；
它使忧愁向太空中蒸发消逝，
它给头脑和蜂箱装满了蜂蜜。
是它，使扶拐杖的人返老还童，
使他们像少女一样快乐融融，
在永远想开花的不朽的心里，
谷物的生长成熟都听它指使！

当它像个诗人一样降临市内，
它使微贱者的命运顿时高贵，

---

[*] 本诗为《恶之花》中最早的诗篇之一。在初版中为《忧郁与理想》中的第二首，再版时移至此处，另以《信天翁》代之。波德莱尔在这里把诗人的使命和太阳的功德等量齐观，由此显示出他作诗的态度。

它像个国王,悄悄地不带随从,
走进了一切病院和宫殿之中。

3　给一个赤发的女乞丐[*]

赤发的白皮姑娘,
从你褴褛的衣裳
看出了你的寒微
　　和你的美。

你那充满雀斑的、
青春年少的病体,
使我,微末的诗人
　　喜不自胜。

你的沉重的木鞋,
比传奇中的王妃
穿天鹅绒的靴子
　　更加雅致。

如把太短的衣裳
换上宫廷的盛装,
让窸窣的长褶裙

---

[*] 据库赞(Cousin)所述,一八四二年已写成此诗,这是波德莱尔早期的诗作,有两种不同的手稿。在初版《恶之花》中为第六十五首。再版时移入第二部《巴黎风光》。诗中歌咏的丐女,在巴黎卢森堡区街头弹吉他卖唱。邦维尔也为她写过一首诗《给一个街头卖唱的小姑娘》。画家德罗瓦(Émile Deroy)也曾为她画过一幅肖像画《弹吉他的小姑娘》。此诗为波德莱尔仿七星诗社诗体而作。

拖到脚跟；

再换掉你的破袜，
让色鬼看得眼花，
在腿上佩一金剑，
　　亮光闪闪；

同时把纽扣松开，
为了诱我们犯罪，
露出像明眸一样
　　两个乳房；

如果要求你解衣，
你却伸出了手臂，
推开调皮的指头，
　　拒不迁就，

就会有上等明珠，
贝洛①大师的诗句，
由臣服你的情人
　　不断献呈，

还会有诗人奴隶
献上了处女诗集，

---

① 贝洛（Remy Belleau，1528—1577），七星诗社诗人。此处泛指牧歌诗人。前行"上等明珠"原文为"Perles de la plus belle eau"，与贝洛"Belleau"形成文字游戏。

恶之花　巴黎的忧郁　　157

在台阶之下参拜
　　你的女鞋,

许多猎艳的侍童,
许多龙沙①和王公,
也要来造访幽居,
　　寻觅欢娱!

你在床上数不清
比百合还多的吻,
你会使许多王族
　　受你管束!

——可是,在十字街头,
某个酒家②的门口,
如今你却在乞讨
　　残羹剩肴;

你斜着眼睛窥视
两三毛钱的首饰,
啊!请原谅!我不能
　　买来奉赠。

去吧,消瘦的裸体,

---

① 龙沙(Pierre de Ronsard, 1524—1585),七星诗社诗人,此处泛指牧歌诗人。
② 某个酒家,原文为"quelque Véfour"(某个维富尔)。维富尔为巴黎一家著名的饭店,昔为文人墨客聚集之处。

你没有别的装饰,
香水、钻石和珍珠!
　　我的丽姝!

4 天鹅*

献给维克多·雨果①

I

安德洛玛刻②,我想起你!那条小溪,
曾映过你无限严峻的孀居之苦的、
可怜可悲的镜子,那条被你的眼泪
涨满过的、假想的西摩伊斯③小溪,

当我穿过新建的崇武广场④之时,
突然之间唤起我的丰富的回想。
旧巴黎已面目全非(城市的样子
比人心变得更快,真是令人悲伤);

---

* 本诗一八五九年发表于《现代评论》,一八六〇年一月二十日发表于《自由谈》。《恶之花》再版时收入集中。本诗中的天鹅是一只逃出囚笼的天鹅,是流亡者的象征。住在巴黎的波德莱尔,痛感自己也处于这样一种流亡者的状态。
① 雨果反对一八五一年路易·波拿巴的反革命政变,遭到迫害,先后在比利时、英属泽西岛和根西岛度过了十九年的流亡生活。波德莱尔在一八五九年十二月七日将这首诗献给雨果,并在信中说:"这首诗是为你、想起你的事而作的。"
② 安德洛玛刻,特洛伊英雄赫克托耳之妻。她丈夫在战场上死于阿喀琉斯之手,她自己被希腊人俘去当女奴,度流亡生涯。
③ 西摩伊斯,特洛伊战场上的河名。安德洛玛刻被俘后,在一条像故国西摩伊斯河的小溪旁,筑了一座空墓(犹如我国的衣冠冢),哭祭夫君在天之灵(参看维吉尔《埃涅阿斯之歌》第三歌第三百〇一行)。诗人看到一只流亡的天鹅逃到一条干涸的小溪边,于是将这条小溪想象为安德洛玛刻祭夫的小溪。
④ 崇武广场,在第二帝国时期将一些旧建筑拆毁后新建的广场,在卢浮宫和杜伊勒里公园之间。

那些木板房子,那成堆的粗糙的
柱头和柱身,那些野草,那被水潦
浸得生苔的巨石,映在玻璃窗里的
杂乱的旧货,我只有在想象中见到。

在那个从前驻过马戏班子的地方,
在某一天早晨,当"劳动"正在寒冷、
澄明的天空之下醒来,当垃圾场
在沉寂的空气中卷起一阵黑旋风,

我看到一只逃出了樊笼的天鹅,
用有蹼的双脚擦着干燥的路面,
雪白的羽毛在不平的地上拖着,
这个笨蛋张嘴走到无水的溪边,

在尘埃之中神经质地拂浴翅膀,
心里想念故乡美丽的湖水,它说:
"雨啊,你何时降落?雷啊,你何时鸣响?"
我见到这奇特的注定不幸的天鹅,

像奥维德诗中人类,有时向天际,
向那蓝得令人难受的、冷嘲的苍天,①
抬起渴望的头,伸长痉挛的脖子,
仿佛向天主发出种种的责难!

---

① 指奥维德《变形记》第一歌第八十四、八十五行:"人类具有可以仰望的高贵的面孔,可以让他的眼睛仰向星天。"

II

巴黎在变！可是，在我忧郁的心里
却毫无变动！脚手架、石块、新的王宫、
古老的市郊，一切对我都成为寓意，
我的亲切的回忆比岩石还要沉重。

卢浮宫前也有个形象使我苦恼：
我想起我的大天鹅，那发狂的姿势，
像那些流放者一样，又可笑，又崇高，①
被愿望不断折磨！其次，我想起你，

安德洛玛刻，你离开一个伟大的丈夫，
像贱畜般落在傲慢的皮洛斯②手里，
你匍匐在一座空墓之旁，精神恍惚；
赫克托耳的遗孀，唉！赫勒诺斯③之妻！

我想起那个黑女人，消瘦的痨病鬼，④
在泥泞中踟蹰，睁着凶悍的眼睛，⑤
向浓雾大墙的后面探寻那些生长在

---

① 参看《信天翁》诗。天鹅的命运也跟该诗所咏的落魄的信天翁一样。写天鹅也就是写诗人自己。
② 皮洛斯，又名涅俄普托勒摩斯，阿喀琉斯之子。特洛伊沦陷后，他把安德洛玛刻带往厄庇洛斯为女奴，跟她生了三个孩子。
③ 赫勒诺斯，赫克托耳之弟，曾被希腊人俘获，他对希腊人预言，只有借助涅俄普托勒摩斯和菲罗克忒忒斯才能攻陷特洛伊。后随涅俄普托勒摩斯同去厄庇洛斯。后者在得耳福被人暗杀，临终将王位和安德洛玛刻传给他。
④ 诗人又想到自己的爱人让娜·迪瓦尔。迪瓦尔患有肺病和慢性酒精中毒。她也是从别处（非洲？）流落到巴黎来的不幸的女人。
⑤ 邦维尔形容让娜·迪瓦尔"富有野性的魅力"，她的举止同时具有"神性和兽性"。

壮丽的非洲、为此邦所无的椰子树林;

我想起那些失其所有而永远不能
再寻获的人!想起那些饮泣吞声、
吸啜痛苦如吸啜慈狼乳汁①的人!
那些像凋谢之花的瘦弱的孤儿们!

于是,在我精神流亡处的森林里面,②
响起像号角狂吹的一段古老的回忆!
我想起被弃在一座岛上的那些船员,
那些囚徒、失败者!……和其他许多人士!

---

① 吸啜慈狼乳汁,传说罗马开国者洛摩罗斯和瑞摩斯出生后被弃,一只母狼把他们衔到洞里去哺乳。罗马人把母狼当作恩兽,雕铜像纪念。
② 此句似与但丁《神曲·地狱篇》开头"当人生的中途,我迷失在一个黑暗的森林之中"之句遥相呼应。

5 七个老头子[*]

献给维克多·雨果

熙熙攘攘的都市,充满梦影的都市,
幽灵在大白天里拉行人的衣袖!
到处都有宛如树液一样的神秘,
在强力巨人的细小脉管里涌流。

某日早晨,当那些浸在雾中的住房
在阴郁的街道上仿佛大大地长高,
就像水位增涨的河川两岸一样,
当那黄色的浊雾把空间全部笼罩,

变成一幅像演员的灵魂似的布景,
我像演主角一样,让自己神经紧张,
跟我的已经疲惫的灵魂进行争论,
在被载重车震得摇动的郊区彷徨,

突然来了个老人,他那黄色的破衣,
颜色就像快要下雨的阴沉的天,

---

[*] 本诗和《小老太婆》一同发表于一八五九年九月十五日的《现代评论》,诗人将该杂志寄赠雨果。雨果在十月六日致谢函中写道:"你写《七个老头子》和《小老太婆》这种感人的诗篇干什么呢?你把这些诗篇献给我,不胜感谢。你在进步,你在前进。你给艺术的天空带来说不出的阴森可怕的光线。你创造出新的战栗。"

若不是眼中闪着恶相,他的样子,
真要使人布施多如雨点的金钱。

他的瞳仁就像是浸在胆汁①里面;
他的敏锐的眼光宛如凛凛的寒霜,
他的长毛胡子,硬得像一把短剑,
根根突出,就像犹大②的胡子一样。

他的腰背不驼,却像折断了一样,
他的脊梁和腿,完全形成个直角,
因此,那根矫正他的姿势的手杖
使他步履蹒跚,又使他的外表

像个跛行的走兽,三条腿的犹太人。
他像陷在雪和泥浆里,一瘸一拐,
他对世界不光是冷淡,却像仇恨,
仿佛用他的破鞋践踏无数死者。

另一个跟在他身后:同样的胡子、眼睛、
背脊、手杖、破衣,像来自同一地狱,
百岁的双胞胎,两个奇异的幽灵,
同一步调,向着茫茫的目标走去。

我被卷进什么卑鄙的阴谋之中?

---

① 胆汁,转义愤怒、怨恨、敌意。
② 犹大,十二使徒之一,出卖耶稣,后自缢而死。

是什么恶意的命运如此将我羞辱?
因为,我竟数到了七次,[①]每一分钟
不祥的老人逐渐增多他们的数目!

对我的不安心情进行嘲笑的人,
对我的战战兢兢未有同感之士,
试想一想,这七个面目可憎的怪人,
尽管那样衰老,却有不灭的风姿!

我如果再看到第八个冷酷无情、
冷嘲、宿命的化身,讨厌的不死鸟[②],
集父子于一体,岂不要叫我送命?
——我于是离开地狱的一群,掉头逃跑。

我被激怒得像一个眼花的醉汉,
逃回家中,关紧大门,中心惶惶,
像生病,像冻僵,精神发烧而混乱,
被那种神秘和荒诞不经完全击伤![③]

我的理性想掌稳了舵,只是徒然;

[①] 七为最高之数,又是神秘的数字。有人认为七个老头子象征天主教中的七罪宗(七大罪)。
[②] 不死鸟,埃及神话中阿拉伯沙漠的长生鸟,亦译火凤凰,相传此鸟每五百年自行焚死,然后由灰中再生,故下文言"集父子于一体"。不死鸟象征不可思议变化者的不灭的生灵。
[③] 七个老头子的出现,未必真有其事,大抵是出于诗人的幻觉,故造成诗人的恐怖和精神混乱。雷诺(G. de Reynold)将《恶之花》跟《神曲》比较,认为这首在法国文学中无与伦比的幻想诗,就像《神曲·地狱篇》的序诗中出现狮子和豹一样,乃是在大都市中心,在诗人足下展开的波德莱尔的地狱篇的序曲。

戏弄的狂风使它的努力劳而无功，
我的灵魂，像没有桅杆的旧驳船，
在无边无际的苦海上颠簸摆动。

6　小老太婆*

献给维克多·雨果

I

在古老都城的弯弯曲曲的皱褶里，
在一切、连恐怖都变为魅力之处，①
我受制于我那改变不了的脾气，
窥伺那些衰老、奇妙、可爱的人物。

这些老朽的怪物，从前也是埃波宁、②
拉伊斯③一样的女性！让我们爱这些
弯腰曲背的怪物！她们都还有灵魂。
她们穿着破旧的裙子，寒冷的布衣，

低头前行，忍受无情的北风的鞭打，
轰隆的马车震得她们战栗惊慌，

---

* 波德莱尔将前诗和本诗寄给雨果，并在信上（一八五九年九月二十七日）写道："第二首是为了模仿你而作的（请嘲笑我的大话，我自己也要自嘲），我把你的集子又读了几遍，其中有一种如此宏伟的仁慈跟一种如此感人的亲切混在一起。"波氏此诗，对那些老朽的弯腰曲背的老太婆，充满了爱和同情，但也混有讽刺和嘲笑。
① 波德莱尔描写城市风光的独特的表现手法。
② 埃波宁（Éponine），高卢人萨比奴斯之妻。她丈夫为了反抗罗马暴政，被捕入狱。她跟丈夫一起在地牢中度过九年。夫死后，她痛骂罗马皇帝，于公元七十八年被处死刑。为烈女的典型。
③ 拉伊斯（Lais），古希腊的绝世美人，名妓。当时希腊妓女起此名者有数人，故常相混。

在她们的腋窝下面挟紧着绣花、
绣字的小提包,像挟着圣物一样;

她们行色匆匆,全像木头人一样;
像负伤的野兽,拖着沉重的步子,
又像无情恶魔吊着的可怜的铃铛,
不愿跳而跳跃一下!她们虽然是

老迈龙钟,却有锐利如锥的眼睛,
像水洼里的储水在夜间光华闪闪;
她们拥有小姑娘的神圣的眼睛,①
看见发光的东西就露出惊奇的笑脸。

——你可曾注意到许多老妪的寿材
却跟童棺保持同样小小的尺寸?
聪明的死神赋予这种类似的棺材
一种相当奇异饶有情趣的象征,

而当我看见一个衰弱的幽灵
穿过巴黎的熙熙攘攘的画面,
我总像觉得这个脆弱的生命
在静悄悄地走向着新的摇篮;②

只要看到这些不调和的四肢,

---

① 矮小的老太婆,不但个子像小姑娘,眼睛也像小姑娘的眼睛一样。
② 一八五九年最初发表的原诗中缺少这一节。

我就不禁要作几何学的思考，
木工为了能装得进这些躯体，
需要多少次改变棺形的大小。

——这些眼睛是无穷的泪水之井，
是闪着冷却的金属之光的坩埚……
这些神秘的眼睛对于受严峻的厄运
哺育的人们具有无法抵制的诱惑！①

Ⅱ

从前的弗拉斯卡蒂②的害相思的贞女③；
唉，只有已故的提词员才知道她
名字的、塔利亚的女祭司④；过去
藏身在蒂沃利⑤花丛中的轻佻的名花，

全都使我陶醉！可是，在这几个
脆弱的女人之中，有人用痛苦作蜜糖，
向赋予她们羽翼的牺牲精神这样说：
"强力的天马啊，请把我带往天上！"

一个为了祖国尝尽一切困苦，⑥

---

① 诗人的心惯于被女性的眼睛的神秘性所吸引。即使是老太婆的眼睛也具有诱惑力。
② 弗拉斯卡蒂，罗马附近的城市。此处为巴黎著名的赌场，位于黎塞留大街。一八三七年下令关闭，后被拆毁。
③ 贞女，古代罗马侍奉女灶神的贞女，此处另有所指。
④ 塔利亚，希腊神话司喜剧的文艺女神。她的女祭司指女演员。
⑤ 蒂沃利，罗马附近的名城。此处为巴黎的一家大众娱乐场、跳舞厅，位于克利希大街。
⑥ 暗指从波兰等国逃到巴黎来的政治避难者。

一个为了丈夫背负烦恼的重荷,
一个为孩子成为被刺穿胸膛的圣母,①
她们流下的眼泪可以积成江河。

III

啊,我曾几次跟在小老太婆的身后!
其中的一位,有一次,当西下的夕阳
用它流血的创伤把天空染红的时候,
她沉思地,独自离开,坐在长凳上,

听那有时涌进公园里来的军乐队
为我们举行丰富的铜管乐器演奏,
在振奋人的金色傍晚,这种音乐会
把某些英勇精神注入市民的心头。

这个老太婆,还挺着背,端庄而骄矜,
她贪婪地欣赏那生动、勇壮的军乐;
一只眼有时张开,仿佛老鹰的眼睛;
大理石似的额头好像该饰以月桂!

IV

你们就这样泰然自若,毫无怨语,
穿过热闹的都市的混沌前行,
你们,心脏流血的母亲、妓女、圣女,
曾让芳名留在万人口上的女人。

---

① 圣母马利亚看到自己的儿子耶稣被钉在十字架上,如利剑穿胸。后世画家画"痛苦圣母"像,常画出在她的胸口插着七支剑。

你们曾是优美的化身,光荣的化身,
如今谁认识你们!一个无礼的醉汉
在走过时用淫词秽语侮辱你们;
卑劣的顽童乱跳着跟在你们后面。

你们惭愧还活着,你们干瘪的身影,
战战兢兢,弯腰曲背,沿墙根溜达;
没有一个人招呼你们,奇异的宿命!
只在等死的、你们这些人类的残渣!

可是我,远远地亲切地盯着你们,
惶惑的眼睛望着你们蹒跚的脚步,
简直像你们的父亲,哦,奇怪得很,
我不让你们知道,体会秘密的乐趣:

我看到你们开出青春的热情的花朵,
我看到你们或明或暗的、消逝的韶光;
我的复杂的心品味你们的一切罪恶!
你们的一切美德使我的灵魂发出光芒!

老朽者!我的家族!哦,同种类的头脑!
我每天晚上向你们作庄严的告别!
八十岁的夏娃们,①神的恐怖的利爪
攫住你们,明天你们将会在哪里?

---

① 夏娃,引申为所有的女人。

7 盲人们[*]

瞧他们,我的魂;真正令人恐怖!
仿佛人体模型;略微有点滑稽;
像梦游病患者,可怕而且奇异;
昏暗的眼珠不知该瞟向何处。

他们的眼睛失去神圣的光辉,
老是仰面朝天,如向远方凝望,
从没见到他们像在梦想一样,
把他们沉重的头向路面低垂。

他们,跟永恒的沉默[①]乃是兄弟,
就此穿过无边的黑暗。啊,都市!
当你靠近我们唱着、笑着、叫着,

醉心于欢乐,达到残忍的境地,
瞧,我也在踟蹰!可是,更加呆滞,
我说:"盲公们向天空寻求什么?"[②]

---

[*] 本诗最初发表于一八六〇年十月十五日的《艺术家》。《恶之花》再版时收入集中。大抵受勃鲁盖尔(Pieter Bruegel, 1525 或 1530—1569)的名画《盲人们》启发而作。克雷佩认为本诗是受霍夫曼《短篇遗作集》中的一节启发而作,该书的法文译本出版于一八五六年,译者为尚弗勒里。
[①] 永恒的沉默,指死亡的世界。
[②] 这一行诗令人想到维尼的诗《牧人之家》第三部第九节最后两行:"我略微感到那徒然向天空寻求无言观众的人间喜剧在我(自然)的上面走过。"

恶之花 巴黎的忧郁

8　给一位交臂而过的妇女*

大街在我的周围震耳欲聋地喧嚷。
走过一位穿重孝、显出严峻的哀愁、
瘦长苗条的妇女,用一只美丽的手
摇摇地撩起她那饰着花边的裙裳;

轻捷而高贵,露出宛如雕像的小腿。
从她那像孕育着风暴的铅色天空
一样的眼中,我像狂妄者浑身颤动,
畅饮销魂的欢乐和那迷人的优美。

电光一闪……随后是黑夜!——用你的一瞥
突然使我如获重生的、消逝的丽人,
难道除了在来世,就不能再见到你?

去了!远了!太迟了!也许永远不可能!
因为,今后的我们,彼此都行踪不明,
尽管你已经知道我曾经对你钟情!

---

* 本诗最初发表于一八六〇年十月十五日的《艺术家》。《恶之花》再版时收入。于贝尔认为诗中的妇女象征死亡或至少是永恒。

9 骸骨农民[*]

I

尸堆似的许多旧书，
躺在多灰的河岸旁，
像古代木乃伊一样，
有一些人体解剖图，

其中有些素描，主题
虽然沉郁，可是由于
老画家博学而严肃，
却表达出美的画意，

看到剥掉皮的尸骸
像农夫一样在翻土，
真感到神秘的恐怖
被表现得更加深刻。

II

悲惨的忍从的老农，
你们劳你们的脊骨
和那被剥剩的肌肉，

---

[*] 本诗作于一八五九年。发表于一八六〇年一月二十二日的《自由谈》及一八六一年的《巴黎年鉴》。《恶之花》再版时收入。

从你们翻耕的土中,

能收获到什么奇粮?
出土的苦役犯,你们
要给哪一个包租人
前去堆满他的粮仓?

你们(这苦命的象征,
画得多清楚,多沉痛!)
你们想说明:在墓中
也不允许睡得安稳?

虚无也将我们欺骗?
一切,甚至死神也在
对我们说谎?而且,唉!
也许我们应该永远

前去一个陌生之地,
在流血的赤脚之下,
推动着沉重的犁铧,
给粗糙的大地剥皮?①

---

① 给大地剥皮,犹如我们说"修地球"。波德莱尔在本诗中描写死去的农民还要替包租人和地主阶级卖命耕地,令人想到布莱希特的一首诗《一个死兵的传说》,描写德国法西斯逼迫人民当炮灰,连死去的兵士也被人从墓中拖出来,押赴战场。

10 黄昏[*]

罪人的朋友、迷人的黄昏来了;
它像一个同谋犯悄悄地来到;
天空慢慢合上,像巨大的卧房,
不耐烦的人变得像猛兽一样。

啊,黄昏,那些张开手臂、诚诚恳恳
能说"今天劳动了一天"的人们[①]
盼望的、可爱的黄昏!——黄昏,你能
安慰受剧烈痛苦折磨的灵魂,
安慰头昏脑涨的顽强的学者
和重返卧榻的、驼背的劳动者。

这时,邪恶的魔鬼们在大气中
像实业家一样张开睡眼惺忪,
飞来飞去,撞击房檐和百叶窗。

---

[*] 本诗原题 "Le Crépuscule du Soir",跟第十八首 "Le Crépuscule du Matin" 以总标题 "Les Deux Crépuscules" 发表于一八五二年二月一日的《演剧周报》和一八五五年六月的诗文集刊《枫丹白露》。据普拉隆所述,本诗于一八四三年底已写成。初版《恶之花》中本诗为第六十七首,《黎明》为第六十八首。散文诗集《巴黎的忧郁》中也有同名的一首(第二十二首),可参读。一八五五年波氏将这两首诗寄给费尔南·德努瓦耶(Fernand Desnoyers,他曾要求诗人写些乡野诗刊入《枫丹白露》),并在信中写道:"在像圣器室和天主堂的穹顶一样的穹顶笼罩下的树林深处,我想起我的令人惊奇的城市,在树林顶上荡漾的奇妙的音乐,在我听来,就像是人类哀吟的翻译。"这两首诗的印象主义的色调,显示出波德莱尔的风格,正如福楼拜所说:"像大理石一样坚硬,像英国雾一样具有渗透力。"
[①] 在《一天的结束》(《死亡》第四首)和《午夜的反省》(《增补诗》第七首)两诗中也表达了同样的感情。

透过被晚风摇动的路灯微光,
卖淫在各条街巷里大显身手;
像蚁冢一样向四面打开出口;
它像企图偷袭的敌方的队伍,
到处都要辟一条隐匿的道路;
它在污浊的城市中心区蠢动,
像从人体上窃取食物的蛆虫。
到处都听到厨房里的咝咝声、
戏馆的尖叫声、乐队的呜呜声,
在那以赌博为乐的客饭桌旁,
聚满婊子和骗子——她们的同党,
那些无休无止又无情的贼子,
马上又要开始搞他们的惯技,
偷偷撬开人家的大门和银箱,
为了混上几天,给情妇添衣裳。

在这严重时刻,沉思吧,我的魂,
塞住你的耳朵,别听这怒吼声。
此时,病人们的痛苦正在加重!
阴暗的黑夜掐住他们的喉咙;
他们气数尽了,走向公共深渊;
医院里充满他们的呻吟。——今晚,
有几个不能再回到爱人身旁,
到炉边去寻求香喷喷的羹汤。

而且,大多数从来不知道什么
家庭之乐,从未好好地生活过!

11　赌博*

老妓女们坐在褪色的靠背椅子上，
面色苍白，双眉含黛，眼光温柔阴沉，
她们在卖弄风骚，从瘦薄的耳朵上
送来一阵阵宝石与金属互撞之声。

在绿呢赌台四周，尽是无唇的面庞，
无血色的嘴唇，无齿的齿龈，并还有
摸摸空虚的衣袋、扪着跳动的胸房、
由于恐怖的高热而在拘挛的指头；

污秽的天花板下，一排苍白的吊灯
以及大型的坎凯油灯①把它们的光
投射在那些把自己的血汗钱输得
精光的著名诗人的阴暗的额头上。

这就是我明察秋毫的眼睛在一次
夜梦之中曾经见到的阴暗的画图。
而我，也在这沉寂的魔窟的角落里，
看到自己撑着头、冷飕飕、沉默、羡慕，

---

* 本诗直接发表于初版《恶之花》。再版时做了改动。本诗大抵是从卡尔·韦尔内（Carle Vernet, 1758—1836）的讽刺画获得灵感而作。波德莱尔在《几个法国讽刺画家》一文中曾谈到该画家描绘赌场的版画。
① 坎凯油灯，一种附有油罐的油灯。

羡慕这些人具有的那顽强的嗜好，
羡慕这些老妓女那阴惨惨的欢笑，
他们都在我面前高兴地进行交易，
各自凭着旧日的名声，旧日的美貌！

我的心害怕，竟羡慕这许多热狂地
向张开大口的深渊走去的可怜虫，
他们全喝饱自己的鲜血，归根到底，
不要虚无要地狱，不要死亡要苦痛！

12 骷髅舞*

献给埃尔内斯特·克里斯托夫①

她在炫耀她那活人似的高贵风姿,
手里拿着大花束,还有手帕和手套,
像个怪模怪样的、消瘦的风骚女子,
她具有一种娇憨、落落大方的仪表。

谁在舞会上见过比她苗条的女郎?
她那件实在过分的、极宽大的长衣,
沉沉下垂堆积在她那枯瘦的脚上,
鞋子上面的绒球恰像花一般美丽。

那条蜂窝状皱领在锁骨边上戏弄,
仿佛淫荡的小溪跟岩壁耳鬓厮磨,
羞答答地保卫着她那凄惨的酥胸,

---

* 本诗最初发表于一八六〇年三月十五日的《现代评论》。《恶之花》再版时收入集中。
① 参看《忧郁与理想》第二十一首《面具》注1。本诗所描写的是克里斯托夫的雕像《骷髅舞》。波德莱尔在《一八五九年的沙龙》第九章《雕刻》中对这个雕像这样写道:"请想象一个准备出去参加舞会的高大的女人骷髅吧。黑女人的扁平面孔,没有嘴唇和牙龈的微笑,只是一个充满黑暗的洞窟的眼睛,这个曾是一位美女的恐怖的怪物,她的样子像要在空间隐隐约约地寻求幽会的快乐的良911或是在诸世纪的看不见的文字板上所记载的妖魔夜宴的隆重的时刻。她那被时间解剖过的胸部从她的短上衣里妖冶地突出,就像从角形花瓶里伸出的干枯的花束一样,这一切凄凉的思想在那豪华的女裙的底座上面漂浮着。"接着,他引用本诗的前五节来加以说明。此外,据说波德莱尔某夜在咖啡馆里看到一个高贵潇洒而消瘦的女人,深陷的眼睛具有不可思议的魅力,诗人对她说了一大段正如本诗第六节以下的问话。

恶之花 巴黎的忧郁

她想要加以隐藏，免得受别人奚落。

她那深沉的眼睛尽是黑暗和虚空，
天灵盖上的花冠又戴得非常巧妙，
在她脆弱的脊柱上面懒懒地摆动。
啊，这虚无的魅力，打扮得多么荒谬！

那些迷恋肉体者，不懂得人体骨架
具有一种难以用笔墨形容的优美，
他们会把你称为一幅讽刺的漫画。
你这高大的骷髅，你最合我的口味！

你在扮着威严的鬼脸，是要来破坏
人生的欢乐？或者还有古老的情焰
刺激你这具活的僵尸，唆使你前来
轻信地参加一次"欢乐"的妖魔夜宴[①]？

你想凭借蜡烛的火光、提琴的演奏，
帮你赶走那对你进行嘲弄的梦魇？
你要来这里凭借盛大酒宴的洪流
来冷却在你心中燃烧的地狱之火？

永远汲之不尽的、愚蠢和错误之井！
古老的烦恼，永远蒸不完的蒸馏器！

[①] 妖魔夜宴，中世纪的迷信传说宣称巫师、巫婆及妖魔们在星期六半夜拜会魔王，举行夜宴。

我看到不满足的眼镜蛇[①]还在爬行，
穿过你那肋骨构成的弯曲的格子。

说句实话，我恐怕你这样卖弄风骚，
徒然白白地操心，得不到什么实惠；
这些凡俗的世人，有谁懂得开玩笑？
任何恐怖的魅力只能使强者陶醉！

你这眼睛的深渊，充满恐怖的思潮，
真令人感到眩晕，任何谨慎的舞客，
看到你三十二只牙齿永远的微笑，
有哪一位不感到心中苦涩得作呕？

可是，谁没把一个骷髅紧紧拥抱过？
谁没有从坟墓中寻求滋养的食物？
香料、衣服和打扮，这些算得了什么？
惯于吹毛求疵者正表明他的自负。

没有鼻子的舞妓，不可抗拒的婊子，
去告诉这些对你感到不悦的舞客：
"高傲的宠儿，不管怎样去抹粉涂脂，
都带有死的气味！哦，搽麝香的骨骼，

憔悴的安提弩斯[②]，油光的行尸走肉，

[①] 眼镜蛇，中古时代为好淫的象征。
[②] 安提弩斯（Antinoüs），罗马皇帝阿德里安宠爱的美少年。美男子的典型。

恶之花 巴黎的忧郁

无须的花花公子,白发的洛弗拉斯①,
骷髅舞摇摇摆摆,将遍历整个宇宙,
把你们带往那些从无人知的境地。

从塞纳河的寒冷的两岸直到恒河
炎热的河滨,人群跳跃得如醉如狂,
没有看见天使的喇叭,阴森的大口,
从天洞里面露出,仿佛黑火枪一样。

可笑的人类,凡是太阳照临的地方,
死神都在惊叹着你们扭动的姿势,
而且像你们一样涂抹上没药之香,
在你们的狂态里掺杂着他的讽刺!"

---

① 洛弗拉斯,英国小说家理查逊的小说《克莱丽莎·哈洛》中的人物,是个登徒子。

13　对虚幻之爱*

哦，我慵懒的爱人，当我见你走过去，
合着消散在天花板上的乐器声音，
暂时停一停你那和谐轻徐的脚步，
从深沉的眼光里露出倦怠的神情；

当我望着在煤气灯光的映照之下，
你的苍白的额头添上病态的风韵，
又被夜晚的火炬染上了一抹朝霞，
望着你那像画像中的迷人的眼睛，

我自语道："她多美！多么异样的清新！
大量的回忆，仿佛壮丽沉重的塔楼
顶在她头上，她那像蜜桃受伤的心，
跟肉体同样成熟，堪称谈情的圣手。"

你是具有无上美味的秋天的果品？
你是芳香，令人想起那遥远的绿洲？
你是等着泪水潸潸的凄惨的器皿①？
你是盛花的花篮或是温柔的枕头？

---

* 本诗最初发表于一八六〇年五月十五日的《现代评论》。《恶之花》再版时收入。根据前两节诗，似为一女演员而作，可能是玛丽·迪布朗。
① 器皿，《圣经》用语，指人。（编注：原注于本书第五十七页《我爱你，就像喜爱黑夜的苍穹》下，编者将之移至此。）

我知道有些眼睛，最为忧伤郁悒，
一些不泄露丝毫宝贵秘密的眼睛；
无首饰的首饰盒，无纪念品的颈饰，
比你，啊，天空，更加空虚、①深沉的眼睛！

可是，单凭外表上的你，不也很充分
能使我这逃避真实的心感到欢喜？
你的愚蠢和你的冷淡，有什么要紧？
面具或装饰，就行！我赞美你的美丽。

---

① 波德莱尔常把天空说成空虚。

14[*]

我还没有忘记，在城市的附近，
我们的白房子，虽小却很安静；
波莫那①石膏像，古老的维纳斯，
赤身裸体，躲在细弱的树丛里；
辉煌而壮丽的太阳，到得晚来，
在折射着它光束的玻璃窗外，
像好奇的空中圆睁着的大眼，
注视我们长久而无语的晚餐，
在素朴的台布和哔叽窗帘上
反照着它蜡炬似的美丽的光。

---

[*] 本诗为一八四三年以前之作，回忆起童年时代（一八二八年，当时他母亲尚未改嫁）跟母亲住在讷伊时的家庭生活。诗中提到的这所白房子，直到一九二九年时还存在。
① 波莫那，罗马神话中司果园与果实之女神。她的雕像是古典庭园中常用的装饰品。

15[*]

你[①]嫉妒过的那个好心的女婢[②],
如今在卑微的草地下面安睡,
我们应该去给她献上些鲜花,
死者,可怜的死者们痛苦很大,
当那剪伐老树的十月在他们
石碑的四周刮起了忧郁的风,
他们一定觉得活人忘恩负义,
照常躺在自己温暖的被窝里,
而他们却被噩梦侵扰个不休,
没有共榻的人和交谈的对手,
冻僵的老骸骨饱受蛆虫折磨,
他们感到冬雪在融化而滴落,
岁月如流,却没有亲友去更换
挂在墓栏上面的零落的花圈。
如果在夜晚,当炉薪嘘嘘作响,
我看到她泰然坐在安乐椅上,
在冷得发青的十二月的夜里,
看到她来自幽深的永眠之地,
严肃地缩在我房间的角落里,

---

[*] 本诗跟前诗为同时之作。
[①] 你,指波德莱尔的母亲。
[②] 女婢,指玛丽埃特。诗人在《日记》中曾两次提到她的名字。本诗回忆当年的老女仆,感情真挚恳切,令人想到普希金为他的奶娘阿琳娜·罗吉奥诺夫娜所写的诗。

用慈母之眼注视长大的孩子,
看到她深陷的眼中泪珠滚滚,
我怎样回答这个虔诚的灵魂?

16 雾和雨[*]

哦，暮秋，寒冬，泥泞污湿的阳春，
催眠时节！我爱你们，赞扬你们
用朦胧的坟墓和烟雨的殓衾
这样罩住我的头脑和我的心。

在这刮着寒冷的狂风、风信鸡
哑着嗓子叫遍长夜的旷野里，
我的灵魂比暖春时更加舒畅，
将大大舒展它乌鸦似的翅膀。

灰白的季节，我们风土的女王，
对我这充满哀愁，而且长时期
受霜打的心，还有什么更可喜，

胜似你苍白、幽暗的永久风光
——除非在无月之夜，让我们两人
睡在大胆的床上，忘却了烦闷。

---

[*] 本诗直接发表于初版《恶之花》（第六十三首）。再版时移入《巴黎风光》。

17 巴黎之梦*

献给康斯坦丁·吉斯①

I

这种恐怖风景的形象,
世人从无目睹的机会,
这种缥缈悠远的形象,
今晨又使我感到陶醉。

睡梦中奇迹层出不穷!
由于异想天开的心绪,
我从这一些景色之中
赶走了不规则的植物,②

---

* 本诗最初发表于一八六〇年五月十五日的《现代评论》。《恶之花》再版时收入。本诗分两段,第一段叙述诗人在服用鸦片或印度大麻麻醉品后进入幻觉的梦的世界:一座由金属、大理石和水建成的人造都市。这里描写的恐怖风景,乃是诗人自己的创造,也是根据波德莱尔的美学原则,凭着诗人自己的意志创造出的风景。第二段叙述诗人梦醒后回到现实的世界。本诗可与散文诗集《巴黎的忧郁》中第五首《二重的房间》合读。

① 本诗在杂志上发表时没有这句献词。吉斯(Constantin Guys, 1802或1805—1892),法国画家,波德莱尔在《论浪漫派艺术》中曾赞扬他是"现代生活的画家"。吉斯是巴黎风景的画家,他爱画巴黎的市街、公园、贵妇、妓女。波氏也同样爱写现代生活,故将此诗献给这位画家,但本诗跟该画家的风格并无联系。

② 散文诗第四十八首《在这世界以外的任何地方》中诗人问他的灵魂:"去里斯本居住可好?那里一定很暖和,你在那里会像蜥蜴一样恢复你的精神。那座城市靠近海滨;据说是用大理石建造的,而且那里的居民对植物如此厌恶,竟把一切树木都拔掉。那里有适合你的口味的景色;这种景色是由光、矿物和映照它们的水组成的。"诗人在本诗中建立的乃是排除植物的矿物的风景、(转下页)

仿佛自夸天才的画师，
我面对着自己的画稿，
欣赏那由金属、石和水
所组成的醉人的单调。①

有阶梯、拱廊的通天塔②
乃是一座无边的宫殿，
泉水和瀑布纷纷落下，
落到明暗的金盘里面；

那些沉甸甸的大瀑布，
就像是水晶帘子一样，
看上去多么辉煌耀目，
悬挂在金属的绝壁上。

有好多柱廊，不是树木，
围抱着沉睡中的池塘，
身材高大的水泉仙女，
临流照影，像美女一样。

（接上页）无机的风景世界，正如在《美》那首诗里把美比成大理石像，给诗人激发一种像物质一样永恒而沉默的爱。
① 在《感应》诗中诗人歌唱的是芳香、色彩、音响互相感应的和谐的世界，而在本诗中歌唱的却是彻底的单调的世界，像死亡一样永远不灭的、沉默的矿物的世界，所以称它为无人目睹过的、恐怖的风景。
② 通天塔，即巴别塔。洪水之后，挪亚的子孙迁移各处，其中的一支要在示拿建一高塔，塔顶通天（《圣经·旧约·创世记》第十一章）。此处泛指高大的建筑物。

在红红绿绿的河岸边，
长流着浩淼碧水一片，
千里万里，流程多遥远，
海角天涯，世界的边缘，

这是稀有的宝石堤岸，
流着魔术的水波；这是
令人目眩的巨大镜面，
映着一切万象的清姿！

恒河在太空之中逍遥，①
悠哉游哉而默默无言，
把它们的瓮中的珍宝
倾注入金刚石的深渊。

听凭自己的奇思妙想，
我，这座仙境的建筑师，
命令服服帖帖的海洋
流进宝石砌的隧道里；

于是一切都刷得烁亮，
甚至黑色也艳如彩虹，
液体把它所有的荣光
嵌入结晶的光线之中。

---

① 印度神话说恒河之水从天上奔流而下，亦说由毗湿奴的脚指头流出。

天上没有太阳的影子,
也看不到有任何星光
照耀这种奇迹的景致,
它全凭着自己的光芒!

在这跃动的奇观之上
飘荡着(多可怕的新颖!
不可耳闻,却只能目赏!)
一种永远沉默的寂静!

II

当我再睁开火眼观瞧,
看到我的恐怖的陋室,
大梦初醒,我心中感到
该诅咒的忧伤的尖刺;

摆钟敲起阴郁的声音,
厉声报告正午的到来,
空中飘过昏暗的愁云,
罩住凄凉麻木的世界。

18　黎明[*]

在兵营的院中奏着起床号声，[①]
早晨的微风吹刮着盏盏路灯。

正是在此时，一阵一阵的噩梦
使棕发青年们在枕头上扭动；
灯火给日光添上了一块红斑，
仿佛眨动的、充满血丝的红眼；
顶住顽强、沉重的肉体的灵魂，
就像灯火和白日在进行斗争。
一切逝者的战栗弥漫在空中，
像被微风吹拭的流泪的面孔，
男人倦于执笔，女人倦于谈情。

炊烟盘绕着远远近近的屋顶。
卖笑的女人闭上发青的眼睑，
张开嘴，耽于浑浑噩噩的酣眠；
垂着冷瘪的乳房的女叫花子，
一面吹着余火，一面呵着手指。
正是此时，在寒冷和拮据之中，

---

[*] 本诗最初发表于一八五二年二月一日的《演剧周报》。初版《恶之花》中位于《黄昏》之后，为第六十八首。再版时列为《巴黎风光》的最后一首。参看《黄昏》诗注。
[①] 据普拉隆记述，本诗作成于一八四三年底以前。当时诗人和母亲、继父一同居住，每天早晨，听到兵营传来号声。

产妇们的苦痛格外加深加重；
远处的鸡啼划破长空的迷雾，
仿佛吐血的血泡将啜泣噎住，
一切建筑物在雾海之中消沉，
在养老院深处的垂死的病人
一阵阵打呃，吐出最后的喘气。
精疲力竭的浪子们返回家里。

披着红绿衫的晨曦，战战兢兢，
沿着冷落的塞纳河缓步前进，
阴沉沉的巴黎，擦擦它的睡眼，
拿起它的工具，像勤劳的老汉。

酒

1 酒魂*

有一天晚上,酒魂在酒瓶里唱道:
"人啊,我亲爱的被剥夺继承权者,
在红封蜡之下,透过玻璃的囚牢,
我要给你唱歌,满含光明和友爱!

"我知道,在炎炎如火的山岗之上,
为了创造我的生命,赋予我灵魂,
需要多少劳力、汗水、灼热的阳光,
可是我不会存心不良,负义忘恩,

"因为,流进劳累过度者的喉咙里,
那时,我就感到一种无穷的欢快,
他温暖的胸房是个舒服的墓地,
比我阴冷的酒窖还要使我喜爱。

"你可听到主日歌的叠句的回荡?
听到'希望'在我跳动的胸中高鸣?
你去卷起袖子,曲肱撑在桌子上,
你将会赞美我,你将会感到称心;

---

* 据普拉隆所述,本诗为一八四三年底以前之作。最初与《骄傲的惩罚》一同发表于一八五〇年六月号的《家庭杂志》,当时题名为《正经人的酒》。在散文作品集《人工乐园》第一篇《酒与印度大麻的比较》第二节中曾将本诗作散文化的改译。

"我将使尊夫人高兴得眼目生辉,
使你的儿子容光焕发,精神抖擞,
对这种跟生存竞赛的脆弱之辈,
我将做增强战士的肌肉的香油。

"我是永远播种者的珍贵的种子,①
植物性的琼浆,我将流进你体中,
为了让我们的爱的结晶凝成诗,
像一朵奇花,向天主的面前供奉!"

---

① 永远播种者,指基督。《圣经·新约·马太福音》第十三章第三十七节:"那撒好种的就是人子……好种就是天国之子。"

2 拾垃圾者的酒[*]

当那装有反射镜的路灯[①]发出红光,
风吹得灯火摇摇、灯玻璃轧轧作响,
在老郊区的中心——污秽卑贱的迷宫,
那里动乱的因素使人类乱蹿乱动,

常看到一个拾垃圾者,摇晃着脑袋,
碰撞着墙壁,像诗人似的踉跄走来,[②]
他对于暗探们及其爪牙毫不在意,
把他心中的宏伟的意图吐露无遗。

他发出一些誓言,宣读崇高的法律,
要把坏人们打倒,要把受害者救出,
在那像华盖一样高悬的苍穹之下,
他陶醉于自己的美德的辉煌伟大。[③]

---

[*] 本诗为一八四四年以前的早期诗作。现存有最早的手迹和一八五二年的手迹。前者跟本诗大不相同,后者亦有很多差异,而且仅有六节。在《酒与印度大麻的比较》文中亦有本诗的改译。此外,波米埃认为本诗是受一八四七年上演的皮亚 (Félix Pyat) 的戏剧《巴黎的拾垃圾者》的影响,如是,本诗的写作时间,应推迟至一八四七年。
[①] 装有反射镜的路灯,一种装有反射镜以集中光线的六角灯。
[②] 诗人摇头晃脑,寻章觅韵,就像拾垃圾者捡破烂一样,故以二者相比。
[③] 在《酒与印度大麻的比较》一文中,叙述这个拾垃圾者在自言自语,就像被囚于圣赫勒拿岛的拿破仑,好像他在胜利归来,骑马走过凯旋门,听到热狂的群众的欢呼,非常得意,于是对人民大众作庄严的宣誓,口述法典,誓为人民谋幸福。

是的，这些尝够了他们家庭的烦恼、
厄于年龄的老大、困于工作的疲劳、
被巨都巴黎所吐出的杂乱的秽物——
大堆的垃圾压得弯腰曲背的人物，

他们回来了，发出一股酒桶的香气，
带领着那些垂着旧旗似的小胡子、
被生存斗争搞得头发花白的战友；
无数旗帜、鲜花、凯旋门，在他们前头

屹然耸立着，这是多么壮丽的魔术！
在那一大片军号、阳光、叫喊和铜鼓
吵得使人头痛的辉煌的狂欢之中，
他们给醉心于爱的人们带来光荣。①

就这样，酒变成了耀目的帕克多河②，
穿过浮薄的人生，泛着黄金的酒波；
它借人类的嗓子歌颂它酒的德政，
仿佛真正的王者在施恩统治世人。

为了给一切默然等死的苦命老人，
安慰他们的暮气，消除他们的怨恨，

---

① 以上抒写的均为醉汉的幻觉。
② 帕克多河，古代吕底亚的河名。神话中说弥达斯在此河中沐浴时，河水变成金沙。故帕克多河引喻为财源。在《酒与印度大麻的比较》一文中这样写着："酒像新的帕克多河一样，流过衰弱的人类之间，带来精神的黄金。酒像善良的王者一样，实行为人民尽力的统治方式，借臣下的嗓子歌颂它自己的丰功。"

感到内疚的天主想出睡眠的法子,
人类又添上了酒,这位太阳的圣子[①]!

[①] 太阳的圣子,酿酒的葡萄要靠阳光的照射才能成熟,故称酒为太阳的圣子。

3　凶手的酒*

妻子死了，我获得自由；
我可以喝个痛痛快快。
从前我没有带钱回来，
她就吵得我无法忍受。

现在我快活得像神仙；
空气清纯，天空又美丽……
当初我开始爱上她时，
也是如此的一个夏天！

恐怖的焦渴将我折磨，
需要有能把她的墓坑
装满的酒，那样才能
使我满足——说得太过火；

我已把她推入了井底，
我又把井栏边的石头

---

* 据普拉隆所述，本诗为一八四三年底以前之作。最初发表于一八四八年十一月号的《酒商回声报》。大抵受法国作家佩特律斯·博雷尔（Petrus Borel, 1809—1859）的小说《尚帕韦尔》中的一段情节的启发，或者据一首流行的民歌中的"我的老婆死了，她不再给我的杯子里斟酒"。本诗曾由法国诗人、小说家维利埃·德·利尔—亚当（Villiers de l'Isle-Adam）谱成乐曲，他常在文艺晚会上歌唱。波德莱尔常想用这个题材写一个剧本，描写一个锯木板工人想摆脱他的老婆的故事。在一八五四年一月二十八日写给演员蒂斯朗（Tisserand）的信中，波氏曾谈到该题名《酗酒》的剧梗概，其主题与场面均与本诗相似。

全部丢下去,一块不留。
——如果可能,我真想忘记!

凭着当初的海誓山盟,
说我们定要白头偕老,
为了使我们重新和好,
恢复往昔恩爱的良辰,

我约好她在黄昏时分,
到阴暗的马路上相见。
她真个去了!这个笨蛋!
世人总多少有点愚蠢!

她虽很劳累,却还美丽,
而我,我实在爱之太深;
也正是由于这个原因,
我对她说:你不如去死!

无人能理解我的心意。
在愚蠢的醉鬼们中间,
可有谁,在可怕的夜晚,
会想到用酒来做寿衣?

这些十分顽强的恶棍,
像是钢铁制造的机器,
不论是冬天或是夏季,
从不懂得真正的爱情

和爱情的黑暗的魔网、
爱情的阴森森的队伍、
爱情的毒药瓶和泪珠,
还有骸骨、铁链的声响!

——我自由了,独来而独往!
今晚我定要喝个烂醉;
那时,不害怕,也不后悔,
我要倒下去,躺在地上,

昏昏地睡觉,像一只狗!
让那装着烂泥和石子,
轮盘非常沉重的车子,
让那来势汹汹的货车

压碎我的罪恶的脑袋,
或者轧断了我的胸腹,
我也顾不了什么天主,
什么恶魔或是圣餐台!

4 孤独者的酒[*]

一个妓女瞟来的奇妙的眼光
(就像那摇曳的月亮想去水中
洗洗她那慵懒的美丽的面孔
而向潋滟的湖波泻下的白光),

一个赌徒手里的最后的钱包,
消瘦的阿黛丽娜的放荡的吻,[①]
使人消沉的靡靡的音乐之声
(仿佛远处的人世痛苦的绝叫),

这些都比不上,啊,深底的酒瓶,
你替虔诚的诗人的焦渴的心
藏在你大腹中的强烈的香酒;

你输送希望、生命和青春年少,
还有高傲,这是安贫者的至宝,
它使我们像神一样昂起了头。

---

[*] 本诗直接发表于初版《恶之花》。
[①] 阿黛丽娜的情况不明,波德莱尔曾托马奈为她画过像。

5　情侣的酒*

今天的太空多么壮丽！
不用马衔、马缰、踢马刺，
我们以酒为马来骑上，
驰往神圣仙境的穹苍！

钻进清晨的蓝色水晶，
一同追寻遥远的蜃景，
就像两个热昏的天神，
患上热病谵妄①的重症！

驾着旋风灵活的翅膀，
摇摇晃晃，轻轻地摆动，
就在同样的谵妄之中，

小妹，让我们并肩飘荡，
无休无止，也不知疲倦，
逃往我的梦想的乐园！

---

* 本诗直接发表于初版《恶之花》。叙述情侣在醉意朦胧之中飘飘欲仙，像要通入梦想中的乐园，感到无上幸福。这是一首淳朴美丽的十四行诗。
① 热病谵妄，热带地方海员所患的一种脑病。患者起一种病态的游泳欲，常发生幻觉，导致投海而死。

恶之花

1 破坏[*]

恶魔老是在我身旁不断地蠢动,
像摸不到的空气,在我四周飘荡;
我把他吞了下去,觉得肺部灼痛,
充满了一种永远的犯罪的欲望。[①]

他有时化作最娇媚的美女之姿,
因为他知道我对艺术非常爱好,
他以伪善者的似是而非的遁词
使我的嘴唇习惯于下流的媚药。[②]

他就这样领我远离天主的视线,
把疲惫而喘气的我带到了一片
深沉而荒凉的"无聊"的旷野中央,
而且向我的充满混乱的眼睛里,
投入污秽的衣裳和剺开的创伤[③],
还有用于"破坏"的血淋淋的凶器[④]!

---

[*] 本诗最初发表于一八五五年六月一日的《两世界评论》,题名《快感》。这首诗将残忍和快乐结合在一起,从而发现其美。但这种美还显示出由无聊而产生的忧郁美的本质,诗人于是用恶的意识将它形象化。蒂内尔(M. Turnell)认为本诗描写的罪恶为手淫。
[①] 看不见的恶魔作为诱惑者飘荡在诗人四周,诗人不知不觉把恶魔跟空气一同吞下,遂成为恶之诗人。
[②] 诗人被骗上钩,成为恶魔主义的诗人。
[③] 剺开的创伤,参看《忧郁与理想》第四十六首《给一位太快活的女郎》倒数第二节。
[④] 凶器,诗人为了自我分析而使用的武器。

2 被杀害的女人[*]

一位不知名的大师的素描[①]

在那些香水瓶、给人快感的家具、
  金丝银丝的织锦花缎、
大理石像、油画、发出一股香气的、
  皱褶华丽的衣裙中间,

在那像温室一样,空气闷得要命、
  藏身在玻璃棺柩里面
奄奄一息的花束吐出最后呻吟的、
  一间温暖的卧房里面,

躺着一具无头的尸体,血流成渠,
  流到要解渴的枕头上,
枕布吸着她的殷红而流动的血,
  就像苦于干旱的牧场。

像在黑暗中出现的苍白的幻影,

---

[*] 本诗直接发表于初版《恶之花》。邦维尔在《浪漫笔记》(《写给女人们的短篇小说》)中叙述有个诗人(波德莱尔)在一八四二年到一位不认识他的女演员罗西娜·斯托尔兹(Rosine Stoltz)家里去,想表白他的爱情。她不在家,他就坐在一间小客厅里作此诗。本诗中描写的罪恶,乃是一种变态性心理(变态性欲)的凶杀。
[①] 这一副题是作者的托词,实际不一定真有其画。

吸引住了我们的星眸，
她那披着一团浓密乌黑长发的、
戴着珍贵的首饰的头，

就像毛茛①似的搁在床头柜上面，
从她翻白的两眼之中，
露出无思无虑、苍茫灰白的眼光，
仿佛曙色一样的蒙眬。②

她那肆无忌惮的裸体躺在床上，
完全无拘无束的姿势，
显出自然赋予她的秘密的光辉
和那注定不变的美丽；

一只绣金花的暗玫瑰色的袜子，
像个纪念品留在腿上，
吊袜带就像炯炯的神秘的眼睛
射出钻石一样的光芒。

一幅画着本人慵态的巨幅肖像，
挑逗人的姿势和眼睛，
跟这种静寂合成的异样的光景，
揭示一种阴暗的爱情、

---

① 毛茛，多年生草本植物，茎叶皆有茸毛。
② 翻白的眼睛令人想到天蒙蒙亮时东方现出鱼肚似的白光。原文"comme le crépuscule"，有译为黄昏色，似不及曙色为佳。

一种负罪的喜悦，充满了狂吻的
　　各种各样奇怪的欢乐，
漂浮在窗帘皱襞里的一群恶魔，
　　一定也看得非常快乐。

可是，看到她那瘦骨嶙峋的双肩，
　　是那样清癯，优美动人，
那稍尖的臀部，那像一条激怒的
　　蛇一样的苗条的腰身，

她一定还年轻！——她那激昂的灵魂
　　和那苦于厌倦的官能，
不是给那些逍遥猎艳的色鬼们
　　稍稍打开她自己的门？

你生前那样献媚，还未满足他的、
　　那个性情执拗的情夫，
可曾对这死后听凭摆布的肉体
　　弥补他的无限的兽欲？

告诉我，淫尸！他可曾用狂热的手
　　揪住你的硬发，提起你，
说吧，恐怖的头，他曾以最后一吻
　　印上你的冰冷的牙齿？

——离开那嘲笑的世界，猎奇的法官，
　　离开那些污浊的群众，

安睡吧,安睡吧,你这奇怪的女人,
  在你这座神秘的墓中;

你丈夫逃到天涯,你不朽的形骸
  总会在他的梦中出现;
他也将像你一样永远忠实于你,
  一直到死都不会改变。

3　累斯博斯[*]

拉丁式玩乐以及希腊式享乐之母,
累斯博斯,那儿,悒郁或愉快的亲吻,
像西瓜那样清凉,像太阳一般热乎,
使夜晚和白天都显得那样艳丽可人;
拉丁式玩乐以及希腊式享乐之母,

累斯博斯,那儿,亲吻像瀑布飞腾,
毫无畏惧地注入不见底的深渊,
发出一阵一阵的呜咽和叫喊之声,
奔流得那样狂暴、神秘、汹涌而深远,
累斯博斯,那儿,亲吻像瀑布飞腾!

累斯博斯,那儿,美人们[①]互相吸引,
那儿,从没有得不到响应的叹气,
星辰像对待帕福斯[②]一样对你崇敬,

---

[*] 累斯博斯,又译莱斯沃斯。本诗为诗人早期之作。在一八四六年已预告要出一部诗集,题名《累斯博斯的女性》("Les Lesbiennes",意为搞同性爱的女人),但未实现。本诗最初发表于一八五〇年出版的诗选《爱情诗人》,后收入初版《恶之花》,为被法院判决删削的六首禁诗之一。累斯博斯为爱琴海中的岛名,属希腊,今名米蒂利尼。古希腊女诗人萨福曾住在该岛,她在那里创立一所音乐学校,写情歌和婚歌,与女弟子唱和。
[①] 美人们,原文为弗里内(Phrynés),公元前四世纪古希腊名妓,雕刻家伯拉克西特列斯的情人,她以充当他的阿佛洛狄忒雕像的模特儿而闻名。
[②] 帕福斯,塞浦路斯岛的古都,维纳斯的圣地,以维纳斯神殿闻名。

维纳斯完全可以对萨福①心怀妒忌!
累斯博斯,那儿,美人们互相吸引,

累斯博斯,夜晚暖热而倦人的地方,
它使眼睛深陷的少女们对着镜子
恋慕自己的肉体,徒然孤芳自赏!
抚爱自己已达婚龄的成熟的果实,
累斯博斯,夜晚暖热而倦人的地方,

让老柏拉图②皱起他的谨严的眉头;
温柔乡的女王,高贵可爱的乐土,
尽管你有过度的亲吻,你的风流
永远地无穷无尽,你可以得到宽恕。
让老柏拉图皱起他的谨严的眉头。

你可以得到宽恕,尽管有无限痛苦
不停地折磨那些野心家们的心,
他们在天的另一边,离我们很远处,
醉眼蒙眬地被你喜悦的微笑吸引!
你可以得到宽恕,尽管有无限痛苦!

---

① 萨福(约前630—约前570),古希腊女抒情诗人,她曾写诗赞美美貌的少女,被当作女子同性爱的典型。女子同性爱亦称为萨福主义。
② 柏拉图(前428或427—前348或347),古希腊哲学家。他反对把爱情当成利害关系和情欲的满足,认为爱情是从人间美的形体上窥见了美的本体以后所引起的爱慕,由此而达到永恒的美(理式)。后世把精神恋爱称为柏拉图式的恋爱。他曾把萨福称为"第十位缪斯女神"。

哪位神，累斯博斯，竟敢来将你问罪，
对你那忙得苍白的额头进行膺惩，
如果不把你的小河注入海中的泪水
先在他的黄金的天平上称上一称？
哪位神，累斯博斯，竟敢来将你问罪？

公正和不公正的法律有什么用场？
心地高尚的处女们，多岛海①的荣耀，
你们的宗教也庄严，像其他宗教一样，
爱情对天堂和地狱会同样加以嘲笑！
公正和不公正的法律有什么用场？

因为累斯博斯从世人中间选出了我，
让我歌颂它那些如花的处女的秘密，
在狂笑之中常有暗暗的眼泪混合，
这种悲惨的神秘，我从小就很熟悉，
因为累斯博斯从世人中间选出了我。

以后我就在琉卡第亚②岩顶上察看，
就像一个眼光尖锐而准确的哨兵，
日夜监视着那些双桅帆船、小帆船，
或是快艇在碧空远处颤动的形影；
以后我就在琉卡第亚的岩顶上察看，

---

① 多岛海，爱琴海的别名。
② 琉卡第亚，爱奥尼亚海中的岛名，即莱夫卡斯岛。

想知道汪洋大海是否宽大而仁慈,
在回荡到岩边的波涛的呜咽声中,
可会在某个夜晚,萨福的尊贵的尸体
被送回宽容的累斯博斯,她跳入海中
想知道汪洋的大海是否宽大而仁慈!①

男子气概的萨福,多情的闺秀诗人,
她的阴郁的苍白比维纳斯更美艳!
——后者的蓝眼睛不及她乌黑的眼睛,
痛苦在她的眼睛的周围留下了黑圈,
男子气概的萨福,多情的闺秀诗人!

——比亭亭玉立在世上的维纳斯更美,
她把她那种安详宁静的稀世之珍
和她那金发上射出的青春的光辉
倾泻给那位迷恋爱女的海洋老人;
比亭亭玉立在世上的维纳斯更美!

——在她亵渎神明的那天死去的萨福,
她蔑视了人们创立的礼拜和仪式,
她把美丽的肉体献给傲慢的狂徒
充当高贵的牺牲,治她背教的罪孽,
在她亵渎神明的那天死去的萨福。

---

① 相传萨福爱上一个美貌的青年船夫法翁,因失恋而在琉卡第亚的岩顶上投海自杀。奥地利戏剧家格里尔帕策于一八一八年曾以这一传说写成五幕悲剧《萨福》,轰动一时,此剧与歌德的戏剧《伊菲革涅亚》相媲美。

从那时以后,累斯博斯就独自哀伤,
尽管全世界的人都对它表示尊敬,
它每夜总沉醉于从它荒凉的岸旁
一直传向太空的阵阵狂风的凄鸣!
从那时以后,累斯博斯就独自哀伤!

4 被诅咒的女人[*]

德尔菲娜和伊波利特

在无力的洋灯淡淡光芒的照映下，
靠着沾满一片香气的深厚的软垫，
伊波利特梦想着强力的抚爱的手，
给她拉开她那青春的纯真的帷幔。

她张着给暴风吹刮得迷乱的眼睛，
探寻她那已经远隔的天真的云天，
就像是一个行人又转过他的头来，
回顾他在早晨经过的蓝色地平线。

从虚弱的眼中流出的慵懒的泪水、
疲累的神色、痴痴呆呆、阴郁的快慰，
软弱的双臂像扔出的无用的武器，
这一切都有助于显示她脆弱的美。

德尔菲娜投出热情的眼光望着她，
安静而充满喜悦，躺卧在她的足下，
就像是一匹猛兽，先使用它的牙齿

---

[*] 本诗直接发表于初版《恶之花》，为被法院判决删削的六首禁诗之一。据乔治·梅伊的意见，本诗和下一首诗中均能看到狄德罗《修女》的影响。本诗为初版《恶之花》中最长的诗。诗中描写的罪恶是两个女人搞同性恋。

将猎物猛咬一下，然后再监视着它。

强壮的美人跪在柔弱的美人面前，
她显得非常自傲，高举胜利的酒杯，
觉得无穷的快感，她向她伸直四肢，
好像在等着接受对方衷心的感谢。

她从那位苍白的牺牲品的眼睛里
搜寻对方歌颂欢乐的无言的赞诗，
搜寻那像长叹一样从对方眼睑上
流露出来的崇高的无止境的谢意。

"伊波利特，我亲爱的人，你觉得怎样？
你把你的初开的蔷薇、神圣的供品，
献给徒然会使它枯萎凋零的狂风，
实在是没有必要，现在你是否相信？

"我吻你吻得很轻，仿佛在黄昏时分，
在澄清的湖水上轻轻掠过的蜉蝣，
而你的情夫吻你，却重得仿佛货车
或是锋利的犁铧，压出车辙或畦沟；

"又像套车的牲口，四蹄沉重的牛马，
从你的身上走过，毫没有怜悯之情……
伊波利特，哦，妹妹，请转过你的面孔，
你，我的魂和心，我的一切，我的半身，

"转过你那充满蓝天和星光的眼睛!
神圣的香油,为了要你飞一个媚眼,
我要拉开那更隐秘的快乐的帷幔,
让你在无穷无尽的美梦之中安眠!"

可是,伊波利特却抬起她年轻的脸:
"我不会忘恩负义,我也绝不会后悔,
我的德尔菲娜,我痛苦,我惶惶不安,
像参加过一次夜晚的恐怖的宴会。

"我好像觉得沉重的恐怖向我袭来,
又像看到纷纷幽灵的黑色的队伍,
他们要领我走那摇摇晃晃的道路,
而四面已被血淋淋的地平线封住。

"难道我们曾有过什么异样的行动?
你能够,就请解释我为何胆战心惊:
听到你唤我'天使!'我就害怕得发抖,
却又觉得我嘴唇贴近了你的嘴唇。

"不要这样盯住我,你是我想念的人!
我永远喜爱的人,我所选中的妹子,
即使你是个给我预先布置的陷阱,
即使你是引导我趋向灭亡的开始!"

德尔菲娜,抖乱她的悲剧似的长发,

像站在铁制三脚台①上跺脚的巫女,
露出凶狠的眼光,语气专横地回道:
"谁竟敢当着爱情的面谈论地狱?

"永远诅咒那种作无益的空想的人,
他爱在难解、无结果的问题上纠缠,
他不顾自己鲁钝,觉得最为紧要的
就是要先把恋爱和礼义混为一谈。

"那种想把阴影与炎热、黑夜与白昼
在神秘的调和之中互相结合的人,
绝不会向这被称为爱情的红太阳
烘暖一下他自己的瘫痪了的肉身!

"你如愿意,就去找个愚钝的未婚夫;
把你的处女的心献给残酷的亲吻;
你将带回你那被打过烙印的乳房,
面色苍白,而且充满了恐怖和悔恨……

"在世间只要有一个主人就能满足!"
可是那一位少女却流露无限苦情,
突然叫道:"我觉得张开大口的深渊
在我体内扩展;这深渊就是我的心!

---

① 铁制三脚台,古代希腊德尔斐的阿波罗神庙中有铜制三脚台,庙中的女祭司(巫女)坐在台上向人宣读神谕。

恶之花 巴黎的忧郁 | 223

"这个呻吟的怪物,怎能够使它满足,
它像火山在爆发,它像虚空一样深!
怎能够解除它的焦渴,它就像那些
手持火炬,血也要烧干的复仇女神。

"但愿我们的帷幕使我们与世隔绝,
但愿倦人的疲劳给我们带来安静!
我要在你的深沉的乳房里面毁灭,
在你的酥胸上面感到墓石的冰冷!"

堕落下去吧,下去吧,可怜的牺牲者,
堕入到永劫的地狱的道路上去吧;
沉降到深渊之底,那儿,一切的罪犯,
都受到不是来自天上的风的鞭打,

发出狂风般的嘈杂而鼎沸的叫嚷。
疯狂的幽灵,向你们的欲望走去吧;
你们将永远不能满足你们的激情,
从你们的欢乐中将会产生出惩罚。

决无新鲜的阳光照进你们的洞窟;
从墙壁的缝隙间,将有酷热的瘴气
发出提灯一样的火光,渗透进洞内,
用它可怕的臭气渗进你们的肉体。

你们那种酸涩的不会结果的享乐,
使你们增加烦渴,使你们皮肤僵硬,

那种情欲的狂风会使你们的肌肉,
就像是一面旧旗,发出瑟瑟的响声。

被诅咒的彷徨的女人,快离开活人,
去穿越茫茫旷野,像狼一样逃去吧;
放荡的人,去创造你们自己的命运,
从自寻的无限烦恼之中挣脱开吧!

5　被诅咒的女人[*]

像躺在沙滩上面耽于沉思的牲口，
她们把目光转向遥远的大海那边，
紧勾在一起的脚，接触在一起的手，
感到酸辛的战栗，感到甘美的厌倦。

有的人爱滔滔地倾吐自己的私情，
走进那听到溪水潺潺的丛林里面，
拼出羞怯的童年时代的恋人姓名，
把它刻在娇嫩的绿树的树皮上面。

有的人严肃地缓行，像修女一样，
穿过那些充满幻影的岩石，从前，
圣安东尼①见过裸露的红色乳房
在那里进行诱惑，像熔岩般呈现。

也有人，映着残焰欲熄的篝火之光，
在古代异教魔窟沉寂无声的洞里，
唤你去治愈她们乱叫乱喊的热狂，

---

* 本诗发表于初版《恶之花》。描写崇拜萨福的搞同性恋的女人，但这些女人是处女，所以她们的恋爱带有原始的、神秘的、神圣的性质。
① 圣安东尼（Saint Antoine le Grand，约251—356），埃及的隐修士，被称为"荒野之星，修道士之父"。相传他在隐修中经受住魔鬼的一切诱惑，故常作为文学和艺术上的题材。这里的用典与福楼拜的小说《圣安东尼的诱惑》无关，因该书的断片发表于一八六二年，最后定稿发表于一八七四年，而波德莱尔本诗则作于一八四九至一八五二年。

哦，能浇熄古老悔恨的酒神巴克斯！

又有人，爱在胸前去罩上一件圣披，
在她们长袍下面暗藏着一根皮鞭，
在阴暗的树林中，在寂寞的深夜里，
让痛苦的眼泪里掺进快乐的馋涎。

啊，处女，恶魔，怪物，你们这些殉道者，
具有轻视现实的伟大精神的女人，
探求无限的女人，信女们，色情狂者，
时而在喊叫、时而哭泣流泪的女人，

我的灵魂追随着你们一直到地狱，
可怜的姐妹，我爱你们，又可怜你们，
为了你们难愈的焦渴，阴郁的痛苦，
你们宽大的心中装满了爱情之瓮！

6　两个好姐妹[*]

荒淫和死亡乃是一对可爱的姑娘，
她们慷慨地亲吻，她们无比地壮健，
永保童贞的肚子裹着褴褛的衣裳，
她们永远在操劳，却从不怀胎分娩。

对那喜爱地狱者、贫穷的宫廷贵族、
厌恶家庭生活的命途多舛的诗人，
坟墓和妓院叫他到千金榆的荫处
在一张从无悔恨光临的床上安身。

充满亵渎之气的这种卧室和棺材，
仿佛一对好姐妹，轮流地给予我们
无数恐怖的快乐以及可怕的温存。

污手的荒淫，你想在何时将我掩埋？
跟她争妍的死亡，你将在什么时光
把黑柏嫁接到她臭桃金娘的枝上？[①]

---

[*] 本诗最初发表于初版《恶之花》。约作于一八四二年。叙述倒运的诗人在放荡的生活中等死的心情。荒淫与死亡可理解为淫神与死神。
[①] 桃金娘，维纳斯的神花，爱情的象征。黑柏为死亡的象征。这里用树木的嫁接比喻荒淫过度而招致死亡。

7　血泉[*]

我有时感觉到我在大量流血,
仿佛一道涌泉有节奏地啜泣。
我听到血在哗啦哗啦地长流,
可是摸来摸去,却摸不到伤口。

它流过市区,如同流过决斗场,
路石变成小岛,一路一片汪洋,
滋润一切造物的干渴的喉咙,
到处把大自然染得一色通红。

我常常向使人沉醉的酒乞援,
让折磨我的恐怖有一天消亡;
酒却使我耳朵更聪,眼睛更亮!

我曾在爱中寻找忘忧的睡眠;
可是爱情对我只像个针垫子,
供残酷的妓女们[①]吸我的血液。

---

[*] 本诗直接发表于初版《恶之花》。有一八五二年的亲笔手稿。参看《增补诗》中第一首《献给泰奥多尔·德·邦维尔》的第九行:"我们的血渗出了每个毛孔。"
[①] "残酷的妓女们"原文为"ces cruelles filles"。亦可译为"这些残酷的娘儿们",可理解为具体的妓女,亦可理解为戳在针垫子上的针。

8 寓意[*]

这是一个把长发垂在酒杯里、
富有风采而且很美丽的女子。
那爱欲的魔爪,花柳场的病毒,
都损害不了她花岗石的皮肤。
她既嘲笑死亡,她也蔑视放荡,
这些怪物常伸出破坏的魔掌
乱打乱抓,可是也不敢来冒犯
她这健全之躯的凛凛的威严。
她休息,像王妃,她行走,像女神,
她对快乐抱有穆斯林的虔诚,
在伸出的两臂之间耸着乳峰,
她用美目唤人投入她的怀中。
虽是不育的处女,世界的前进
却也少不了她,她深知,她相信,
肉体之美是最为卓越的天赋,
任何寡廉鲜耻,都能得到宽恕。
她不知道地狱,也不知道炼狱,

---

* 本诗直接发表于初版《恶之花》。普拉隆认为是一八四三年以前之作。诗中的寓意所指不明。克雷佩和维维埃认为是受某一雕像的启发而作。普雷沃认为这一雕像为克莱森热 (Jean Baptiste Clésinger) 的《酒神女祭司》。这位雕刻家曾给萨巴蒂埃夫人塑一胸像,并以她为模特儿塑造《被蛇咬过的女人》。但《酒神女祭司》为一八四七年沙龙的展品,而本诗则作于一八四三年以前,可能诗人在雕刻家的工作室里先见到过。因此普雷沃又认为诗中的女性可能为萨巴蒂埃夫人,诗人故意用《寓意》为题来遮人耳目。谢利克斯则认为诗中的美女为卖淫的拟人化。

等到那时，要她走上黑夜之路，
她将像新生儿一样对着死神
正眼相视——没有厌恶，没有悔恨。

9 贝雅德丽齐*

在寸草不生、满是灰的焦土上面,
有一天,当我对大自然喃喃埋怨,
无目的地漫游,而在自己的心上
慢慢磨砺我的思想刃锋的时光,
我看到一片孕着暴风雨的乌云,
在大白天里向我的头顶上降临,
带来一大群恶魔,个个存心不良,
就像残酷而好奇的侏儒们一样。
他们开始对着我冷冰冰地注视,
仿佛行路的人们看到一个疯子,
他们打许多手势,频频挤眉弄眼,
我听到他们互相耳语,将我调侃:

"我们且来看看这个漫画式人物,
哈姆雷特①的幽灵,瞧他学的风度:
眼光优柔寡断,头发散乱在风前。
这一位乐天派、赋闲的蹩脚演员、
无赖、怪人,看上去不是非常可悲?
他以为能把角色演得细腻入微,

---

* 本诗最初发表于一八五五年六月一日的《两世界评论》。后收入初版《恶之花》。参看《忧郁与理想》中第三十一首《我从深处求告》及第三十二首《吸血鬼》的诗注。波德莱尔借贝雅德丽齐指让娜·迪瓦尔。
① 哈姆雷特,莎士比亚同名诗剧的主人公。

他就梦想让溪流、花草、老鹰、蟋蟀
都对他的痛苦的歌唱感到兴趣,
甚至对我们,这些老花招的祖师,
也要大喊大叫、朗诵周知的台词。"

我将会(我的自尊心像山一样高,
不屑理会乌云和恶魔们的狂叫)
爽爽气气地别转我的高贵的脸,
如果没看到在大伙猥亵者里面
(这种罪孽倒还没吓得太阳无光!)
也有目光迷人的、我心中的女王,
跟他们一起嘲笑我阴郁的痛苦,
而且不时赏给他们淫秽的爱抚。

10　吸血鬼的化身[*]

这女人，一面像炭火上的蛇一样
扭动着身体，从胸衣的钢丝罩上
揉捏乳房，一面从草莓似的嘴里
吐出这些充满着麝香味的言词：
"我有湿润的嘴唇，我有这种妙术，
能在卧床深处将旧道德心消除。
我用我胜利的乳房把眼泪吸干，
使年老的人们露出儿童的笑脸。
对于那些看到我一丝不挂的人，
我能顶替月亮、太阳、天空和星辰！
亲爱的博士啊，我对享乐很精通，
当我把男人搂在可怕的手臂中，
或者听凭男人来咬啮我这羞人
而又淫荡、脆弱而又结实的上身，
凭这兴奋发狂的肉垫似的娇躯，
阳痿的天使也甘心为我入地狱！"
当她把我的骨髓全部统统吸干，
当我软绵绵地转身对着她的脸
要报以爱情之吻，只见她的身上

---

[*] 本诗直接发表于初版《恶之花》。一八五七年八月二十日被法院判处删削的六首禁诗之一。本诗有一八五二年的作者亲笔原稿，当时题名为《快活皮囊》。法国诗人古尔蒙在《文学散步》中曾指出本诗跟拉辛的悲剧《阿达莉》中的梦幻完全相似。又，本诗是从戈蒂耶的诗集《阿尔贝图斯》（XVI）中的一个插曲得到灵感而作。

黏黏糊糊,变成充满脓液的皮囊!
我不由战战兢兢,闭紧我的双眼,
等我再睁开眼皮在烈日下观看,
那个像储血的结实的人体模型,
在我身旁,再也看不到她的形影,
只剩下残余的骸骨胡乱地抖动,
就像在冬天的夜间,在北风之中,
在铁杆顶端的风信鸡或是市招,
晃来晃去,自动发出一阵阵喊叫。

11 基西拉岛之游[*]

我的心,仿佛小鸟一样,欣然展翅,
绕着缆绳周围,自由自在地飞翔;
轻舟在没有云彩的天空下摇荡,
就像陶醉于灿烂的太阳的天使。

那座凄凉阴暗的岛叫什么名字?
人道是基西拉岛[①],诗歌中的名邦,
一切独身老汉的公共的黄金乡[②]。
瞧啊,它竟然是一片贫瘠的土地。

——甜美的秘密和心灵的宴乐之岛![③]
古代维纳斯女神的壮丽的幻象,
仿佛一阵清香在你的海上漂荡,
使人们的心中充满了爱和烦恼。

美丽的岛,充满了碧绿的桃金娘、

---

[*] 本诗最初发表于一八五五年六月一日的《两世界评论》(十八首《恶之花》诗篇之一)。本诗有一八五二年的亲笔手稿。在原稿上注明本诗的出发点是受奈瓦尔(Gérard de Nerval,1808—1855)的几行记游文字的启发而作。奈瓦尔写过一篇《基西拉岛之游》,曾叙述沿着该岛海岸航海时看到三叉绞架。该文发表于一八四四年六月三十日及八月十一日的《艺术家》。因此波德莱尔本诗约作于一八四四年。雨果《静观集》中有一首《基西拉》与本诗为同题之作。
[①] 基西拉岛,希腊南端的海岛,希腊古名库忒拉,为维纳斯的圣地。维纳斯由海中出生后,先在此岛上岸,故维纳斯别名库忒瑞亚。
[②] 黄金乡,传说位于南美洲北部的黄金国。此处比喻为理想的欢乐仙境。
[③] 基西拉岛一般被认为是寻欢作乐之地。法国画家华托画过一幅《乘船去基西拉岛》(亦译《发舟爱之岛》),现藏卢浮宫博物馆,非常有名。

怒开的花、永远受万民崇敬之地，
从爱慕者的心中发出来的叹气，
像蔷薇园上面的香气一样荡漾，

又像一只斑鸠，不断地咕咕悲啼！
——如今，基西拉只是一片贫瘠的土地，
充满尖声乱叫的多石子的荒野。
可是我却隐隐看到个奇怪东西。

那并不是藏在树林荫处的神庙①，
并没有爱好花草的年轻女祭司，
移动她燃烧着秘密情火的身体，
在飘过的风中微敞着她的衣袍；

而是：当我们的船贴紧海岸驶航，
让船上的白帆惊散群鸟的喧哗，
我们才看清，那是一座三叉绞架，
黑黑地耸入天空，仿佛柏树一样。

一群凶猛的鸷鸟停在食物上面，
狂啄着一个已腐烂的被绞死者，
它们各自用锥子似的污秽的嘴
刺进腐肉带血的每个角落里面；

---

① 神庙，在基西拉岛的东海岸中部，有古都库忒拉城墙废墟，西部有维纳斯神庙的地基和一些石柱遗迹。神庙祀天上的阿佛洛狄忒。阿佛洛狄忒即罗马神话中的维纳斯。

双眼变成两个洞,从啄破的腹部
流出沉重的肚肠,挂在大腿上面,
那些刽子手,尝够了恐怖的快感,
用嘴一啄,彻底完成了阉割手术①。

在他的足下,有一群羡慕的走兽,
它们口鼻向上,兜来兜去地乱转,
有一只较大的,在当中焦躁不安,
像个死刑执行者领来一批助手。

基西拉岛民②,美丽的天空的赤子,
你默默无言地忍受这样的凌辱,
为你的不光彩的信仰进行补赎,
你的罪孽使你死无葬身的墓地。

滑稽的被绞死的罪人,你的苦痛
就是我的苦痛!看到你四肢摇荡,
我感到旧恨汇合成胆汁的长江,
像作呕似的向我的口齿间升涌;

可怜的死鬼,你怀有可贵的回忆,
在你面前,我想到了刺人的乌鸦、
黑色的豹子,曾动用所有的嘴巴、
所有的颌骨,那样爱啖我的肉体。

---

① 阉割手术,指啄去尸体的生殖器。
② 基西拉岛民,指上文的死者。

——天空非常美丽，海面也非常平静；
以后，我觉得一切变得血腥朦胧，
——唉！我的心沉埋在这种寓意之中，
就像裹上一幅非常厚实的殓巾。

维纳斯！我在你岛上看到的东西，
只有象征性绞架，吊着我的幻象……
——啊！天主！请你赐予我勇气和力量，
让我能无憎地看我的心和肉体！

12　爱神和颅骨[*]

古旧的尾花[①]

在人类的颅骨顶上
　　坐着小爱神,
这个俗物在宝座上
　　厚脸笑盈盈,

得意地吹着圆泡泡,
　　泡泡向天飞,
像要升上碧落九霄
　　跟星球聚会。

光亮而脆弱的球体
　　高飞到空中,
啪的一声柔魂飞散,
　　像个黄金梦。

我听到颅骨对泡泡

---

[*] 本诗最初发表于一八五五年六月一日的《两世界评论》(《恶之花》诗篇之一)。后收入初版《恶之花》。据贝维尔(A. Van Bever)的意见,本诗是受根据尼德兰画家昂德里克·戈尔齐乌斯(Hendrik Goltzius, 1558—1617)的素描制作的两幅版画启发而作。这两幅版画描绘小爱神吹泡泡,其中一幅描绘小爱神坐在颅骨上面。

[①] 尾花,报刊、书籍上诗文末尾空白处的装饰性图画。

祈求而诉苦：
"这残酷滑稽的玩笑，
　　何时才结束？

"因为，你的残忍的嘴，
　　奇怪的凶手！
吹散的是我的脑髓，
　　我的血和肉！"

叛 逆

1 圣彼得的否认*

天主怎样对付这些诅咒的狂澜
每天向他亲爱的天使身边上升?
他像酒肉醉饱的暴君,听着我们
恐怖的辱骂之声而愉快地酣眠。

殉教者们和死囚们发出的号哭,
无疑是使他感到陶醉的交响乐,
因为,尽管他们为快乐付出鲜血,
却还不能使上天感到一点满足!

——啊!耶稣,你可曾把那橄榄园忘掉?
当那些卑鄙的刽子手们拿铁钉
钉进你肉体,他听到铁钉的声音
在天上发笑,而你却天真地跪祷。①

当你眼看着那一帮厨子和卫兵

---

* 圣彼得,耶稣的门徒之一。耶稣被捕后,彼得三次不承认认识耶稣,见《圣经·新约·马太福音》第二十六章。本诗最初发表于一八五二年十月的《巴黎评论》,后收入《恶之花》初版。这首反基督教的诗,在审理案件时虽被提出而受到指责,但未被判处删削。诗人之母奥皮克夫人曾反对将本诗收入诗人死后出版的集子,但阿塞利诺却对她说,如果她坚持此见,他和邦维尔就要完全放弃出版计划。

① 橄榄山在耶路撒冷旧城东面。《圣经·新约》中有耶稣在山园祈祷之记载:耶稣和门徒一同来到客西马尼(天主教经中译作日色玛尼的山园,希伯来文意为橄榄压榨器),俯伏在地,祷告说:"我父啊,倘若可行,求你叫这杯离开我。"(《圣经·新约·马太福音》第二十六章)维尼也写过一首诗,题名《橄榄山》。

用他们的唾沫吐你神圣的身体,①
当你感到那顶茨冠上面的荆棘②
刺进你那装满无限仁慈的颅顶;

当你那鳞伤之体的可怕的重量
拖长你伸开的手臂,你的血和汗
从你苍白的额头上面流个没完,
当你被拖出示众,像活靶子一样,

你可曾想起那辉煌美丽的时光,
你为实现永远的约③而来的日子,
你骑着温驯的驴子,在撒满树枝④
和鲜花的街道上面走过的时光,

你的心中完全充满勇气和希望、
尽力鞭打可恨的商人⑤、终于成为
众民之主的日子?那时,可有反悔
在枪扎之前预先刺进你的肋旁?⑥

---

① 《圣经·新约·马太福音》第二十六章第六十七节:"他们就吐唾沫在他脸上。"
② 《圣经·新约·马太福音》第二十七章:巡抚的兵士们"用荆棘编作冠冕,戴在他头上"。
③ 《圣经·旧约·创世记》第十七章第七节:"我要与你……坚立我的约,作永远的约,是要作你和你后裔的神。"
④ 耶稣骑驴进耶路撒冷,"众人多半把衣服铺在路上,还有人砍下树枝来铺在路上"。(《圣经·新约·马太福音》第二十一章)
⑤ "耶稣进了神的殿,赶出殿里一切做买卖的人,推倒兑换银钱之人的桌子。"(《圣经·新约·马太福音》第二十一章)
⑥ 《圣经·新约·约翰福音》第十九章第三十四节:"惟有一个兵拿枪扎他的肋旁,随即有血和水流出来。"

——确实，就我而言，我将会甘心离开
一个行动与梦想不一致的人世；
我只望能仗剑而生或被剑刺死！①
圣彼得不承认耶稣……他做得很对！

---

① 《圣经·新约·马太福音》第二十六章："有同耶稣在一起的一个人，伸手拔出自己的剑，砍了大司祭的仆人一剑，削去了他的一个耳朵。耶稣遂对他说，把你的剑收回原处，因为凡持剑的，必死在剑下。"(《圣经》新译本) 这个挥剑者即彼得。见《圣经·新约·约翰福音》第十八章第十节。波德莱尔在这里赞成彼得敢于反抗，而不同意耶稣甘于束手就擒的做法，故下文为彼得翻案，说他"不承认耶稣"，"做得很对"。从这里我们也可以看出，波德莱尔虽身为天主教徒，但他的宗教信仰之中，也有叛逆的反抗精神。

2　亚伯和该隐[*]

I

亚伯的后代，去吃喝睡觉；
天主将对你满意地微笑。

该隐的后代，去土中爬行，
到最后让你悲惨地死掉。

亚伯的后代，你献的供物
使最高天使闻得很满意！

该隐的后代，你受的痛苦，
将永远没有结束的时期？

亚伯的后代，你播的种子
和养的家畜，看，都很兴旺；

---

[*] 本诗直接发表于初版《恶之花》。再版时稍加改动，并分成两段。该隐和亚伯是亚当和夏娃所生的两兄弟。耶和华看中亚伯和他的供物，该隐怒，杀其弟。耶和华乃降罚于该隐，使他种的地不再为他效力，而使他出外流离飘荡。见《圣经·旧约·创世记》第四章。克雷佩考证，《恶之花》初版出版前数月，一八五六年二月二十四日的《费加罗报》曾登载路易·古达尔的论文《谈法国文学的现状》，其中谈到亚伯和该隐的象征意义，说亚伯怯懦、鲁直、拘谨，属于常识派最初的俗物，而该隐粗野、反抗、杀弟，是最初的浪漫主义者，是莎士比亚、拜伦、雨果剧作的先驱者。

该隐的后代,听你的肚肠
饥饿得啼叫,像老狗一样。

亚伯的后代,烘暖你肚子,
靠拢你族长火炉的旁边;

该隐的后代,可怜的豺狼!
在你的洞里冷丝丝打战。

亚伯的后代,去恋爱、繁殖!
连你的黄金也能够增产;

该隐的后代,燃烧着的心,
你要当心这强烈的欲念。

亚伯的后代,你仿佛椿象①
饱吃着嫩叶而繁殖孳生!

该隐的后代,你走投无路,
拖着一大群落魄的家人。

II

亚伯的后代,啊!你的尸体
也给冒气的土地做肥料!

---

① 椿象,昆虫的一科,种类很多,身体圆形或椭圆形,头部有单眼,吸植物茎和果实的汁,多数是害虫。

该隐的后代,你要做的事,
有好多还没有充分做好;

亚伯的后代,瞧你多可耻:
你的剑竟然敌不过猎枪!

该隐的后代,去登上天庭,
把天主揪来摔倒在地上!①

---

① 该隐被看作叛逆者和上帝处事不公的牺牲者,为浪漫派作家常用的题材。如拜伦的诗剧《该隐》、勒孔特·德·李勒的诗《该隐》、雨果《历代传说集》中的《良心》等。

3 献给撒旦的连祷[*]

啊,你,在天使中最美又最聪明,
被命运出卖、被夺去赞美的神,

啊,撒旦,请可怜我长期的不幸!

啊,流亡的王者,尽管遭到迫害、
遭到失败,却更强地挺起身来,

啊,撒旦,请可怜我长期的不幸!

你是全知者,是地狱中的至尊,
治愈人类痛苦的亲切的医神,

啊,撒旦,请可怜我长期的不幸!

对被诅咒的贱民、麻风病患者,
你也通过爱来介绍乐园风味,

啊,撒旦,请可怜我长期的不幸!

---

[*] 本诗直接发表于初版《恶之花》。波德莱尔常痛骂撒旦,参看《致读者》《破坏》《意想不到者》等诗。但在本诗中却把他当作被迫害者、流亡者、失败者,也就是当作叛逆者赞美,由此显露出诗人的反抗精神。连祷,一种以同样词句反复咏诵的形式来赞美圣徒的祈祷,天主教经中译作祷文。

啊，你跟你矍铄的老情妇"死亡"
生下了一个迷人的狂女"希望"！

啊，撒旦，请可怜我长期的不幸！

你赐给罪犯冷静高傲的眼光
诅咒围在断头台四周的群氓，

啊，撒旦，请可怜我长期的不幸！

你知道善嫉妒的天主把宝石
藏在森严大地的哪个角落里，

啊，撒旦，请可怜我长期的不幸！

你的炯炯的眼光能够洞察到
地底宝库中埋藏的无数财宝，

啊，撒旦，请可怜我长期的不幸！

梦游病患者走到高楼的边缘，
你伸出大手消除坠落的危险，

啊，撒旦，请可怜我长期的不幸！

遭到马蹄践踏的夜归的醉汉，
你用魔术使他的老骨头柔软，

啊，撒旦，请可怜我长期的不幸！

为了安慰柔弱的世人的忧伤，
你教导怎样配合硝石与硫黄①，

啊，撒旦，请可怜我长期的不幸！

啊，机敏的同犯，你给残酷无情、
卑鄙的富豪的额头打上烙印，

啊，撒旦，请可怜我长期的不幸！

你把崇拜伤痕、喜爱褴褛之情
移植入妓女们的眼睛和芳心，

啊，撒旦，请可怜我长期的不幸！

流亡者的手杖，发明家的灯烛，
绞犯和叛徒的听忏悔的神父，

啊，撒旦，请可怜我长期的不幸！

触犯了在天之父的赫赫震怒
而被逐出地上乐园者的养父，

---

① 配合硝石与硫黄，指配制火药。

啊,撒旦,请可怜我长期的不幸!

祷告①

撒旦,愿光荣和赞美都归于你,
在你统治过的天上,或是在你
失败后耽于默想的地狱底下!
让我的魂有一天在智慧树②下
傍着你休息,当树枝在你头上
伸展得像一座新庙堂的时光!

---

① 初版时无此词,再版时始添入。
② 智慧树,耶和华在伊甸园中所种的分辨善恶之树,吃了此树的果子,能使人有智慧。夏娃和亚当受蛇的诱惑,偷吃了树上的禁果,遂被逐出乐园。(《圣经·旧约·创世记》第二章及第三章)

死　亡

1 情侣的死亡*

我们将有充满清香的床、
像坟墓一样深的长沙发,
在棚架上将为我们开放
另一座洞天的异卉奇花。

两颗心竞相把余热耗尽,
变成了两个巨大的火炬,
两个灵魂合成一对明镜,
双重光在镜中辉映成趣。

蔷薇色、神秘的蓝色之夜,
我们将互射唯一的电光,
像一声充满离愁的叹息;

随后,将有天使排闼入房,①
忠实愉快地使熄灭的火
和灰暗的镜子重新复活。

---

* 本诗最初发表于一八五一年四月九日的《议会通讯》,为《冥府》诗篇之一。这首名诗曾由德彪西(Achille-Claude Debussy, 1862—1918)谱曲。
① 此处令人想到维尼《汪达》第八节中的诗句:"不久……死亡天使将会来把我们载在她的翅膀上,把我们一起带往温暖的碧空。"

2　穷人们的死亡[*]

是死亡给人安慰，唉！使人活下去；
它是人生的目的，是唯一的希望，
它像仙酒一样，使我们陶醉、鼓舞，
给我们坚持走到日暮时的胆量；

它是透过严霜和雪、透过暴风雨、
在黑暗的地平线上颤动的光明；
它是记在书册中的著名的逆旅[①]，
可以在那里吃吃睡睡、安然栖身；

它是个天使，她那有磁力的手指[②]
把握着睡眠和迷人之梦的赠礼，
她替光身的穷人们再铺好卧床；

它是诸神的光荣，是神秘的粮仓，
它是穷人的钱袋和古老的家乡，
它是通往未知的新天国的柱廊！

---

[*] 本诗直接发表于初版《恶之花》。有一八五二年的原稿手迹。本诗将死亡看成天使，将世人从现世的痛苦中解放而导入天国。曾由莫里斯·罗利纳（Maurice Rollinat）谱曲。
[①] 书册，此处指《圣经·新约·路加福音》第十章第三十至三十四节："有一个人……落在强盗手中，他们剥去他的衣裳，把他打个半死，就丢下他走了……惟有一个撒玛利亚人，行路来到那里，看见他就动了慈心……带到店里去照应他。"
[②] 有磁力的手指，指动物磁气说。这是德籍医生梅斯麦（1734—1815）施行的一种类似催眠术的医疗方法。

恶之花　巴黎的忧郁

3 艺术家们的死亡[*]

阴惨的漫画啊,[①]我需要多少次
摇我的铃铛[②],吻你低贱的额角?
为了要射中神秘本质的标的,
箭筒啊,需要多少箭让我消耗?

我们筹划妙策,将把心机用尽,
还要把许多沉重的骨架[③]敲毁,
那时才能看到伟大的创造品,
这悲惨的愿望真使我们泪垂!

有的从未认识到自己的偶像[④],
这种倒霉的雕刻家,受辱蒙羞,
不断地捶胸、敲打自己的额头,

奇怪阴暗的殿堂[⑤]! 只剩下希望:

---

[*] 本诗最初发表于一八五一年四月九日的《议会通讯》(《冥府》诗篇之一)。但该诗与后来收入初版《恶之花》集中的本诗大不相同。本诗为难解之诗,评论家常有异议。它的含意大概是:很多艺术家在生前不能到达美的化境,只能作出这种神秘的"美"的漫画,只有死亡才能消除他们在艺术创造上的绝望。本诗被称为波德莱尔诗中最神秘、最马拉美式的诗。
[①] 与艺术家的理想相对而言,不理想的作品只是漫画而已。
[②] 摇我的铃铛,小丑表演滑稽时的摇铃动作。
[③] 骨架,雕塑艺术上的术语,指雕像的内部骨架,供制作雕像时用。
[④] 自己的偶像,指理想的美。
[⑤] 殿堂,指罗马卡皮托利山上的朱庇特神殿。古代凯旋者的战车可以光荣地升上该处。此处象征艺术的殿堂。

让死亡高悬天空,像新的太阳,
使他们头脑里面的百花开放。

4 一天的结束[*]

无耻而喧嚷的浮生,
在微弱的光线下面,
没来由地奔跳折腾。
因此,当快乐的夜晚

一升到地平线之上,
连饥饿也都被赶跑,
连耻辱也全部消亡。
诗人就自语道:"好了!

"我的精神,我的背脊,
都热烈地祈求休息;
我的心受噩梦侵扰,

"我要仰面朝天卧倒,
裹在你的夜幕里面,
哦,多么凉爽的黑暗!"

---

[*] 本诗最初收入一八六一年二月出版的再版《恶之花》。发表在一八六七年一月一日的《十九世纪评论》上的诗与本诗稍有不同。本诗描写诗人从白天的劳碌与烦恼中获得解放后,在凉爽的夜晚到来时的心情。

5 怪人之梦[*]

献给 F. N.[①]

你是否像我一样懂得快乐的痛苦,
而且让人家说你:"哦,真是古怪的人!"
——我刚刚要死。欲望混合着一种恐怖,
这是我多情的心所患的特殊病症;

焦虑、强烈的希望、没有反抗的情绪。
随着命定的沙壶漏得一点也不剩,
我的苦恼更剧烈,却也更感到舒服;
我的心完全离开已经住惯的凡尘。

我就像非常喜爱观看戏剧的小孩,
憎恨降下的帷幕,像人家憎恨障碍……
冷酷无情的真相最后终于被揭开:

我毫不足怪地死去了,可怕的曙光
将我的身体覆盖。——怎么!不过是这样!
帷幕已经被揭起,我却依然在盼望。

---

[*] 本诗最初发表于一八六〇年三月十五日的《现代评论》,后收入再版《恶之花》。
[①] F. N.,指费利克斯·纳达尔(Félix Nadar, 1820—1910)。纳达尔原名图尔纳肖(Tournachon),他是文学家、画家、摄影家,是波德莱尔的朋友。曾制造巨人号气球,并作冒险飞行。

恶之花 巴黎的忧郁 | 261

6 旅行[*]

献给马克西姆·迪康[①]

I

对于那种喜爱地图和版画的娃娃,
宇宙不过相等于他的旺盛的食欲。
啊!灯光之下的世界显得多么伟大!
而在回忆的眼中,世界又何其区区!

我们在清晨出发,头脑里充满热情,
内心里充满怨恨以及辛酸的欲望,
我们合着波涛的节奏而向前航行,
在那有限的海上驰骋无限的遐想:

有的庆幸能逃出他的可耻的祖国;
有的庆幸逃出故乡的恐怖;还有些

---

[*] 本诗最初发表于一八五九年四月十日的《法国评论》,写作时间约在同年二月,那时波德莱尔居住在翁弗勒尔海滨他母亲的别墅。后收入再版《恶之花》,作为最后一首作结之诗。诗人为了逃避忧郁,到遥远的异国去旅行,获得各种体验,但仍不能获得安慰,摆脱不了时间的束缚,于是认识到只有死亡才能治愈诗人的厌倦无聊,使他窥见未知的新的世界。

[①] 迪康(Maxime du Camp, 1822—1894),法国作家和旅行家,曾两次作东方旅行,到过埃及、努比亚、巴勒斯坦、叙利亚。他是波德莱尔的朋友,《巴黎评论》的创办人之一,《两世界评论》的撰稿人之一。

迷恋女人眼睛的星士①，庆幸能摆脱
拥有迷魂香药的残暴魔女喀耳刻②。

为了不变成牲畜，他们醉心地欣赏
宇宙、光明以及那炎炎似火的天空；
啮人的冰、将皮肤晒成铜色的太阳
逐渐逐渐把吻印消除得无影无踪。

可是，真正的旅行家们乃是为旅游
而旅游的人，他们永远不逃避宿命，
他们的心很轻松，就像是一个气球，
他们不知其所以，常说："我们去旅行！"③

这种旅人的欲望，就像那白云苍狗，
他们常常像一个梦见大炮的新兵，
梦见多变的、未可知的、无限的快乐，
而人的智慧永不知这快乐的芳名！

Ⅱ④

真可怕！我们就像跳着圆舞的陀螺
和跳跃的球；甚至当我们进入睡乡，

---

① 星士，指爱伦·坡短篇小说《莱吉亚》中的主人公，他将莱吉亚的两只美丽的眼睛比作双子座的两颗星，把自己比作虔诚的星士（占星家）。
② 喀耳刻，希腊神话中住在埃埃亚岛上的魔女，她让人喝下魔酒，用魔杖一敲，就能使人变成猪。奥德修的同伴们就曾这样中了她的魔术。参看荷马《奥德修纪》第十歌。
③ 这是波德莱尔诗歌常见的主题，最明显的，可参看散文诗集《巴黎的忧郁》第四十八首《在这世界以外的任何地方》。
④ 于贝尔认为，第一章写出发，第二章叙述旅行的目标。

恶之花　巴黎的忧郁　｜　263

好奇心也使我们辗转而饱受折磨,
仿佛残酷的天使在不断鞭打太阳。

奇妙的命运,它的目标常变化无常,
也许到处都可以,并无固定的场所!
世人总是不厌其烦地怀抱着希望,
为了能获得休息而像狂人般奔波!

我们的灵魂仿佛一艘三桅的帆船
寻它的伊加利亚①,甲板上高呼:"快瞧!"
桅楼上也传来了疯狂热烈的叫喊:
"爱啊……光荣啊……幸福!"糟糕!却碰着暗礁!

担任瞭望的男子指点的每一座岛,
全都是命运女神要赐予的黄金乡!
我们正准备酒宴,幻想的兴致多高,
结果只看到礁石映着早晨的晴光。

啊,憧憬着幻想之国的可怜的男子!
这个烂醉的水手,新大陆的发现者,
不该把他用铁链捆紧,投入到海里?
他的幻影不是使大海更变成苦海?

---

① 伊加利亚,指法国空想社会主义者艾蒂安·卡贝(Étienne Cabet)于一八四〇年所著空想小说《伊加利亚旅行记》。为了实现他的理想,卡贝于一八四八年在北美新奥尔良、一八四九年在伊利诺伊建立共产主义思想团体,但最后均告失败。

他仿佛老流浪汉，踏着泥泞的土地，
却在仰望着上空，梦想天堂的豪华；
只要看到有一家点蜡烛的破房子，
在他着魔的眼中，就是一座卡普亚①。

Ⅲ②

可惊的旅人！我们从你们像海一样
深沉的眼中读到多么高贵的故事！
请打开你们藏有丰富回忆的宝箱，
拿出用星和大气镶成的奇异宝石。

我们想出去旅行，不借助帆和蒸汽！
为了安慰我们那像坐牢似的厌倦，
请把你们以水平线为画框的回忆
映上我们像画布一样张着的心坎。

你们看到过什么？

Ⅳ③

"我们看到过星光，
看到过波涛；我们也曾看到过沙滩；
虽然常受到冲击，碰到意外的灾殃，
我们却像在这里一样常感到厌倦。

---

① 卡普亚，意大利古城，此处引申为安乐窝、温柔乡。公元前二一六至前二一五年汉尼拔的军队在此驻扎，过着豪奢的生活，以致丧失战斗力。
② 于贝尔认为第三章叙述空间的宇宙和脑髓的融合。
③ 以下叙述幻想世界的旅行。

"太阳的光辉照在一片紫色的海上,
城市的光辉映在西沉的夕照之中,
在我们心里唤起不安的热烈向往,
想跳入迷惑人的映在水中的天空。

"最最富丽的城市,最最壮丽的风景,
从来没有具备过这种神秘的魅力,
像那些白云偶然变幻而成的美景,①
欲望总是使我们感觉到忧心戚戚!

"——享乐给欲望添上更加强大的力量。
欲望,你这以快乐作为肥料的老树,
到你的树皮变得又厚又硬的时光,
你的枝干就更想攀到太阳的近处!

"你这比柏树更加根深蒂固的大树,
你还想长高?——可是,我们已经仔细地
为你们的贪多的画册搜了些画图,
总把远方舶来品认作美好的兄弟!

"我们曾经朝拜过垂着象鼻的偶像②;
看到些玉座镶嵌的宝石灿烂辉煌;
那些精美宫殿的仙境一般的排场,

---

① 对变幻着的白云的欣赏可参看《巴黎的忧郁》第四十四首《浓汤和云》,又在散文诗第一首《异邦人》中也有这样的句子:"我喜爱浮云……飘过的浮云……那边……那些令人惊奇的浮云!"
② 垂着象鼻的偶像,指印度神话中的智慧神伽尼娑,又译群主,有长长的象鼻,又称象头神。人们旅行时常求他保佑一路平安。

将是你们银行家做的破产梦一场;

"我们看到过使人眼花缭乱的穿戴;
看到过将牙齿和指甲染色的女人,
让蛇戏弄自己的巧妙的耍把戏者。"

V

其次还看到什么?

VI

"头脑像孩子的人!

"有些重要的事物不能遗漏而不讲:
我们并不想去看,却到处都曾看见,
沿着宿命的梯子,从上方直到下方,
那种使人厌倦的、永世之罪的场面。

"女人乃是卑贱的奴隶,傲慢而愚蠢,
敬自己而不嘲笑,爱自己而不厌弃;
男人是饕餮、荒淫、贪婪、无情的暴君,
是阴沟中的臭水,是奴隶中的奴隶;

"刽子手寻欢作乐,殉教者流泪痛哭,
以鲜血当调味品增加香味的宴饮;
能削弱专制君主力量的权势之毒,
会喜欢使人变糊涂的鞭子的国民;

"有许多宗教也像我们的宗教信仰,
都希望升上天堂;还有那一般圣徒,
就像好讲究的人躺在鸭绒垫子上,
从钉板、鬃衣之中寻找苦修的乐趣。

"唠唠叨叨的人类,自恃他们的才高,
从前曾那样发疯,现在也依然如此,
他们在激烈苦闷之中向天主大叫:
'哦,我的同类,哦,我的主,我要诅咒你!'

"并不那样愚蠢又敢去爱癫狂的人,
他们逃出被命运幽禁的群众队伍,
躲到无穷无尽的鸦片烟土中藏身!
——以上就是全球的永不变的报告书。"

VII

从旅行中获得的知识是多么酸辛!
单调狭小的世界,不论昨今和以后,
永远让我们看到我们自己的面影,
就像沉闷的沙漠中的恐怖的绿洲!

该去?该留?你如能留下,就留在原地;
该去,就出发。有出行者,也有龟缩者,
那是为了要躲过警觉、阴森的大敌,①
时间!唉!还有一些不停歇的奔波者,

---

① 参看《忧郁与理想》第十首《大敌》。

他们像使徒,①像永远流浪的犹太人,②
无论坐车或乘船,他们也难以逃避
可耻的持网斗士③;另外还有一些人
却懂得消磨时间,不需离开出生地。

最后,当时间踩在我们的背脊之上,
我们将能怀抱着希望而叫喊:"向前!"
就像从前我们向中国出发时那样,
眼睛注视着海面,让头发被风吹乱,

怀着一个年轻的旅人的快乐的心,
我们将登舟出发,驶向冥国的海④上。
请你聆听那迷惑人的阴郁的声音,
唱道:"到这里来吧!你们想要来尝尝

"香喷喷的忘忧果⑤的人!你们所一心
向往的奇果,就在这里可以弄到手;
这儿的午后充满一片奇妙的宁静,
永无尽头,请你们来这里尽情享受!"

---

① 基督教的使徒们被派到各地传教。
② 传说耶稣赴刑场时经过一皮匠的门口,想休息一下,受到皮匠的侮辱。这个皮匠是犹太人,所以以后犹太人注定要在世界各地流浪。
③ 持网斗士,古罗马的斗士,他们在角斗时用网罩住对手,使对手动作失灵。此处比喻时间。
④ 冥国的海,借用爱伦·坡用语,并非指冥河。
⑤ 忘忧果,非洲库瑞奈亚的一种灌木的果实,有些部落以此果为食物。又译罗托斯、罗枣、萎陀果。据说外地人吃此果后,就不想回家。参看荷马《奥德修纪》第九歌第九十六行以下。

恶之花 巴黎的忧郁 | 269

听那熟悉的声音,知道是谁的幽灵;
我们的皮拉得斯①在那边迎接我们。
"划向你的厄勒克特拉②,宽宽你的心!"
这是曾让我们吻膝的女人的唤声。

VIII

啊,死亡,啊,老船长,时间到了!快起锚!
我们已倦于此邦,啊,死亡!开船航行!
管他天和海黑得像墨汁,你也知道,
在我们内心之中却是充满了光明!

请你给我们倒出毒酒,给我们鼓舞!
趁我们头脑发热,我们要不顾一切,
跳进深渊的深处,管他天堂和地狱,
跳进未知之国的深部去猎获新奇!

---

① 皮拉得斯,希腊神话中的王子,俄瑞斯忒斯的密友。俄瑞斯忒斯因母亲弑夫另嫁,曾弑母为父报仇,然后与皮拉得斯一同逃亡。波德莱尔常把自己比作俄瑞斯忒斯,因为诗人的母亲也是再嫁的。
② 厄勒克特拉,俄瑞斯忒斯的姐姐,曾鼓励她弟弟弑母为父报仇。后嫁皮拉得斯。此处的厄勒克特拉也可能暗指诗人的爱人让娜·迪瓦尔。

增补诗

1 献给泰奥多尔·德·邦维尔*

(1842)

你曾使用泼辣的腕力去一把抓住
女神的头发,瞧你那种熟练的样子,
又那样满不在乎,真要使人误认你
像个年轻的浪子推倒了他的情妇。

你有充满早熟之光的明亮的眼睛,
你从作品中显出建筑大师的傲慢,
看到它那种结构是如此正确、大胆,
使人看出你将来会有怎样的大成。

诗人啊,我们的血渗出了每个毛孔;
这是否就像那件能使所有的血脉
全都化为凄惨寒流的、马人①的外衣,

偶然被童婴赫拉克勒斯在摇篮中

---

* 法国诗人邦维尔(高蹈派的先驱)于一八四二年十月出版诗集《女像石柱集》,波德莱尔很钦佩,故作此诗以献。
① 马人,上半身为人,下半身为马的怪物。希腊神话中说马人涅索斯背得伊阿尼拉过河,中途调戏她,被她丈夫赫拉克勒斯用涂过蛇血的箭射死。临死前,他骗得伊阿尼拉,叫她用他伤口的血作魔药,可管束丈夫。后来赫拉克勒斯有外遇,他妻子将涂过马人血的衣服送给他穿,他竟被烧死。

用手勒死的两条报仇的巨大蟒蛇①
吐出的强渗透力的毒液浸过三次?

---

① 宙斯之妻赫拉嫉妒赫拉克勒斯,曾将两条蛇放在他的摇篮里,这两条蛇被赫拉克勒斯勒死。

2 题奥诺雷·杜米埃的肖像*

我们提供的这幅画像，
他是个艺术精美绝伦、
教我们自我嘲笑的人，
读者，他是贤明的巨匠。

他是个讽刺家，嘲笑者；
可是他描写邪恶及其
一伙所用的那股魄力，
证明了他的心灵之美。

他的嘲笑不像梅莫斯①
或是梅非斯特②的嘴脸，
在阿勒克托的火炬之前③
红光满面，使我们战栗。

---

* 尚弗勒里拟出版他的《现代漫画史》，其中插有杜米埃的肖像（根据米歇尔·帕斯卡尔的浮雕复刻），他于一八六五年五月写信给波德莱尔，请他为这幅画像题诗，诗人乃作此诗寄去。杜米埃（Honoré Daumier, 1808—1879），法国讽刺画家，以锋利刺骨的讽刺画驰名全欧。一八三二年由于作画讽刺法王路易-菲力浦，曾被投入圣贝拉治监狱六个月之久。波德莱尔在《几位法国讽刺画家》一文中曾对他的作品进行分析评论。杜米埃对波德莱尔也很折服，他说过这句话："如果波德莱尔没有选择做大诗人的道路，他会成为大素描家。"
① 梅莫斯，爱尔兰作家麦图林（Charles Robert Maturin, 1782—1824）的神怪小说《梅莫斯》中的主人公。波德莱尔在《论笑的本质》一文中说他的笑是"愤怒和苦恼的不断的爆发"，是"从不睡觉的笑"。
② 梅非斯特，德国中世纪传说及歌德诗剧《浮士德》中的魔鬼。
③ 阿勒克托，复仇三女神之一，在文学、美术中常被描绘为蛇发女人，手持火炬和鞭子。

此二者之笑，唉，不过是
充满快活的一种苦笑；
而他的宽厚坦白的笑，
就像是他仁慈的标志。

3 和平烟斗[*]

拟朗费罗[①]

I

却说吉奇·玛尼托[②],那位全能者,
生命之主,从天上下凡到绿野,
来到丘陵起伏的辽阔的草原;
在那边红土石场[③]的岩石之上,
统治整个宇宙,沐浴着太阳之光,
他挺身直立,显得宏伟而威严。

他于是召集那些数也数不清,
比野草和砂子还众多的人民。
他用恐怖的手,将一块岩石敲碎,
做成出色的烟斗,然后,又去河边,
为了给烟斗配上一支烟斗管,

---

[*] 美国音乐家罗伯特·斯托佩尔(Robert Stoepel)写了一部受朗费罗启发的交响曲,请波德莱尔写这首拟作,打算在幕间休息时朗诵,故诗人作此诗,但后来计划并未实现。本诗发表于一八六一年二月二十八日的《现代评论》及一八六八年的《恶之花》。
[①] 参看朗费罗的长诗《哈伊瓦撒之歌》(又译《海华沙之歌》)第一歌《和平烟斗》。
[②] 吉奇·玛尼托,印第安语意为大神、生命之主。
[③] 红土石场 (la Rouge Carrière),在朗费罗原诗中为 Red Pipe-stone Quarry。印第安人用一种淡红色泥质岩石(红黏土)制造烟斗。红土石场亦译红烟斗石矿或红管石矿地。诗中的背景在今日苏必利尔湖南岸。

276 | 译文经典

从芦丛中选出一根长长的芦苇。

他剥下柳树皮，装满他的烟袋，
他，这位全能者，权力的创造者，
直立着，像点神圣的信号灯一样，
点起和平烟斗。他站在石场上面，
沐着阳光，挺直而高傲地吸烟，
这对各族人就像伟大的信号一样。

神圣的烟在早晨温和的大气里
慢慢地袅袅上升，发散出香气。
最初，只像阴暗的条纹一样，
随后，蒸汽变得更蓝、更浓密，
又渐渐发白；上升着，不断扩大体积，
终于碰上坚硬的天顶而粉碎消亡。

从落基山脉①最遥远的山峰高处，
从那些波涛汹涌的北方大湖②，
从天下无双的塔瓦森沙谷③中，
直到塔斯卡卢萨④芬芳的森林，
都看到这信号和漠漠的烟云
平稳地升向红色的朝霞之中。

---

① 落基山脉，位于北美洲，从阿拉斯加西部一直绵亘到墨西哥。
② 大湖，美国和加拿大交界处有五大湖，称大湖区。
③ 塔瓦森沙谷，现名诺曼人的峡口，在今纽约州的阿尔巴尼。
④ 塔斯卡卢萨，在今美国南部。

预言者们说道："你们可看得明白，
像号令者之手的这种蒸汽带，
摇曳着，乌黑地飘到太阳上面？
这就是生命之主吉奇·玛尼托，
从辽阔的牧场上向四方传令说：
'我要召你们开会，全体作战人员！'"

从水路上，从平原的陆路上，
从各种风向的东西南北四方，
每个部落中的一切战斗成员，
对这行云信号的意义都很了解，
全都向着红土采石场方面赶来，
吉奇·玛尼托约好在这里会见。

战士们集合在绿色的牧野上面，
全部武装，受过战争训练的脸，
涂得花花绿绿，仿佛秋叶一样；
使一切众生互相残杀的仇恨，
使他们祖先的眼睛发火的仇恨，
仍使他们的眼睛发出可怕的光芒。

他们眼睛里充满祖传的仇恨，
可是，吉奇·玛尼托，大地的主人，
望望他们全体，大动恻隐之心，
就像敌视无秩序的一位慈父，
望着那些互相揪扭咬打的子女。

吉奇·玛尼托就是如此对待子民。

他伸出强力的右手覆盖住他们,
要控制他们的心和狭隘的本性,
让他们在手掌阴影下降低热狂;
然后,他用庄严的声音发表讲话,
像哗啦哗啦的泉水从高处落下,
发出一种奇怪的非凡的声响:

Ⅱ

"哦,我的后代,可怜又可爱的亲族!
我的孩子们!来听神圣的道理。
对你们讲话的,乃是生命之主
吉奇·玛尼托!是他,在你们这片国土,
赐给你们狗熊、驯鹿、野牛和海狸。

"我让你们轻而易举地捉鱼打猎,
为什么猎人要变成杀人凶手?
我让各种鸟类在沼泽中繁殖,
你们干吗不满足,倔强的孩子?
人类为什么要把他的邻人赶走?

"对你们恐怖的战斗,我真已厌腻,
连你们的祈祷和誓愿都变成罪行!
祸害就在于你们的反抗的脾气,
团结就是力量。你们要亲如兄弟,

和睦相处，你们要懂得保持和平。

"我就要给你们派遣一位先知[①]，
来教导你们，跟你们同甘共苦。
他的教言将使浮生变为节日；
可是，如果你们蔑视他的全智，
该死的可怜虫，你们就走上绝路！

"到河中洗掉你们杀戮的色彩[②]。
芦苇很多，岩石也非常浓厚；
人人都能做个烟斗。停止杀害，
停止流血！今后，大家要团结起来，
像兄弟般共处，共吸和平烟斗！"

III

突然，大家都把武器扔在地上，
把他们残忍的、雄赳赳的脸上
发光的战争色彩全到河里洗掉。
人人雕个烟斗，而且前往河边
采一根长芦苇，巧制成烟斗管。
大神对可怜的孩子们莞尔微笑！

人人都怀着宁静喜悦之心离去，
而吉奇·玛尼托，这位生命之主，

---

① 先知，指海华沙（哈伊瓦撒），印第安人传说中的民族领袖。
② 杀戮的色彩，印第安人出战时战士脸上涂的油彩。

又从半开的天门当中回到天上。
——这位全能者,穿过壮丽的云烟,
满足于自己的工作,高高升天,
显得那样浩大、芬芳、庄严、辉煌!

4 异教徒的祈祷*

啊，别让你的火焰消隐；
快乐啊，你，灵魂的苦恼，
请你温暖我麻木的心！
女神啊！请听我的祈祷！①

充塞在太空中的女神，
你是我们地下的火焰！
冻僵的灵魂向你献呈
洪钟之歌，请让他如愿。

快乐，永远做我的女王！
请把用天鹅绒②和肌肉
做成的女妖③面具戴上，

或者把你沉重的睡意
注入无形的神秘的酒，
快乐，你这灵活的影子！

---

* 本诗发表于一八六一年九月十五日的《欧洲评论》。异教徒为不信基督教的古代人，此处将快乐当作充塞于太空的女神，又当作潜隐在地下的火焰来崇拜，向她祈祷。此诗亦为爱情诗。
① 原文为拉丁文：Diva! Supplicem exaudi!
② 《恶之花》第二十二首《美的赞歌》中有这样的句子："眼睛像天鹅绒的仙女"。
③ 女妖，指塞壬女妖，希腊神话中半人半鱼的女妖，用歌声引诱航海者，使他们触礁而亡。《恶之花》第二十二首《美的赞歌》："你是人鱼或天神，这又何妨？"

5 盖子[*]

不管他前去哪里,是陆地或是大海,
炎热的气候之下,极地的白日之下,
不论耶稣的信徒,基西拉①的奉承者,
穿着红袍的富翁或是阴郁的叫花,

流浪汉或是居民,城里人或是农夫,
他们小小的头脑,不管迟钝或灵敏,
处处,世人都得要忍受神秘的恐怖,
仰望上空时全都张着震颤的眼睛。

上面的天空!令人气闷的地窖之墙,
为滑稽歌剧演出而照亮的天花板,
每个丑角都踩着血污的舞台板面;

放荡之徒的恐怖,狂隐修士的希望;
天空!它就是罩在大锅上的黑盖子,
锅里烹煮着看不清的众多的人类。

---

[*] 本诗发表于一八六二年一月十二日的《林荫大道》及一八六六年的《现代高踏派诗坛》。
① 基西拉,此处借指维纳斯,参看本书二百七十一页注1。

6　意想不到者*

阿尔巴贡①，守在临终的老父床边，
看到已发白的嘴唇，沉思而自语：
"我觉得，在顶楼上堆的旧木板，
不是完全可以充数？"②

色里曼纳③喃喃地说："我心地善良，
当然，天主就把我造得非常美丽。"
——她的心！牛角心，熏得像火腿一样，
重被地狱之火燃起！

一个以火炬自居的著名的记者，
对在黑暗中沉沦的可怜虫说道：
"你所颂扬的美的创造者，侠义者，
你到底在哪里见到？"

我比谁了解得更深的一个色鬼④，

---

* 本诗最初发表于一八六三年二月二十五日的《林荫大道》，第三版时附有献词，献给巴尔贝·多雷维利（Barbey d'Aurevilly, 1808—1889）。多雷维利，法国作家，曾就《恶之花》说过这样的话："但丁进入地狱，波德莱尔却走出地狱。"
① 阿尔巴贡，莫里哀喜剧《吝啬鬼》中的主人公，这一名字已成为吝啬鬼、守财奴的代名词。
② 此处意为：可以用旧木板打造棺材，不必另购新柩。
③ 色里曼纳，莫里哀喜剧《恨世者》中的主人公阿尔赛斯特的情人，一个好诽谤别人的淫荡女人。据玛拉西斯说，此处是讽刺当时著名的女演员布洛昂（Augustine Brohan, 1824—1893），她以扮演莫里哀喜剧中的人物闻名。
④ 色鬼，指诗人自己。

他日夜打呵欠,既很自大又无能,
哭哭啼啼地说:"我要在一小时内
做个颇有道德的人!"

轮到时钟①轻声地说:"时机成熟了,
入地狱者!我徒然警告这臭皮囊。
人类又瞎又聋又脆弱,就像一道
虫蚁侵蚀的墙一样!"

然后来了个谁都否定他的人士,
对他们傲然讽刺地说:"我想大家
都从我圣体盒里充分领到圣体,
靠了愉快的黑弥撒②。

"各位都在心中为我建造了庙堂;
你们曾偷偷吻过我不洁的屁眼。③
请从笑声中认识这像世界一样
　　巨大而丑恶的撒旦!

"你们能相信,可惊的伪善的朋友,
嘲弄主人、跟主人弄虚作假的人
还会理所当然地获得两种报酬:

---

① 参看《恶之花》第八十八首《时钟》。
② 黑弥撒,天主教中为死者举行追思弥撒,神父着黑色祭披,称黑弥撒。此处指崇拜恶魔时举行的弥撒仪式。
③ 在《林荫大道》发表时附有刊行者的注:"有关弥撒和屁眼,请参看米什莱的《魔女》、夏尔·卢昂德尔的《恶魔论考》、埃利法斯·莱维的《高等魔术仪式书》及其他一般论述魔术、恶魔学、恶魔仪式的一切著作。"

能进天堂，能做富人？

"应当把猎获物交给年老的猎人，
他在潜伏处焦急地等候了很久。
我要带领你们穿过深厚的地层，
　　我的苦乐中的朋友，

"穿过大地和岩石的深厚的地层，
穿过了你们的万人冢，走进像我
一样大的宫殿，它是用独石造成，
　　但那石头并不脆弱：

"因为它的建材是全人类的罪孽，
其中含有我的骄傲、痛苦和光荣！"
——就在此时，一个身居九霄的天使
　　吹起正如人们心中

祈求的胜利号声："主啊，我们祝福
你的鞭子！父啊，祝福我们的苦痛！[①]
你拿去我的魂，并非无用的玩具，
　　你的明智无尽无穷。"

在收获天国葡萄的庄严的黄昏，
这喇叭的声音是那样美妙动听，

---

① 参看《祝福》诗第十五节。

就像狂喜一样渗透进一切世人

那大唱赞歌的内心。①

---

① 本诗收入《漂流诗》(1866) 时附有补注:"这儿,《恶之花》的作者转向到天国的永生。这是理所当然的。请注意他像一切新改宗者一样,表现得极其严肃,极其狂信。"

7 午夜的反省*

报告着午夜时辰的挂钟,
含有讽意地向我们规劝,
要我们想想过去的一天,
我们是怎样地加以利用:
——今天是一个不祥的日子,
既是星期五①,又是十三号②,
我们尽管对一切都知道,
却过着异端的生活方式。

我们亵渎了在众神之中
无争辩余地的耶稣圣神,
就像混饭吃的帮闲的人,
陪着某位古怪的大富翁,
我们只为了要讨好畜生,
称得上是些恶魔的家臣,
阿谀奉承我们讨厌的人,
还辱骂我们所喜爱的人;

我们就像卑贱的刽子手,

---

* 本诗发表于一八六三年二月一日的《林荫大道》,可与本集中《一天的结束》及散文诗第十首《凌晨一点钟》合读。
① 星期五,耶稣于星期五被钉在十字架上,是日为耶稣受难日。
② 十三号,耶稣跟十二个门徒共进最后的晚餐,故十三被视为不祥之数。

伤害被无理轻视的弱者；
那具有笨牛脑袋的蠢才，
我们偏对他恭敬地叩头；
亲吻那种蠢物似的妇女，
我们却诚心去跟她亲嘴，
腐物发出的苍白的光辉，
我们竟然会去为它祝福。

最后，为了要在热狂之中
使我们的眩晕归于消逝，
我们，以诗才自豪的祭司，
专以从阴郁的事物之中
寻求陶醉引以自豪的人，
就不渴而饮，又不饥而食！……
——现在要赶快把灯火吹灭，
好让我们在黑暗中藏身！

8 哀伤的情歌[*]

我可不在乎你怎样聪慧。
只要你美丽！尽管你伤心！
泪珠使面孔更增加妩媚，
就像风景中添一湾绿水；
花儿在雨后更显得年轻。

我特别爱你，当你的欢情
从你阴沉的额头上消散；
当恐怖完全淹没你的心；
当那过往的可怕的乌云
又在你"现在"的上空弥漫。

我爱你，当你大大的眼睛
流出像热血一样的热泪，
发出过度的痛苦的呻吟，
就像临终者吁吁的喘鸣，
尽管我伸手要摇你安睡。

深刻的美妙无比的赞歌！
神圣的快乐！我畅然吸入
你胸中一切呜咽的哀愁，

---

[*] 本诗发表于一八六一年五月十五日的《幻想派评论》及一八六六年的《现代高蹈派诗坛》，可能为让娜·迪瓦尔而作。

而且我想象，在你的心头，
闪着你眼中滴下的泪珠！

根绝的故旧深情，我知道，
依然充塞在你内心之中，
你的心还像锻炉在燃烧，
被诅咒者的一点点高傲
依然潜藏在你酥胸之中；

可是，恋人啊，只要你的梦
还没有反映地狱的火焰，
而在你不断的噩梦之中
还梦见毒药，还梦见刀锋，
还在迷恋着火药和利剑，

碰到任何人还心惊胆怯，
到处还看出不幸的厄运，
在时钟鸣时还抽搐惊厥，
而在你心中还没有感觉
不可抗拒的厌恶之逼人，

你，怀着恐怖而爱我的人，
你就不能，你这奴隶女王，
感受着不祥之夜的阴森，
让你灵魂向我发出叫声：
"我乃是你的同类，哦，吾王！"

9　警告者*

凡是配称为人类的世人，
心中都有一条黄色的蛇，
盘踞在那里，像个统治者，
人若说："我想！"蛇就说："不成！"

他如果竟跟那些女水精①
或是女羊人②以眉目传情，
蛇牙③就说："想想你的本分！"

他去种树木或是生孩子，
雕刻大理石或是去作诗，
蛇牙就说："今晚你还活命？"

不管有什么打算和希望，
人类对这条讨厌的毒蛇，
若不听它的警告而妄为，
一刻钟也不能活在世上。

---

* 本诗发表于一八六一年九月十五日的《欧洲评论》。
① 女水精，德国神话中的水栖妖女。
② 女羊人，神话中上半身为人，下半身为羊的林妖，性好淫。
③ 蛇牙，原文为牙齿（La dent），亦指时间的毒牙、悔恨的毒牙。参看《恶之花》第五十七首《无法挽救的悔恨》第八节："无法挽救的悔恨用它的毒牙啃噬我们的心"。

10　给一位马拉巴尔的姑娘[*]

你的脚细腻得像你的手，你的臀部
阔大得使最美丽的白种女人羡慕；
沉思的画家感到你身体优美可贵，
你的天鹅绒大眼睛比你肤色还黑。
上帝把你降生在常热常绿的南国，
给你主人的烟斗点火是你的工作，
你还要供应装凉水的壶和香水瓶，
赶走了飞蚊，不让它们向床榻靠近，
早晨，你一听到悬铃树呼呼地鸣啸，
就要去集市场上购买菠萝和香蕉。
你整天赤着双脚，随便地逛来逛去，
轻声哼着人所不知的古老的歌曲；
一等到披着鲜红外套的黄昏降临，
你就躺到一条粗席子上安然就寝，
你那飘忽无定的梦乡充满了蜂鸟，
而且，像你本人一样，总是优美多娇。
幸运儿，你为何想去看我们法兰西，
那个人口众多之国，苦难深重之地，

---

[*] 本诗发表于一八四六年十二月十三日的《艺术家》、一八五七年十一月十五日的《现在》、一八五五年十月十四日的《小评论》以及一八六六年的《现代高踏派诗坛》。马拉巴尔是印度西海岸的总称。一八四一年波德莱尔在毛里求斯岛布拉加尔夫人家看到一个贝拿勒斯的印度女人的女儿多罗泰，她是夫人的奶姐妹，在那儿当侍女。参看本集《遥远的他处》《异国的清香》及散文诗集《巴黎的忧郁》第二十五首《美丽的多罗泰》。

把你的生命交给水手强壮的手臂,
跟你可爱的罗望子果实永远告别?
你,半裹着不牢固的薄洋纱的衣衫,
在那边雪和冰雹之下瑟瑟地打战,
会怎样痛惜自由快乐的悠闲时光,
如果你的两胁被紧身衣强行捆绑,
要在我们泥泞的路上去混饱肚子,
出卖你那奇异迷人的香艳的肉体,
在我们的浊雾中睁着沉思的眼睛,
追寻着没有椰子树的散乱的幻影!

11　声音[*]

我的摇篮就靠在书橱旁边,这一座
阴暗的巴别之塔,有寓言、科学、小说,
一切拉丁的灰烬,一切希腊的埃尘
都和在一起。我的身高像个对开本。
我听到两个声音。一个,狡诈而坚定,
它对我说道:"世界是一块甜蜜的饼;
我能使你的胃口大得跟它差不多,
那时你就能获得无穷无尽的快乐!"
另一个声音说道:"来吧,跟我作梦游,
超过可能的范围,越过已知的宇宙!"
前者像沙滩上的风声一样地歌唱,
仿佛啼哭的幽灵,不知道来自何方,
使我听得很悦耳,又使我觉得惊心。
我于是回答后者:"好吧!甘美的声音!"
从此,唉!就开始了那种可以被看成
我的创伤和恶运。在无边际的人生
舞台的后面,在最黑暗的深渊之底,
我终于清清楚楚看透奇怪的人世,
我成为我那入了迷的慧眼的牺牲,
拖着咬住我鞋子的蛇走我的路程。
也就从那时开始,仿佛预言者一样,

---

[*] 本诗发表于一八六一年二月二十八日的《现代评论》。

我就那样温情地爱上沙漠和海洋;①
我在哀伤时大笑,我在欢乐时流泪,
我从最苦的酒中尝出可口的甜味;
我又老是经常去把事实当作谎言,
我眼睛望着上天而跌进窟窿里面。
声音却安慰我说:"别离开你的梦乡;
贤人也没有狂人那种美丽的梦想!"

---

① 《圣经·旧约》中的先知(预言者)常穿过沙漠。《圣经·新约》中的使徒常过海漂洋。

12 赞歌[*]

最亲爱的、最美的女郎,
她给我心里充满光明,
这位天使,不朽的偶像,
我要祷祝她万古长青!

她仿佛是含有盐的风,
在我的生命之中弥漫,
她在我不知足的心中,
注入对永恒的爱念。

这个使我可爱的茅屋
生香的香袋,常保新鲜,
这个被人遗忘的香炉,
透过黑夜秘密地冒烟,

不朽的爱啊,怎能描出
你真正的本来的风姿?
在我永恒的内心深处
暗暗潜藏的麝香香粒!

最善良的最美的女郎,

---

[*] 一八五四年五月八日波德莱尔将本诗附在一封不署名的信件中寄给萨巴蒂埃夫人,后又将本诗发表于一八五七年十一月十五日的《现在》。

她使我健康,使我欢欣,
这位天使,不朽的偶像,
我要祝祷她万古长青!

13　反抗者[*]

愤怒的天使好像老鹰从天空扑来，
猛力地一把抓住不信教者的头发，
他摇撼着他，说道："你务须懂得教规！
我要你这样！（我是你的保护神，懂吗？）

"管他穷人和恶人，管他残废和白痴，
要懂得喜爱他们，切不可冷冷淡淡，
为了使你，在耶稣走过你面前之时，
能够用你的慈悲铺起胜利的地毯。

"爱就是如此！趁你的心还没有麻痹，
要借天主的荣光再激起你的狂喜；
这是真正的快乐，它的魅力很持久！"

天使挥起了巨拳将那背教者痛打，
他所喜爱者，确实，他也要加以惩罚；
可是，受到诅咒者常回说："我不愿接受！"

---

[*] 本诗发表于一八六一年九月十五日的《欧洲评论》、一八六二年一月十二日的《林荫大道》以及一八六六年的《现代高踏派诗坛》。普拉隆认为本诗作于一八四三年以前。

14　贝尔特的眼睛[*]

你们尽可以蔑视一切著名的媚眼，
我孩子的美目啊，其中渗溢出一种
夜晚似的优美与愉快，真无法形容！
美目啊，请倾注出你们迷人的黑暗！

我孩子的大眼睛，我所爱慕的奥妙，
你们跟那魔术的洞府真极其相像，
那儿，在一群昏睡着的幽灵的后方，
隐隐约约闪烁着人所不识的珠宝！

我的孩子的眼睛，像你，无边的黑夜，
那样幽暗、深沉而辽阔，又那样明亮！
它们的光是爱的思想，混合着信仰，
而在深处闪耀的乃是淫荡或贞洁。

---

[*] 本诗发表于一八六四年三月一日的《新评论》，约作于一八六四年，当时波德莱尔在布鲁塞尔试行收养一个叫贝尔特的女孩。在泰奥菲尔·戈蒂耶（Théophile Gautier）所著的《夏尔·波德莱尔》中，插有波德莱尔为这个女孩作的两幅素描，一幅附有本诗，另一幅附有题记："献给一个可怕的矮小的傻姑娘，一个高大的男傻子的回忆，他找一个女孩做养女，却没有研究过贝尔特的性格和收养的法律规定（布鲁塞尔，1864）。"另外还有一段短文，就是散文诗第四十四首《浓汤和云》的草稿。在后来写成的散文诗中，诗人把这个女孩的眼睛比作变幻无定的浮云。

15　喷泉[*]

你的美目现出了倦意,
可怜的爱人,不要张开,
你感觉到意外的欢喜,
请你保持这样的慵态。
院子里的喷泉的喧嚣,
日日夜夜地毫无休歇,
请你保持住我在今宵
沉浸在爱情中的喜悦。

　　喷水柱的水花
　　　朵朵盛开,
　　月姑欣然给它
　　　添上色彩,
　　仿佛泪雨哗哗
　　　降落下来。

你的灵魂,也就像这样,
发出快乐的电光火焰,
迅疾而又勇猛地飞翔,
升向迷人的广阔云天。

---

[*] 本诗发表于一八六五年七月八日的《小评论》及一八六六年的《现代高踏派诗坛》,曾由罗利纳谱曲。本诗原为一八五三年以前之作,但在《恶之花》初版及再版中均未收录。

忽而又泻下，气息奄奄，
化作哀愁无力的柔波，
沿着肉眼不见的斜面，
一直落进了我的心窝。

  喷水柱的水花
   朵朵盛开，
  月姑欣然给它
   添上色彩，
  仿佛泪雨哗哗
   降落下来。

你被夜色映得多美艳，
靠在你胸头，静听水声
在水盘里啜泣地长叹，
这样的快乐多么可人！
月亮、鸣泉、至福的良夜
以及周围战栗的树林，
你们那种纯洁的忧郁，
是映照我爱情的明镜。

  喷水柱的水花
   朵朵盛开，
  月姑欣然给它
   添上色彩，
  仿佛泪雨哗哗
   降落下来。

16　赎身钱[*]

人类，为了付他的赎身钱，
拥有着两块又深又富饶、
应该使用他理智的锄锹
翻耕、开垦的凝灰岩的田；

为了要抢收到一些穗子，
为了要收获一点点蔷薇，
要用灰色额头上的酸泪
不停地灌溉那两块田地。

一块是艺术，一块是爱情。
——为了到将来，在执法如山、
可怕的末日审判的那天，
能使审判者发慈悲之心。

他必须出示满满的粮仓，
堆足了谷物，出示他的花，
其形态之美和色彩之佳，
都能博得天使们的赞赏。

---

[*]　本诗发表于一八五七年十一月十五日的《现在》。

17　遥远的他处[*]

这里是神圣的闺房,
这位穿着盛装、安详、
时时准备好的姑娘,

用一只手扇着胸房,
胳膊肘枕在靠垫上,
听泉水呜咽的喧响:

这是多罗泰的闺房。
——风和水在远处哀号,
发出了刺耳的喧响,
要把宠儿引入睡乡。

她的柔肤,从头到脚,
全用香膏和安息香
涂得非常仔细周到。
——花儿在角落里晕倒。

---

[*] 本诗发表于一八六四年三月一日的《新评论》,可能作于一八五九年,最初题名为《多罗泰》。后又发表于一八六六年的《现代高踏派诗坛》。参看本集《给一位马拉巴尔的姑娘》及散文诗第二十五首《美丽的多罗泰》。

18　浪漫派的落日*

清新地升起的太阳多么美丽！
它爆炸般地向我们问声早安。
——可是，能满怀热爱对那比梦幻
更美的落日敬礼的人真福气！

我想起！……我见到田野、花和流泉
都像心悸一样在日光下晕倒……
——向天边奔去吧，时间迟了，快跑，
至少要抓住一道斜阳的光线！

可是，我徒然追赶隐退的日神；
不可抗之夜正建立它的阴森、
黑暗、潮湿、充满了战栗的王国；

在黑暗中飘荡着坟墓的味道，
我畏怯的脚在沼地边踏坏了
想不到的蛤蟆和寒冷的蜗牛。

---

* 本诗发表于一八六二年一月十二日的《林荫大道》。一八六六年出版佚诗集《漂流诗》，将本诗收入为集中的第一首，并附有编者注："……很明显，'不可抗之夜'是波德莱尔想用以说明我们的文学的现状，'想不到的蛤蟆'和'寒冷的蜗牛'是指跟他不同派别的作家……"本诗原为阿塞利诺的《浪漫派小丛书杂集》一书之跋，该书刊有一篇序诗《浪漫派的日出》，为邦维尔所作。

19　题欧仁·德拉克洛瓦的《狱中的塔索》[*]

被囚的诗人，衣冠不整而形容枯槁，
在他痉挛的足下踢翻了一部诗稿，
充满恐怖之火的眼睛在小心注视
那座使他丧魂落魄的眩晕的楼梯。

在囚室之中充满令人兴奋的狂笑，
引诱着他的理性趋于怪诞和荒谬；
"狐疑"在纠缠住他，可笑可憎的"恐怖"
幻化作各种形相在四周流动散布。

这位被关在污浊的陋室中的天才，
这一些怪相、怪叫，这一些蜂拥而来、
在他的耳后团团打转的成群幽灵，

这位被室内恐怖唤醒了的梦想者，
他就是你的象征，你，被现实窒息在
四壁之间而做着噩梦的我的灵魂！

---

* 本诗发表于一八六四年三月一日的《新评论》，作于一八四四年，当时题名《题疯人院中的塔索》。本诗曾寄给《艺术爱好者通报》的编者，但未及发表，该杂志已停刊。德拉克洛瓦所同名之画于一八三九年遭沙龙拒绝，一八四四年在博纳·努韦尔市场的美术馆展出。塔索（Torquato Tasso, 1544—1595），意大利诗人，因过度忧郁和失意而精神失常，被费拉拉公爵囚禁于疯人院中。参看拙译歌德诗剧《托尔夸托·塔索》。

20　深渊*

帕斯卡尔有个随他移动的深渊。①
——唉！一切皆深渊——行动、欲望、幻梦、
语言！我曾多次感到恐怖之风
吹过我全身竖起的汗毛上面。

上上下下，到处都是沙滩、深洞、
沉寂、可怕而具有魅力的空间……
天主在我的黑夜的背景上面
用妙手描画变幻不停的噩梦。

我怕睡眠，像人害怕不知通往
何处的模糊可怖的大洞一样；
我通过一切窗户只看到"无限"，

因此我的精神常离不开眩晕，
它总在羡慕"虚无"的麻木不仁。
——唉！永难摆脱"数"与"存在"的纠缠。

---

* 本诗发表于一八六二年三月一日的《艺术家》。波德莱尔曾屡次描绘这种印象。参看《私人日记》中的《赤裸的心》："在精神和肉体方面，我常有深渊之感，不仅是睡眠的深渊，还有行动、梦想、回忆、欲望、惋惜、悔恨、美、数……的深渊。我用快感和恐怖培养我的歇斯底里。如今，我经常感到眩晕，而今天，一八六二年一月二十三日，我觉得有一种奇异的警告，我感到痴呆的翅膀的风吹过我的头上。"这里提到的症状乃是使波德莱尔致死的失语症的前兆。
① 传说帕斯卡尔经历了一次车祸以后，经常看到有一个深渊在他左边张着大口。

21　伊卡洛斯的悲叹[*]

去做妓女们的情人
都很幸福、舒适、满意；
而我，却折断了手臂，
为了曾去拥抱白云。

多亏那些在天空里
照耀的无比的群星，
使我这衰耗的眼睛
还留着太阳的回忆。

宇宙的中心和终极，
我徒然妄想去发现，
碰上不知名的火眼，
我感觉到翅膀碎裂；

为了爱美而被焚烧，
我无此崇高的光彩

---

[*] 本诗发表于一八六二年十二月二十八日的《林荫大道》以及一八六六年的《现代高蹈派诗坛》。伊卡洛斯是希腊神话中代达罗斯（建筑家、雕刻家、艺术家）的儿子。他和父亲一同插上用鸟羽做成的涂蜡的翅膀，飞着逃出克里特岛。由于他不听父亲的警告，飞得太高，翅膀上的蜡被日光烧熔，不幸坠海而死。此处以他作为诗人的象征。

给我这葬身的大海
冠上我自己的名号。①

---

① 伊卡洛斯坠海处的岛以他的名字命名,称伊卡洛斯岛(今名伊卡里亚),该处的海名伊卡洛斯海。此处言诗人坠落在人世的大海中,却无此荣幸使人世的大海命名为波德莱尔海。

22　静思*

乖些，我的痛苦，你要更加安稳。
你曾巴望黄昏；瞧吧，它已来到：
一种灰暗的气氛笼罩住全城，
有人得到宁静，有人添上烦恼。

当那一大群卑贱的芸芸众生，
被欢乐，这无情的刽子手鞭打，
前往奴隶的欢会中搜集悔恨，
我的痛苦，伸出手来；跟我来吧，

离开他们，瞧那些过去的年代，
穿着古装，凭靠着天空的阳台；
从水底映出微笑的留恋之心；

在桥洞下面睡着垂死的太阳，
亲爱的，你听良宵缓步的足音，

---

*　本诗最初发表于一八六一年十一月一日的《欧洲评论》。诗中叙述诗人陷于极度的孤独之中，随着黄昏的降临，想忘却一天的疲劳，静待黑夜的到来，他侧耳倾听着它的足音。所有的痛苦、快乐、留恋、岁月，都以拟人化的姿态像幻影一样出现，并将在黑夜中消逝。本诗形象化地显示了一日的告终，同时也暗示诗人生涯的行将结束。本诗有维利埃·德·利尔—亚当、亨利·迪帕克及德彪西等谱曲。参看散文诗集《巴黎的忧郁》第二十二首《黄昏》。

像一幅长长的殓布拖向东方。①

---

① 法国诗人瓦莱里（Paul Valéry,1871—1945）对本诗有如下一段评论："对于《静思》那首十四行诗（本集中最可爱的诗篇之一），我总感到惊异，算算有五六句确实有弱点，但本诗的最初几句和最后几句却有着那样大的魔力，竟使中间一段不觉其拙劣，而且容易被当作虚无而不存在。必须有位极伟大的诗人才能产生这类奇迹。"

23 巴伦西亚的罗拉*

*为爱德华·马奈*①*的油画题诗*

（1863）

在到处都能见到的那些美女队伍里，
朋友，我很理解我们为何要三心二意；
可是，在巴伦西亚的罗拉身上却闪着
蔷薇色和黑色珠宝的意外的魅力。

---

* 巴伦西亚，西班牙城市。罗拉，西班牙芭蕾舞演员，她在一八六二年访问巴黎演出时，马奈为她画了一幅肖像画。波德莱尔本诗发表于一八六六年的佚诗集《漂流诗》时，附有刊行者之注："本诗是为爱德华·马奈所画的西班牙芭蕾舞女演员罗拉小姐出色的肖像画所作的题诗，这幅肖像画，正如该画家的一切绘画一样，遭人物议。夏尔·波德莱尔先生的诗思一般总是如此启人疑窦，以致有些小咖啡馆的批评家想从'蔷薇色和黑色珠宝'中拼命寻找猥亵的意义。我们认为，诗人仅仅是想叙述一位美人同时具有阴郁的和快活的气质，令人想到蔷薇色和黑色的配合。"
① 马奈（Edouard Manet，1832—1883），法国印象主义画派的大师。在他遭受世人非难时，波德莱尔始终支持他，善意对待他。马奈很仰慕西班牙画家委拉斯开兹和戈雅。当时巴黎有一股西班牙热，马奈也受到感染，画了一些有关西班牙题材的油画，其中最著名的就是这幅《巴伦西亚的罗拉》，现藏巴黎卢浮宫博物馆。人民美术出版社《马奈》一书中附有此画的彩色复制图，可参看。

24　被冒犯的月神*

我们祖先慎重地崇拜的月神,
在碧天的高处,你辉煌的后宫,
群星披着盛装,充当你的扈从,
我的老铿提亚①,我们巢穴的灯。

你看到幸福的卧床上的一对
睡在那里露出了口内的皓齿?
你看到诗人在埋头伏案写诗?
看到蝰蛇隐在干草下面交尾?

披着你的黄袍,举步轻轻悄悄,
你还要像从前,从夜晚到拂晓,
去吻恩底弥翁的过时的玉貌?②

"没落世纪之子,我看到你母亲,
俯下她笨重的老身,对着明镜,
给哺过你的乳房熟练地傅粉!"③

---

* 本诗发表于一八六二年三月一日的《艺术家》。
① 铿提亚,月神阿耳忒弥斯出生于得罗斯岛铿托斯山麓,故别名铿提亚。
② 恩底弥翁,希腊神话中一位俊美的牧童,月神塞勒涅爱上了他,每夜到他睡觉的山洞里去吻他。但他是凡人,从神话时代以来,经过多少世纪,他早该极为衰老了,月神在今天还会去吻他? 诗人对月神说出冒犯之辞,月神也不客气地回敬几句,嘲笑诗人的母亲。
③ 波德莱尔对他母亲的再醮一向很不满意。

25　一本禁书的题词*

温和的、田园诗的读者,
谦虚朴实的善良的人,
请扔掉这充满着忧郁、
躁狂的、土星人①的书本。

你如没在狡诈的长者、
撒旦那里学习过修辞,
扔掉吧！你将不会理解,
或者认为我歇斯底里。

可是，如果你不会受惑,
你的眼睛能洞察深渊,
请读吧，为了学会爱我;

要想去寻觅你的乐园
而忍苦的好奇的人士,
怜悯我吧！……免得我咒你!

---

* 本诗发表于一八六一年九月十五日的《欧洲评论》。
① 土星人，占星家认为在土星当值时诞生的人，表现迟钝和忧郁，注定命途多舛。

巴黎的忧郁

(小散文诗)

献给阿尔塞纳·乌塞[*]

亲爱的朋友，我给您寄上一本小书。这本书，不能说它没头没尾，这样说，是不公道的，因为，恰恰相反，书中的每一篇，都同时是头，也是尾，相互交替。请仔细想想，这样的组合给大家，您、我和读者，提供了多少方便啊。我们都可以随意中断——我，中断我的幻想；您，中断看稿；读者，中断阅读——因为，我不把读者倔强的意志牵在由极细致的情节交织成的没完没了的线上。去掉一节椎骨，这曲折的幻想分开的两段会毫无困难地又连接在一起。把它分割成无数片断，您会看到每一片断都可以单独存在。我希望其中有几段具有足够的生气，能使您喜爱，使您高兴，因此，我大胆把整条蛇呈献给您。

我要向您作一番小小的自白。这是由于我把阿洛伊修斯·贝特朗[①]著名的《夜间的伽斯帕尔》（这本书，您、我和我的几位朋友都知道，难道没有权利称它为著名的吗？）至少翻阅到第二十遍时，才萌发这个念头，想试写些模仿之作，把他那绘画似的描绘古代生活的手法应用来描写现代生活，或者更恰当地说，用来描写一种更抽象的现代生活。

---

[*] 阿尔塞纳·乌塞（Arsène Houssaye, 1815—1896），法国作家，著作有诗、小说、戏剧、评论等。担任《新闻报》及杂志《艺术家》主编，跟波德莱尔保持有密切关系。一八六二年八月二十六日至二十七日《新闻报》发表了波德莱尔的《小散文诗》十四篇，冠以这篇献词。

[①] 贝特朗（Aloysius Bertrand, 1807—1841），法国诗人。他唯一的散文诗集《夜间的伽斯帕尔》（仿伦勃朗和卡洛画风的幻想诗）在他死后次年，即一八四二年由圣勃夫作序出版，被认为是开了法国散文诗的先河，但波德莱尔的散文诗，在主题、手法、文体各方面均跟该书有根本的差异。

我们当中谁没有在他怀着雄心壮志的日子里梦想过创造奇迹，写出诗的散文，没有节律、没有脚韵，但富于音乐性，而且亦刚亦柔，足以适应心灵的抒情的冲动、幻想的波动和意识的跳跃？

特别是经常前去大城市，接触到无数错综复杂的关系，就会产生这种萦回脑际的理想。您本人，亲爱的朋友，不是曾在一首歌中试图再现"装配玻璃者"的尖声叫喊，在一篇抒情散文中表达出透过街上的浓雾、一直飘到顶楼上去的这种叫声给人带来的所有那些可悲的暗示吗？①

可是，说实话，我深怕我的羡慕不会给我带来成功的好运。我一开始写这种作品时，就意识到：我不仅跟我那位前人②的神秘而辉煌的范本距离很远，而且还写了某些大相径庭的东西（如果可以称为某些东西的话）。这种偶然的产物，除了我，任何别人大概都会以此自豪，可是，对于要把自己打算做的工作精确地完成当作诗人的最大荣誉的人，只有使他深感惭愧。

您的亲爱的朋友
C.B.
一八六二年八月二十六日

---

① 乌塞也写散文诗。他写过一篇《装配玻璃者之歌》，收入他的《全诗集》(1850)。
② 前人，指前文所说的贝特朗。

1　异邦人[*]

——请问，你最喜爱谁，谜一样的男子？是你的父亲、你的母亲、你的妹妹或是你的弟弟？

——我没有父亲，没有母亲，没有妹妹，没有弟弟。

——你的朋友？

——你用的这个字眼，它的意义我至今还不了解。

——你的祖国？

——她位于多少纬度，我不清楚。

——美人呢？

——如果是不死的女神，我甘心爱她。

——黄金呢？

——我讨厌它，就像您讨厌上帝。

——唉！那么，你到底喜爱什么呢，不可思议的异邦人？

——我喜爱浮云……飘过的浮云……那边……那些令人惊奇的浮云！[①]

---

[*] 本诗至第九首均发表于一八六二年八月二十六日的《新闻报》。本诗带有作者自传性。

[①] 波德莱尔对云特别偏爱，参看散文诗第四十四篇《浓汤和云》以及《恶之花》诗集中《旅行》的第四部第三节和《共感的恐怖》二诗。在《一八五九年的沙龙》第八章《风景画》中，他也曾对画家布丹的水粉画习作中奇形怪状的云的魔力表示赞叹。

2　老太婆的绝望*

这位干瘪矮小的老太婆看到这个人人都要讨好、大家都想逗乐的可爱的小孩，非常高兴。这个可爱的小家伙，是如此脆弱，就像她，矮小的老太婆一样，而且，也像她一样，没有牙齿，没有头发。

因此，她向他走近，想对他笑笑，装出讨他喜欢的样子。

可是这孩子，却觉得害怕，在这位老妇人的爱抚之下挣扎着，闹得屋子里充满了尖叫声。

于是，这位善良的老太婆仍旧回到她那永久的孤独之中。她躲到角落里哭泣，自言自语道："唉！对于我们这些不幸的老女人，讨人喜欢的年纪已经过去了，哪怕是天真的孩子，也不能讨他们喜欢了；我们想喜爱小小的孩子们，却惹他们嫌恶！"

---

* 对母亲、年老者、不幸者寄予怜悯和同情，乃是波德莱尔散文诗的重要主题。本诗跟第十三篇《寡妇》特别类似。

3 艺术家的《悔罪经》[*]

秋天的日暮是多么刺人![①]啊!一直刺进人的痛苦里面!因为,有些微妙的感觉,虽然模模糊糊,却也排除不了它的强烈程度;而且也没有任何锋芒比"无限"的锋芒更尖锐。[②]

把目光沉浸到无边无际的天空和大海里,真是极大的乐事!孤独,寂静,蓝天的无比纯洁!一只小小的帆船在水平线上颤动,它的渺小,它的孤独,活像我的不可救药的浮生;波涛的单调的旋律,所有这一切都通过我进行思考,或者我通过它们进行思考(因为,沉浸在无边无际的梦想之中,自我就立即消失!);它们进行思考,我再说一下,当然是音乐式的和绘画式的,不要弄诡辩,不使用三段论,也不用演绎法。

可是,这些思考,不管是由我发出,或是来自万物,顷刻间都变得十分强烈。快乐之中的劲头造成烦闷和确实的苦恼。我的极度紧张的神经只发出充满痛苦的尖声叫嚷的振动。

而现在,天空的高深使我愕然自失;它的澄明使我恼怒。大海的冷淡无情、景色的固定不变引起我的反感[③]……

---

[*] 《悔罪经》,一种天主教徒念的经文,此处即告白或忏悔、祈祷之意。本诗跟《异邦人》同为波德莱尔住在翁弗勒尔海滨他母亲家中时所作。
[①] 波德莱尔对秋日黄昏的感触,常体现于若干诗中,例如《恶之花》集中《秋之歌》最后一节。
[②] 面对强大无比的自然所产生的"无限感",艺术家感到自己的无力。
[③] 法国浪漫派诗人维尼把自然看成是"冷淡无情的自然"或是"怀有恶意的自然",对人类的悲鸣和叹息充耳不闻。波德莱尔也继承了维尼的这种(转下页)

恶之花 巴黎的忧郁 | 321

啊！难道该永远忍受痛苦，或者永远逃避美？自然啊，无情的魔女啊，经常打败我的竞争者啊，放开我吧！不要再诱惑我的欲望和骄气！对美的探索是艺术家败北之前发出恐怖叫喊的一场决斗。①

(转下页)思想。因此他在凝睇自然时，由赞叹转为悲哀，由悲哀转为恐怖，再由恐怖转为反感而产生抗拒的情绪。《恶之花》中《固执观念》一诗，也充满这种心情。因此，波德莱尔对自然是憎恶的，他爱的是人工的自然（参看《恶之花》中《巴黎之梦》一诗）。同时应当注意的是：波德莱尔所表现的自然，与其说是存在的自然、被观察的自然，毋宁说是被思考的自然、感觉化的抽象的自然，或是从记忆深处苏醒过来的回想的自然。

① 波德莱尔在《一八四六年的沙龙》第七章《论典型和模特儿》中也说道："素描是自然和艺术家之间的搏斗，在这场搏斗中，艺术家越是了解自然的意图，越是容易取得胜利。"

4　爱开玩笑者

新年突然来到了：泥泞和雪一片混沌，无数四轮轿式马车奔驰而过，玩具和糖果光彩夺目，到处充满了贪欲和绝望，一座大城市的老一套的狂热，足以使最坚强的孤独者的头脑混乱不堪。

在这嘈杂声和吵闹声中，一匹驴子被一个拿着鞭子的粗野的人赶着，快步走过。①

当那匹驴子将要在街角处转弯时，一位穿着华丽的先生，戴着手套，脚穿漆皮皮鞋，领带打得紧紧，把身子紧裹在崭新的衣服里面，他十分拘礼地对那匹贱畜鞠了一躬，还脱下帽子，对它说道："我祝你新年愉快幸福！"随后，露出得意的样子，转过身去，不知向着哪些朋友，好像请他们为他自己的满意加几句赞赏之词。

驴子对这位漂亮的爱开玩笑者看也没看一眼，它只是继续向它责无旁贷地该去的地方一心走去。

而我，我不由对这个大傻瓜突然感到无限愤怒，我觉得他在自己身上集中体现了法兰西的一切精神。②

---

① 对受虐待的动物表示同情，乃是以老太婆为主题的变体。参看散文诗第五十篇《善良的狗》。
② 波德莱尔自己也喜欢打扮得时髦，但对矫揉造作的纨绔子却嗤之以鼻。

5 二重的房间*

一间梦幻似的房间,一间真可说是精灵的房间,其中积聚的空气把它微微染成蔷薇色和蓝色。

我的灵魂在这里浸浴在由悔恨和欲望添上香味的慵懒之中。——这是某种黄昏似的、淡蓝色和淡红色的东西;在日蚀或月蚀期间的快乐的梦。

各种家具的外形都显得伸长、疲惫、无精打采。它们的样子似乎在做梦;仿佛它们被赋予了一种梦游症的生命,像植物和矿物一样。各种装饰织物都在说着无声的语言,像花儿,像天空,像西下的夕阳。

四壁没有一幅可憎的绘画。跟纯粹的梦、未经分析的印象比较起来,特定的美术、实证的美术乃是一种亵渎。这里全都有充分的"明"和微妙的"暗",非常和谐。

一种经过精心挑选的微量的香料,跟轻度的湿气混合起来,飘浮在室内的空气之中,在这里,昏昏欲睡的精神,仿佛被一种置身于温室的感觉摇入梦乡。

细软的薄纱织物像豪雨般飘落在窗前和床前;像混着雪花的瀑布倾泻下来。在床上躺着梦之国的女王,我崇拜的"偶像"。可是,她怎么会在这里?是谁把她领来?是什么魔力把她安置在这梦幻和快乐的宝座之上?可是,何必多

---

* 本诗的主题为理想与现实的对比。前半部描写理想的房间,跟《恶之花》中《邀游》的第二节类似。后半部描写现实的房间,乃是诗人自己的实际生活的写照。波德莱尔从青年时代开始就有迁徙癖,在巴黎曾换过很多住处(参看《恶之花》中的《猫头鹰》题解),染上对空想的房间的嗜好,在这一点上,他也受到爱伦·坡的影响。

问？她就在这里！我认出她。

这就是她那透过黄昏的火焰似的眼睛；那一对锐利的可怕的眸子，其中的骇人的恶意，我认得出来！它们吸引、它们迷住、它们吞噬掉凝视它们的冒失鬼的目光。我常常对它们进行观察，这一双激发好奇心、令人叹赏的黑色的星星。

我这样被包拥在神秘、宁静、和平与芬香之中，是靠什么样的善灵的庇护？哦，至福啊！我们通常所称的生活，即使是在最幸福的顶点，跟我现在所认识的生活，一分一分、一秒一秒地体尝着的这种至高无上的生活，没有一点共同之处！

不！已不存在什么分，什么秒！时间已经消失！现在统治一切的是"永恒"，安乐的永恒！

可是，忽听到门上响起可怕的重击之声，仿佛做了一个地狱的噩梦，我觉得我的肚子上像挨了一下鹤嘴镐的敲击。

随后，闯进来一个"幽灵"。像是一个借法律名义来拷问我的执达员；又像个不要脸的妍妇，来向我叫苦，把她生活中的琐碎加在我的生活的痛苦之上；或者像一家报社的主编派来的跑腿，向我催索续稿。

天堂似的房间，崇拜的偶像，梦之国的女王，正如伟大的勒内所描写的女气精[①]，这一切魔法都随着"幽灵"的粗暴的敲门声一起消失了。

可怕啊！我想起来了！我想起来了！是的！这又脏又乱的房间，这永远无聊的住所，正是我的。瞧这些笨家具，积满灰尘，残缺不全；这壁炉，没有火，没有炭，沾满痰迹；

---

① 法国浪漫主义作家勒内·夏多布里昂在他的长篇巨著《墓畔回忆录》中曾描写"女气精"，她在梦中出现，具有完美的姿色，能使人类爱情的不足之处得以缓和。

这些阴沉沉的窗子,上面的灰尘被雨水刻出一条条纹路;这些画了许多杠杠的或是未完成的草稿;还有年历,上面用铅笔做了记号,标出那些不吉利的日子!

而我方才以非常完美的感受性所陶醉的另一个世界的芬芳,唉!它已被一种混杂着不知是什么令人恶心的霉味的烟草的恶臭所代替。现在在这里闻到的只是腐败的哈喇味。

在这个狭隘,却如此充满不愉快的世界里,只有一件熟悉的东西在向我微笑,就是鸦片酊的小药瓶:一位老交情,可怕的女友;正像一切女友一样。唉!充满爱抚,又满怀贰心。

哦!是的,"时间"又出现了;"时间"现在以至尊的身份进行统治;随着这位丑陋的老爷,他那些恶魔般的跟班:"回忆""悔恨""痉挛""恐惧""惊慌""噩梦""愤怒"和"神经症",也全都回来了。

我肯定地对你说,现在一秒一秒都在发出强有力的庄严的声响,从挂钟上传出的每一秒钟的声音都在叫着:"我就是'生存',难以忍受的、毫无宽容的'生存'!"

在人生中只有"一秒"负有使命给人送来吉报,使人产生难以名状的恐怖的吉报。

是的!"时间"在进行统治;它已恢复残暴的独裁权。它用双重的刺棒驱赶我,把我当成一头牛:"走啊,笨蛋!干啊,奴隶!继续活下去吧,该死的!"①

---

① 这首散文诗应跟《恶之花》中《时钟》一诗合读。

6　人人背着喀迈拉[*]

在辽阔的灰色天空之下，在尘土飞扬、没有道路、没有草地、没有一棵蓟草、没有一棵荨麻的大平原里，我碰到好些弯下身子行走的人。

他们每个人的背上背着一个巨大的喀迈拉，沉重得像一袋面粉，一袋煤炭，或是一个罗马步兵的装备。

可是，这个巨大的怪兽并不是毫无活动力的重荷；相反，它用具有弹性的强韧的肌肉把人覆盖住、紧压住；它用两只巨大的利爪钳住它的坐骑的胸膛；它那像海外奇谈的头高踞在那些人的前额上面，仿佛古代战士用以增加敌人的恐惧心而戴在头上的可怕的军盔。

我向其中的一人询问，我问他，他们这样走着是往哪里去。他回答说，他什么也不知道，不仅是他，别人也都是如此；不过，他们确实是要往某个地方去，因为，有一种不可抗拒的前进的需要在驱策着他们。

有一件奇妙的事值得注意：在这些行人之中，没有一个对吊在他的颈部、贴在他的背上的猛兽含有怒意；可以这样说：他把这怪物看成是他自己的身体的一部分。所有这些疲惫而严肃的面孔都没有表现出任何绝望的神色；在忧郁的苍穹之下，他们的脚陷入像天空一样荒凉的大地的尘土里，他

---

[*] 喀迈拉，希腊神话中怪异的精灵，有狮子的头和颈、山羊的身躯、巨蟒的尾巴，转义为幻想、空想、妄想。波德莱尔在本诗中巧妙地用了其双关意义。本诗最初在一八六二年八月二十六日的《新闻报》上发表时题名《人人有他自己的东西》。克雷佩认为本诗受到西班牙画家戈雅，特别是他的铜版组画《幻想曲》的影响。

恶之花　巴黎的忧郁　｜　327

们露出注定要永远抱着希望的人们的逆来顺受的表情缓慢前进。

那一列队伍走过我的身旁,消失在地平线的大气之中,消失在地球的圆形表面挡住人类的好奇眼光的地方。

有好一会儿工夫,我坚持着要弄懂其中的奥秘;可是不久,不可抗拒的"漠不关心"①向我袭来,比起那些被沉重的喀迈拉压着的人们,我却是被"漠不关心"更沉重地压垮了。

---

① 漠不关心也是诗人感到无聊、厌倦的结果。

7　小丑和维纳斯[*]

多么美好的日子！广阔的公园在太阳的灼热的眼光之下神魂颠倒，仿佛年轻人处于爱神的控制之下。

万物全都心醉神迷，不用任何声音表达出来；连流水也都像入睡了。跟我们人类的喜庆大不相同，这里只是沉默的欢宴。

就像有一种不断增强的光使万物光华焕发，兴奋的百花也似乎燃起一种渴望，要用它们的色彩效果跟天空的蔚蓝相媲美，炎热把花香变成可见物，使它们像轻烟一样向着太阳上升。

可是，在万象欢欣之中，我却看到了一个伤心人。

在一尊巨大的维纳斯雕像的脚下，一个伪装的痴子，一个在帝王们受到悔恨或是无聊的困扰时要负责逗他们发笑的志愿小丑，穿着鲜艳夺目的滑稽服装，头上戴着系有铃铛的尖角帽子，把身体缩作一团紧靠着雕像的台座，抬起充满泪水的眼睛望着不朽的女神。

他的眼睛像在说："我是人类中最下等、最孤独的人，被剥夺了爱情和友谊，在这一点上，我连最下等的动物都不如。可是，把我生出来，也是为了让我理解和领会不朽的'美'啊！唉！女神！请怜悯我的哀伤和狂妄吧！"

可是，无情的维纳斯张着她的大理石眼睛，不知凝望着远处的什么。

---

[*] 本诗的主题也是理想和现实的对比。跟《恶之花》中《墓地》一诗有类似之处。

8　狗和香水瓶

"我的漂亮的狗，我的温驯的狗，我的亲爱的杜杜，走过来，闻闻我从市内最好的香水店里买来的极好的香水。"

狗摇摇尾巴，我认为，这是这种可怜的造物的示意动作，相当于我们人类的大笑和微笑。它走近前来，好奇地把它湿润的鼻子凑近拔去瓶塞的香水瓶，随后，突然惊慌地后退，向我狂吠，样子像在责怪我。

"啊！可怜的狗，如果我拿一包大粪给你，你会高高兴兴地去嗅它，也许会吞吃下去。因此，你本身，我这悲惨的浮生中卑微的伙伴，你就像那些公众，绝不能给他们提供精美的香料，这会激怒他们。可是，却宜于给他们提供仔细挑选出的垃圾。"

9　恶劣的装配玻璃者

有些人的天性是纯粹好沉思的,完全不适合于行动。可是,在一种神秘而莫名的冲动驱使之下,他们有时也会迅速地采取行动,那种迅速,连他们自己也认为是不可能的。

例如,有这种人,他害怕从门房那里得到令人悲伤的消息,而怯懦地在门外兜上一个小时,不敢进去;又有人把一封信保存两星期而不去拆开;或者对一件需要花一年时间才能完成的工作却要在过了半年才不得不采取措施。这些人,他们有时感到一种不可抗拒的力量突然把他们推向行动,像箭在弦上,不得不发。自以为什么都懂的人性研究家①和医生都无法解释,在这种疏懒、贪图安逸的人的身上,从哪里突然发出如此热狂的动力,而且,这种连最简单、最必要的事情都不能干的人,怎么会在一定的瞬间,获取充分的勇气,去干那些最荒谬、甚至常常是最危险的事情。

我有一个朋友,乃是世界上最无害于人的梦想家,有一次,到森林里去放火。据他说,他是想看看,大火是否会像人们通常所断言的那样容易烧起来。一连试了十次,全都失败,可是,第十一次,他却成功得太过头了。

另一个朋友,到火药桶旁边去点燃雪茄,为了见识命运,为了知道命运,为了试探命运,为了强迫自己去证实自己的毅力,为了进行赌博,为了体验惶惶不安的快乐,或者

---

① 人性研究家,就人类的习性、本性、人所具备的条件进行反省的研究家。法国的蒙田、帕斯卡尔、拉罗什科、拉布吕耶尔、沃维纳格等作家均是。

毫无目的，只是由于心血来潮，由于闲得无聊。

这是从无聊和梦想中发出的一种毅力。如此难以克制地表现出这种毅力的人，通常正如我所说的那样，乃是最懒散的人，最会耽于梦想的人。

还有个朋友，害羞到如此的程度：碰到有人望着他，他就要垂下眼睛，当他去咖啡馆或是走过戏院的售票处时，在他的眼中，那些检票员就像被授予米诺斯、埃阿科斯和拉达曼迪斯①的权威一样，他必须奋起全部可怜的意志才能进去，可是，碰到一个老人走过他身旁，他却会突然扑上去搂住老人的脖子，当着惊讶的人群狂热地吻他。

这是什么缘故？是因为……因为老人的相貌使他觉得有不可抗拒的好感吗？也许如此，但是最合理的猜想还是由于他自己也不知道为什么。

我曾不止一次成为这些发作和这些冲动的牺牲品，这使我们有理由相信：似乎有恶作剧的恶魔们钻进我们身体里，使我们不知不觉地按照他们最荒谬的意志行事。

有一天早晨，我起身下床，有点心情不愉快，郁郁寡欢，闲得厌倦，好像觉得被迫要做一件了不起的事情，做出卓越的行动。我于是打开窗子，唉！

（我要请你们注意这点：迷住人使人陷于神秘的这种精神，在某些人中，并非是过度劳累或是联合作用的结果，而是基于偶然的灵感，这种灵感颇有如此的性质：跟医生们所说的歇斯底里的心情，或者跟那些比医生想得稍许高明的人

---

① 米诺斯、埃阿科斯和拉达曼迪斯，希腊神话中冥国的三位判官，他们决定鬼魂未来的命运，惩罚犯罪者的灵魂。波德莱尔在《火箭》中有这样一段话："让-雅克（卢梭）曾说，他走进咖啡馆总免不了心里扑通扑通地乱跳。对于生性胆怯的人，剧院的检票员有点像地狱的判官。"

们所说的恶魔的心情，哪怕单单在它的欲望的热烈方面，也非常相似，而正是这种心情，它迫使我们难以抗拒地去做出许多危险的或是不合适的行为。）

我第一眼在大街上看见的，是一个装配玻璃者①。他那不协和的刺耳的叫声，穿过巴黎的污浊沉闷的空气，直升上来传到我耳中。此外，我也说不出来我为什么对这个可怜的人产生了如此突然又如此凶暴的憎恨。

"喂！喂！"我叫他上来。这时，我不无幸灾乐祸地想着：我的房间在七楼，楼梯很狭窄，他上楼一定会遇到些困难，他那些易碎的货物会在很多地方碰坏了角。

他终于出现了；我好奇地察看了他全部的玻璃，随后，对他说道："怎么！你没有彩色玻璃？蔷薇色的、红色的、蓝色的玻璃，魔法的玻璃，天国的玻璃？你是多么无礼！你竟敢走到贫民窟来，而你竟没有美化生活的玻璃！"我激动地把他向楼梯那边推去，他抱怨着、跟跟跄跄地下楼去了。

我走到阳台上，抓起一只小花盆，等那个家伙在大门出口处露面时，就把我的武器对准他的背货架后面的边缘垂直地砸下去；这一记打击把他打倒，他的可怜的流动财产一下子全部在他的背脊下面被打碎了，发出像一座水晶宫被雷电击毁时的响亮的声音。

于是，陶醉于自己的狂态之中，我愤怒地向他喊叫道："美化生活！美化生活！"

开这种神经质的玩笑并不是没有危险的，你常常要为

---

① 在散文诗集的献词中已提到阿尔塞纳·乌塞写过一首散文诗《装配玻璃者之歌》。乌塞醉心于民主，他那首散文诗是以人道主义的友爱为主题的。波德莱尔在本诗中却大异其趣，主要是探索人类潜意识中的恶魔的部分。

此付出很大的代价。可是，对于一个在一瞬之间感到无限快乐的人来说，永劫的地狱之苦又算得了什么呢！①

---

① 波德莱尔在这里表白出他对"美"的看法，认为"美"是至高无上的，为了它任何牺牲，任何永劫的惩罚都可以不顾。

10　凌晨一点钟*

终于！单独一个人了！除了几辆迟归的疲倦的出租马车的辚辚之声，再也听不到什么了。在以后几小时内，即使不算是得到安宁，也总会得到寂静。终于！世人的嘴脸的凶相消失了，使我痛苦的只有我自己的孤独了。

终于！可以容我沉浸在黑暗之中舒服一下了！首先，来把钥匙转两圈，紧紧锁上我的门。我觉得，钥匙的转动会增加我的孤独，把我现在跟外界隔开的屏障更巩固起来。

可怕的浮生！可怕的城市！回顾一下今天发生过的事情吧：我见到好几个文人，其中有一个问我到俄国去是否可以走陆路（他大概把俄国当成岛国了）；我跟一个杂志的主编大大地争论，他对我的反对意见总是回答："本社坚持正派人的立场。"言下之意，好像所有其他报刊都是由流氓们编辑的；我跟二十来个人打过招呼，其中有十五位是素昧平生的；我和同样数目的人握过手，却没有预先做买副手套的准备；在下大雨时，我去一位女杂技演员家里消磨时间，她请我替她画一张维纳斯特尔①服装的草图；我向一位剧场经理大肆奉承，他在打发我走时对我说："也许，您最好是去请教Z，在我所有的作家之中，他是最笨、最傻、最出名的；也许您能从他那里有所获益。去看看他吧，我们回头见。"我

---

* 本诗和第十一首发表于一八六二年八月二十七日的《新闻报》。诗中所述，带有自传性质。跟《恶之花》中《一天的结束》《午夜的反省》二诗合读，可以看出他在一八六二年前后的暗淡心情。

① 女演员无知，把维纳斯误说成维纳斯特尔。

夸耀（为什么？）我从未干过的好些不光彩的行为，又卑怯地否认我曾乐于干出的其他几件坏事，瞎吹牛的罪过，顾忌舆论的罪行；我拒绝为一位朋友做一件轻而易举的事，却替一个十足的坏蛋写了一封介绍信；喔唷！该结束了吧？

对一切人不满，对自己也不满，在这黑夜的寂静与孤独之中，我真想为自己赎罪并稍许挽回一点面子。我曾爱过的人们的灵魂啊，我曾歌颂过的人们的灵魂啊，使我坚强起来吧，支持我吧，让世间一切腐败的臭气和谎言远远离开我吧；而您，我的天主！请大发慈悲，让我写出一些美丽的诗句，以便向我自己证明，我并不是最差的人，我也并不低于我所瞧不起的人。①

---

① 最后部分以对上帝的祷告结束，与散文诗第四十七首《手术刀小姐》相同。《恶之花》中《祝福》《基西拉岛之游》两诗亦然。在诗人的日记中也有这样一段话："我发誓，今后要把如下的规定作为一生的永久规定：每天早晨向一切力量和一切正义的泉源——天主祷告，向代为说情者——我的父亲、玛丽埃特和坡祷告……每晚，向天主做新的祷告，为我的母亲和我祈求生命和力量……"

11　野蛮的女人和装模作样的女郎[*]

"真的，亲爱的，你是毫不容情地过分使我感到厌烦了；听你唉声叹气，就像你受的苦比那些拾麦穗的六十岁老太婆和那些在小酒馆门口捡面包皮的老乞婆所受的还深。

"如果你的叹气至少是表示后悔，那么还可以给你保持一点体面；可是，你的叹气不过是说明你安逸得过头，休息得不耐烦。而且，你还废话连篇，说个不停：'好好地爱我吧！我是多么需要你的爱！如此这般地给我安慰和抚爱吧！'好吧！我要来治治你的毛病；我们也许会找到一个办法，不多花钱，不用走多远的路，到集市去逛逛。

"我请你好生看看这个坚牢的铁笼子，里面关着个怪物，她像一个堕入地狱者一样激动烦躁，大声吼叫，又像一只因流落异乡而狂怒的猩猩摇着铁栏，时而像只十足的老虎兜来兜去地乱跳，时而完全像北极熊傻头傻脑地左右摇摆，这个满身长毛的怪物，她的形状跟你有点相似。

"这个怪物就是人们通常称为'我的天使'的动物，也就是说，一个女人。旁边还有另一个怪物，声嘶力竭地叫着，手里拿着一根棍子，他就是丈夫。他把他的合法的妻子当作野兽用链子锁住，在赶集的日子里到郊区公开展览，不消说，这是得到当局许可的。

"请注意！你看她是多么贪馋地（也许并不是装出来的）把驯养主人扔给她的活兔子和乱叫的家禽撕扯着。'好

---

[*] 一八五九年十二月十五日波德莱尔在致旧友和出版家普莱·玛拉西斯的信中曾表示他原本打算把这个题材写成韵文诗。

恶之花　巴黎的忧郁　｜　337

啦!'男的说道,'不该把一天的食物都吃光。'说罢这句明智的话,他就把食物从她的嘴边无情地夺走,分开的肠子还在那头猛兽,也就是说,那个女人的牙齿上挂了好一会儿。

"好吧!好好抽她一棍子,让她安静下来!因为,她还用她那贪吃的可怕的眼光盯着被夺走的食物。天啊!这根棍子可不是喜剧小丑使用的棍子!尽管她披着假毛皮,你没听到她的皮肉挨抽的响声?她的眼珠,现在也从她脸上暴出来了,她吼叫得更加逼真。她在狂怒之中,全身射出火花,就像人们在打铁一样。

"这就是夏娃和亚当的两支后代的夫妇生活习惯,你亲手创造的杰作,哦,我的天主!这个女人无疑是不幸的,虽则,说到底,那种由荣获鞭打而带来的酥痒的快感,她并非没有体验过。但世上有些不幸,却比她的不幸更加无法医治,而且无可弥补。不过,在她被投入的这个世界里,她绝不可能相信,女人应该有另一种命运。

"现在,谈我们两人吧,装模作样的恋人!看到过那些人间地狱,你要我对你的可爱的地狱作何感想呢?你只是躺在像你的皮肤一样柔软的织物上面,你只是吃着由一个熟练的仆人给你仔细切成一片一片的煮熟的肉。

"充满你那香气袭人的酥胸的微微的叹息,健壮的卖俏女郎,对我能意味着什么呢?所有这些从书本里学来的矫揉造作,这些持续不懈的忧郁,只能唤起旁观者的跟怜悯大相径庭的别的感情。说实话,我有时真想教你懂得什么才是真正的不幸。

"爱讲究的丽人,看你这样脚踩在污泥中,眼睛蒙眬地仰向天空,就像求老天赐给你一位国王,你的样子活像一只祈求理想的小青蛙。如果你瞧不起庸碌无能的人(如你所知，我现在正是这种人），当心那只鹤，它会咬你，吞掉你，随意弄死你[1]！

"我虽是诗人，可不像你所巴望的那样容易受骗，如果你过于频繁地用你那一套装腔作势的假哭使我厌烦，我会把你当作野蛮的女人,或者把你从窗口扔出去,像扔掉一只空瓶一样。"[2]

---

[1] 拉封丹（Jean de la Fontaine，1621—1695）在他的《寓言诗》卷三第四篇《青蛙请立国王》中说，青蛙厌倦民主政体，请朱庇特给它们派一位国王。朱庇特先给它们派来一根梁木，青蛙们不满意，要求派一位会动的国王。于是众神之王就给它们派来一只飞鹤，它啄死它们，嚼食它们，高兴时就把它们囫囵吞下去。那些青蛙立刻叫苦连天。波德莱尔在引用时对原诗作了改动。
[2] 这首散文诗还是用对比手法，将身在福中不知福，还要装模作样、唉声叹气地撒娇的恋人跟另一个被当作野兽关在笼子里供人参观的"野蛮的女人"对比。

12　群众*

不是人人都能泡在人群之中：借群众取乐是一种艺术。只有在儿时曾有一位仙女把对化装和戴假面的爱好、对定居的厌恶和酷爱旅游的热情注入他的摇篮里的人，他才能牺牲人类，沉湎于生命力的陶醉。

人群和孤独，对于勤勉而多产的诗人，是两个相等而可以对调的字眼。不懂得把自己的孤独跟群众结合的人，也不会懂得在忙碌的群众之中保持自己的孤独。

诗人享受着这种无比的特权，他可以随意保持自己的本色或化为他人。他可以随心所欲，附在任何人的身上，像那些寻求肉体的游魂一样。只有对于他，到处都是虚席以待的；如果有什么似乎向他关闭着的去处，这是因为在他看来，那里不值得费神光顾。

孤独的沉思的散步者从这种普遍的神魂交游之中汲取独自的陶醉。容易跟群众结合的人才懂得狂热的快乐，那种把自己关在箱子里的自我主义者和那种像软体动物一样把自己紧闭起来的懒汉是永远不可得知的。他把不论什么时机给他提供的一切职业、一切快乐和一切不幸都当作是他理所应得的承受下来。

跟这种无法形容的狂欢作乐，以及向突然出现的意外之

---

* 本诗和以下二首均发表于一八六一年十一月一日《幻想派评论》，后又在一八六二年八月二十七日《新闻报》发表。主题跟爱伦·坡的短篇小说《投人人群的人》相类似。波德莱尔在《现代生活的画家》第三章谈论法国画家康斯坦丁·居伊时，也曾就"跟群众结合"的问题发挥他的感想，认为人群对于艺术家，就像天空之于飞鸟、水之于鱼一样。

人和摩肩而过的不相识的人，把自己的一切——不管是诗或是慈悲——全部奉献出来的这种灵魂的神圣卖淫①比较起来，人们称之为爱情的东西，真是很渺小、很有限、很微弱了。

有时，教世上那些幸运者知道，还有一种幸福比他们的更高、更广、更纯粹，这是有益的，哪怕暂时挫伤一下他们的愚蠢的自负心。殖民地的建设者、人民的牧师、浪迹天涯的传教士，他们对这种神秘的陶醉，可能是知道一些的；在由他们的才能所创建的大家庭之中，他们有时也许会嘲笑那些为他们的如此动荡的命运和如此清纯的生活表示怜悯的人。

---

① 波德莱尔在《火箭》中有如下一段论述："爱情就是卖淫的欲望。甚至没有任何一种高尚的快乐不能还原成卖淫。在剧场里，在舞场里，人人都在一切众人之中找到快乐。艺术是什么？就是卖淫。置身于群众中的这种快乐，乃是在数的增加之中感到快乐的一种神秘的表现。"

13　寡妇*

沃维纳格①说过：在一些公园里，有些主要由受挫折的野心家、不幸的发明家、功不成名不就者、极度伤心者以及所有那些遭受过风暴、还在喃喃地发出最后叹息而心烦意乱、自甘寂寞、远远避开快活人和有闲者的傲慢目光的人们经常来往的小路。这些阴暗的僻静场所乃是人生的残废者们聚会之处。

诗人和哲学家特别喜爱对这些场所驰骋其如饥似渴的想象。那里有确实可靠的精神食粮。因为，正如我方才所暗示的②，如果有什么他们不屑光顾的地方，那就是富人们的寻欢作乐之处。那种空虚之中的喧闹，对他们毫无吸引力。相反，他们觉得能吸引他们，使他们无法抗拒的，却是一切弱者、没落者、伤心者和孤苦无依者。③

积有经验的眼光绝不会弄错。从这些严峻或是沮丧的面孔上，从这些凹陷无神，或是还闪烁着斗争的最后光芒的眼睛里，从这些无数深深的皱纹里，从这些如此慢腾腾，或是如此跟跄的步伐中，一眼就能立刻看出有关被欺骗的爱情、

---

* 这首散文诗的主题乃是对不幸的老太婆寄予怜悯。跟本集中第二篇《老太婆的绝望》和《恶之花》中《小老太婆》一诗相类似。
① 沃维纳格（Luc de Clapiers Vauvenargues, 1715—1747），法国作家，人性研究家。他的传世之作为《箴言集》，这里引用的是其中《谈隐匿的悲惨》一章的内容。
② 指前一篇《群众》中所说："如果有什么似乎向他关闭着的去处，这是因为在他看来，那里不值得费神光顾。"
③ 波德莱尔在《论雨果》一文第三节中有如下一段论述："诗人对一切弱者、孤独者、伤心者以及一切孤苦无依者显示衷心的友情。这是一种父性爱的吸引力。"

不被赏识的忠诚、得不到酬报的努力和低声下气而默默忍受的饥寒的无数传奇。

你可曾偶尔看到过在那些孤单单的凳子上坐着的寡妇，贫穷的寡妇？不管她们是否戴孝，都很容易看得出来。此外，穷人在戴孝时总像缺少什么，有些不调和，这更使人觉得难过。她们对自己的哀伤，不得不在经济上精打细算，而富人在这方面却大事讲究。

什么样的寡妇最悲惨、最使人伤心？是手里搀着个孩子，却不能跟孩子分享自己的梦想的寡妇，还是完全单身的寡妇？我不知道……有一次，我不惜花了很长时间跟踪这样一位痛苦的老妇人。她很严肃，挺直着身子，披着一条破旧的披肩，全身上下显出禁欲主义者的高傲姿态。

她显然由于绝对的孤独而被迫习惯于老独身者的生活，她的品性中的男子汉气质给她的严肃添上神秘的泼辣。我不知道她在哪家蹩脚的咖啡馆怎样吃过她的午餐。我跟在她后面，一直跟到阅报处；我久久地窥看着她，只见她用那双曾经流过热泪的灵活的眼睛从报纸上寻找适合个人口味的趣闻。

最后，到了下午，在秋季可爱的天空之下，在那倾泻下大量悔恨和回忆的天空之下，她坐到一座公园中的偏僻之处，远远离开人群，独个儿听军乐队为巴黎人免费演奏的音乐。

大概，这就是这位清白的老妇人（或者说，这位净化的老妇人）一番小小的放纵吧。也许多年以来，在上帝一年三百六十五次赏赐给她的没有朋友、没有交谈、没有欢乐、没有知己的那些沉闷的日子里，只有这一天她才能好好获得安慰。

还有另外一位：

对那些拥挤在公众音乐会场栅栏外的大群贱民，我总禁不住要看上一眼，即使不是用普遍同情的眼光，至少也是用好奇的眼光。乐队把欢庆的、胜利的或是快乐的乐曲透过黑夜投送出去。妇女的长袍拖曳着，闪闪发光；大家眉来眼去；倦于无所事事的有闲者，身子来回摇晃着，装出懒洋洋地欣赏音乐的样子。这里全是富人，全是幸福的人；一呼一吸，都显得无忧无虑，优哉游哉；只有外边那些贱民的穷相属于例外，他们靠在栏杆外面，不花一文钱，听着随风吹送过来的音乐片段，望着场内光芒四射的大火炉。

映在穷人眼底的富人的欢乐，常是一件有趣的事情。可是在那天，在那些穿着工作服和印花布衣服的人群之中，我看到一个人，那种高贵的风度跟周围人的粗俗形成鲜明的对比。

那是一位庄严的高个子女人，她的一举一动显得如此高贵，在描绘古代贵族美女的藏画中，我记得，从未见过可跟她相比的女性。她全身散发出高傲的贞淑的芬芳。她的面孔，消瘦而有忧色，跟她身上穿的正式丧服十分调和。她也在，正如她厕身其中而又视而不见的那些平民一样，用她深邃的眼光眺望那些光华焕发的人，一面轻轻点头，倾听音乐。

真是奇特的景象！我自言自语地说道："肯定，像她的这种贫穷，即使是真穷，想来也不该容许可鄙的节俭；这样一副高贵的面孔已向我保证如此。那么，她为什么还要故意置身在那些人中间而显得鹤立鸡群呢？"

可是，当我好奇地走过她身旁时，我相信，我已猜出其中的道理。这位高个子寡妇挽着一个跟她同样穿着黑色丧服的孩子；尽管门票价钱不贵，可这点钱也许足够给小家伙买一件需要的东西，甚至买一样奢侈品，一个玩具。

她将会徒步走回家去，沉思着，梦想着，孤单单地，永远孤单单地；因为孩子是爱吵闹的，只顾自己的，不文雅，也没有耐性，而且他甚至不能像纯粹的动物，像猫和狗那样，当个亲信安慰孤独者的痛苦。①

---

① 最后一句原文为十二个音节，构成一句亚历山大体诗句。

14 年老的街头卖艺者[*]

到处是熙熙攘攘、喜气洋洋的欢度假日的人群。这是属于那种盛大节日的一个佳节,街头卖艺者、变戏法者、驯兽者、流动商贩们,在一段较长时期里,都指望在这种节日期间捞上一票,把一年中各个淡季的损失补回来。

在这样的日子里,我觉得,人们把一切都忘掉了,不管是烦恼或是劳动;他们变得像孩子一样。对于小学生们,这是一个放假的日子,把上学的恐惧推迟二十四个小时。对于大人们,这是跟人生的恶意的列强缔结的停战协定,在全部紧张和斗争之中的暂时休息。

就连上流社会的人们和从事精神劳动者也难以摆脱这种民间节日的影响。他们也不由自主地从这种无忧无虑的气氛中分享他们的一份。至于我,作为真正的巴黎人,绝不会不去从头到尾观光一下那些盛会期间搭起的争奇斗艳的货棚。

事实上,他们在进行惊人的竞争:他们吆喝着,大喊大叫着。这是叫声、铜乐器轰鸣声和烟火爆炸声的混合。丑角们和呆子们因风吹日晒雨淋而变得又黑又粗的脸上的肌肉不断抽搐着;他们显露出对自己的演出效果充满信心的喜剧演员的镇静样子,说些风趣话和俏皮话,又庄重,又粗俗,仿佛莫里哀的喜剧作品一样。那些大力士们,以四肢发达自豪,像猩猩一样没有前额和头顶,穿着为这场表演在前夕刚洗净的紧身衣,威严地卖弄着。那些舞蹈女郎,像仙女或公

---

[*] 这首散文诗的主题也是对不幸者的同情。

主一样美丽，在灯笼的光照之下跳跳蹦蹦，她们的舞裙被灯火照得闪烁发光。

一切无非是光、尘埃、叫喊、欢乐和喧哗；有的在花钱，有的在挣钱，彼此皆大欢喜。孩子们揪住母亲的衣裙，为了要求买一块棒头糖，或者爬到他们的父亲的肩膀上，以便更清楚地看到一个像神明一样迷惑人的魔术师。到处飘着油炸食品的气味，掩盖掉一切香气，就像为这个节日献上的焚香一样。

在一排货棚的那一头，最后的尽头，我看到一个可怜的卖艺者，仿佛自惭形秽，躲避开这一切华丽的场面。他驼着背，又衰老，又虚弱，活像人类的残渣，背靠在他那间小棚屋的一根柱子上，那间棚屋比最蠢笨的野蛮人的茅屋还要凄惨，屋里点着两段蜡烛头，流着烛泪，冒着油烟，把那种贫困的光景照得更加显眼。

到处是欢乐、营利、大吃大喝；到处都不愁明日的面包；到处有生命力的狂热的爆发。而这里却只有绝对的凄惨，更恐怖的是，这种凄惨披着滑稽好笑的褴褛衣衫，在这种场合，造成这种对比的，并不是由于人工，倒是由于迫不得已。这个不幸者，他不笑，他不哭，他不跳舞，他不作手势，他不喊叫，他不唱任何快乐的或是悲伤的歌，他不乞求。他沉默着，动也不动。他已死了一条心，他认输了。他的命运已经注定了。

可是，他向人群和灯火投去的眼光是多么深邃而令人难忘！那些流动的人潮和光波，在到达距他这令人厌恶的惨况几步远的所在就停滞不前。我感到我的脖子被歇斯底里的可怕的手掐住，我的眼睛仿佛被那些不肯滴落的反抗的泪水掩蔽得模糊起来。

怎么办？又何必向这个不幸者问他那撕碎的幕布之后、恶臭的黑暗之中有什么可以给人看看的珍藏和奇迹？说实话，我不敢问；即使我的胆怯的理由会使你们笑话，我却要供认，我是害怕让他丢脸。最后，我刚刚决定在离开时拿一点钱放在他的一块木板上，希望他猜中我的心意，就在此时，不知由于什么骚动，人潮大量倒涌过来，把我卷得离他很远了。

在离开时，那个景象一直萦绕在心头，我力图分析我所感到的意外的痛苦，自言自语道："我刚才看到一位老文人的形象，他曾出色地娱悦过一代人。如今，时代变了，他还残存着；这位老诗人，①没有朋友，没有家族，没有孩子，他自己的惨况和公众的忘恩负义使他身价降低，健忘的世人再也不愿光临他的棚屋。"

---

① 在《恶之花》中《为钱而干的诗神》一诗中，作者已将诗人比作"像枵腹的卖艺者"。

15 蛋糕[*]

有一次,我出外旅行。我置身其间的那个地方的风景,[①]具有一种不由使人感叹不已的壮丽和雄伟。在那一瞬间,大概有什么东西进入了我的心灵。我的思想像大气那样轻飘飘地凌空飞驰;诸如世俗的爱情和仇恨那一类粗鄙的情感,就像在我脚下深谷之中飘浮不绝的云气,在那时,都似乎远离而去了;我的心灵宛如环抱着我的苍穹那样广阔,那样纯洁;有关一切世事的记忆,就像在对面山坡上,在遥远、遥远的地方吃草的那些看不见的羊群的铃铛声,微弱而轻声地掠过我心里。在那纹丝不动、由于极深而显得黑沉沉的小湖[②]的水面上,有时飘过一朵浮云的影子,就像飞过天空的一位空中巨人的披风的反光。我还记得,这种完全寂静的巨大激动引起的严肃而不寻常的感觉,使我充满一种混杂着恐怖的喜悦。总而言之,由于四周的激动人心之美,我感到我跟我自己、跟宇宙都保持完全的和合;我甚至觉得,在我的无比幸福之中,在我把一切尘世之恶的全部忘却中,我终于对那些声称人性本善的报纸论调不再感到那么可笑了;这时,无法可治的肉体又发出它生理需要的信号,我想消除一下由于长时间登山造成的疲劳,并且满足一下口腹之欲。我从口袋里拿出一大块面包,一只皮杯子和一瓶某种甘香酒

---

[*] 这篇散文诗曾发表于一八六二年九月二十四日的《新闻报》。
[①] 一八三八年夏,波德莱尔曾跟他的继父奥皮克同去比利牛斯山旅行,写过一首《乖离》。本诗的风景描写,是对那次旅行印象的回忆。其中有些描写跟《乖离》中的相似。
[②] 小湖,大概指温泉疗养胜地科特莱附近的戈贝湖。

恶之花 巴黎的忧郁

剂，这种药水是当时药剂师们卖给旅游者，以便在急需时跟雪水混合在一起饮用的。

我静静地切我的面包，忽传来极轻的声响，不由使我抬起眼睛。在我面前，站着一个衣衫褴褛的小孩，面色泛黑，头发蓬乱，他那双凹陷的眼睛，露出凶狠和恳求的神情，贪婪地盯着这块面包。我听到他用低低的嘶哑的声音叹息地说出这个字眼：蛋糕！我听到他想特别尊重我这块几乎是雪白的面包而如此称呼时，止不住发笑；我就切了一大片，递给他。他慢慢走近我，眼睛紧紧盯住他垂涎的食物，然后伸手抢走，很快地转身溜去，好像深怕我不是诚心给他，或者怕我已感到后悔。

可是，就在这时，不知从哪里跑出另一个野蛮的小孩，把他推倒。这孩子跟第一个长得一模一样，真会令人把他当成第一个小孩的孪生兄弟。他们在地上滚在一起，争夺珍贵的礼物，毫无疑问，谁也不肯分一半给他的同胞。第一个小孩，怒火直冒，抓住第二个的头发；而后者，咬住前者的耳朵，咬下一小块血淋淋的肉，并用土话发出绝妙的咒骂。蛋糕的合法原主力图用小爪去抠侵夺者的眼睛；而后者转过来尽其全力用一只手掐住对方的脖子，又用另一只手想拼命把战利品塞进自己的袋里。可是，那个战败者，由于绝望而更加奋勇，他振作精神，一头撞在胜利者的肚子上，把他撞倒在地。何必这样描述这场恶斗？确实，它持续的时间，比两个孩子的气力所能坚持的时间更长。蛋糕从一个孩子手里转到另一个孩子手里，又不时从一只袋里转到另一只袋里。可是，唉！它的体积也变了。到了最后，他们精疲力尽，气喘吁吁，鲜血淋淋，再不能继续作战，就此住手了。说实在话，再也没有任何战争的原因存在了：面包片完蛋了，已成了像沙粒一样的碎屑,并且跟沙粒混在一起飞散了。

这个场面使我眼前的风景黯然失色。在看到这两个小孩之前使我心灵感到惊奇的那种平静的喜悦,现在全部消逝了;我悲不自胜,这种情绪持续了很长时间,我不停地反复说道:"竟有这样一个绝妙的地区,这里把面包称为蛋糕,这种甜美的食品如此罕见,竟足以引起一场地地道道的兄弟残杀的战争!"

16 时计[*]

中国人从猫的眼睛里看时辰。

有一天,一位传教士在南京郊区散步,发觉忘了带怀表,就问一个小孩,现在是几点钟。

天朝[①]的孩子先是踌躇了一下,随即转了个念头,他回道:"等一下我来告诉您。"过了一会儿,他回来了,手里抱着一只很壮的猫,像人们说的那样,他注视着猫的眼白,毫不踌躇地断言:"现在还没有完全到中午。"他说的,确实无误。[②]

至于我,如果我俯向美丽的费利娜[③](她的这个名字取得很贴切,因为,她既是她的性别的光荣,同时又是我的内心的骄傲,我的精神的芬芳),那么,不管是在夜晚,不管是在白天,也不管是在充足的光线之下或是在朦胧的昏暗之中,我总能在她那可爱的眼睛深处清清楚楚地看到时刻,总是同样的时刻,像空间一样广漠、严肃、伟大的时刻,没有分和秒的划分——不在任何时计上标明的静止不动的时刻,可是,这种时刻,轻得像一声叹息,快得像眼睛的一瞥。

---

[*] 这首散文诗发表于一八五七年八月二十四日的《现在》,后发表于一八六一年十一月一日的《幻想派评论》及一八六二年九月二十四日的《新闻报》。
[①] 西方人对古代中国的一种称呼。
[②] 这一段轶事见于古伯察的《中华帝国》。古伯察(Régis Evariste Huc,1813—1860),法国遣使会传教士,道光十九年至澳门,后又去过北方和西藏。关于猫眼睛在一天中随着时辰发生变化,我国古籍中早有记载。宋代陆佃撰《埤雅》云:"猫旦暮目睛皆圆,及午即从敛如线。"
[③] 本诗在《新闻报》上发表时,始用"美丽的费利娜"代替"我的可爱的猫"。费利娜,原文 Féline,阴性形容词,猫的,猫一般的,此处作为一个女人的名字,具体指谁,不详。

当我的眼光盯在这个美妙的时计表上时，如果有某个讨厌的人来打扰我，如果有什么无礼的执拗的精灵，有什么来得不适时的守护神走过来问我："你如此细心地在这里看什么？你在这个生灵的眼睛里寻找什么？你在那里面看时辰吗？游手好闲的浪费时间的人？"我会毫不迟疑地回答说："是的，我在看时辰：它就是永恒！"

　　夫人，这难道不是一首真正值得赞赏的、像您本人一样奇妙的情歌？确实，我向您说了这番矫揉造作的奉承话，感到无比的快乐，我并不要求您给我任何回报作交换。

17　头发中的半球*

让我长久地、长久地闻着你的头发的芳香,把我的面孔整个地埋在你的头发里面,像一个口渴的人把头伸到泉水里,同时用我的香手帕一样的手摇晃你的头发,以便把无数回忆抖到空中。

如果你能知道我在你的头发里看到的一切!感到的一切!听到的一切!我的灵魂神游在芳香上面,就像别人的灵魂神游在音乐上面一样。

你的头发蕴藏着一个完整的梦,充满了船帆和桅杆的梦;它也包藏着大海,海上的季风把我带到那些迷人的地方,那里的太空显得更蓝更深,那里的大气充满果实、树叶和人类肌肤的香味。

在你的头发的大洋里,我恍惚看到一个海港,那里充满忧郁的歌声,麇集着一切种族的强壮男子,在那飘荡着永远的暑气的广大天空里漂着很多显得结构复杂而精致的各式各样的船舶。

抚摸着你的头发,我又想起一段长时间的郁闷的心情,在一艘美丽的海船的房舱里,在海浪的轻微的横摇之中,在花瓶和凉水壶之间,坐在长沙发上感到的那种郁闷。①

在你的头发的炽烈的火炉里,我闻到混有鸦片和糖味的

---

* 一八五七年八月二十四日最初发表在《现在》上。在一八六一年十一月一日的《幻想派评论》上发表时题名《头发》。在一八六二年九月二十四日的《新闻报》上第三次发表时,改用现在这个标题,并加副题《异邦诗篇》。跟《恶之花》中《异国的清香》和歌咏让娜·迪瓦尔头发的《头发》一诗类似。
① 回忆一八四一年乘船去毛里求斯岛的航海体验。

烟草气味；在你的头发的黑夜里，我看到辽阔的热带蓝天闪闪发光；在你的头发的长满绒毛的岸边，我沉醉在柏油、麝香和椰子油的混杂的气味之中。

让我长久地咬住你的又粗又黑的发辫。当我咬住你那富有弹性的难以理顺的头发时，我就觉得好像是在吞噬着回忆。

18 邀游*

有一个极好的地方,人称安乐乡,我梦想跟一位往日的女友同去旅游。那个奇异的地方,浸在我们的北国①的雾中,可以称之为西方的东洋,欧洲的中国②,在那里可以让人驰骋那么多的热烈奔放的幻想,幻想又是那样耐心而固执地给那里点缀上无数精致巧妙的植物。

那里真是个安乐乡,一切都很美丽、富饶、宁静,令人满意;那里,豪华乐于反映在井然有序之中;那里,生活是富足的,闻得到香甜的气味;那里,任何混乱、喧闹和意外都被排除得一干二净;那里,幸福跟寂静结成美满良缘;那里,连菜肴也富有诗意,而且油光光地具有刺激性;那里,一切都像你,我的亲爱的天使。

你知道③在凄冷的悲惨之中侵袭我们的那种热病、那种对未知之国的怀想、那种抱着好奇心的不安吗?有个像你一样的国家,那里,一切都很美丽、富饶、宁静、令人满意;那里,"幻想"建立了一个西方的中国,给它尽情装饰;那里,可闻到生活的香甜的气味;那里,幸福与寂静结

---

* 本诗曾发表在一八五七年八月二十四日的《现在》、一八六一年十一月一日的《幻想派评论》和一八六二年九月二十四日的《新闻报》上。每次重新发表时都进行过较多的修改。题名和内容跟《恶之花》中的诗篇《邀游》类似。
① 北国,指法国之北的荷兰,但本诗所述,乃是理想化的荷兰。
② 欧洲的中国,荷兰西部城市代尔夫特十八世纪时以产陶器闻名,仿制中国的青花瓷,称欧洲的中国。
③ 仿歌德小说《威廉·迈斯特的学习时代》中的迷娘歌曲"你知道那地方,柠檬花儿开放……"的笔法。一八五七年发表的本诗中,此句之前,尚有一段"如果我是你的迷娘……我将对你、我的诗人和我的朋友,说:你知道……",一八六一年发表的本诗改为"如果你是诗人,而我是你的迷娘……"。

成美满良缘。我们应当在那里生活，我们应当在那里死去！

确实，我们应当去那里呼吸、做梦、用无限的感觉去把时间延长。一位音乐家曾谱写过邀舞①，有谁会来为邀游谱曲，以便把它献给心爱的女郎，献给选中的小妹？

确实，只有在那种气氛中才能生活得舒服——在那边，时间过得较慢，却包含着更丰富的思想，那里，时钟以更深沉、更有意义的庄严音响报告幸福的时刻。

在光亮的壁板上，或是在华丽而不鲜艳的、涂金的皮革上，不太引人注目地保存着一些虔敬、平静而深刻的绘画，就像创作它们的艺术家的灵魂一样。把餐厅和客厅抹上那样富丽的色彩的夕阳，透过美丽的帘帷或是那些由铅条分成许多小格的精工制作的高窗而变得非常柔和。家具都很大，又奇特又古怪，装有像精明人的灵魂一样的锁和暗格。那些镜子、金属、布帘、金银细工和彩釉陶器，为人们的眼睛奏着神秘无声的交响曲；一切物体上，所有角落里，抽屉缝隙和布帘的褶缝里都散发出奇香，苏门答腊的勿忘草香，这就像是那座住宅的灵魂。

我要告诉你，这是一个真正的安乐乡。那里，一切都很富丽、整洁、光亮，像一颗美丽的良心，像一套豪华的厨房金属用具，像辉煌的金银细工，像五颜六色的首饰！世界上的一切珍宝都汇集在那里，就像一个对全世界有很大贡献的勤劳的商人的府邸一样。那是奇异之国，胜似任何其他国家，就像艺术胜过自然，在那里，自然被梦想改造，在那

---

① 德国作曲家韦伯曾谱写钢琴曲《邀舞》。波德莱尔的《邀游》诗，后来也有几位音乐家为之谱曲，其中最著名的是迪帕克（Henri Duparc, 1848—1933）。

里,自然被修改、美化、重铸。①

让那些园艺学的炼金术士探索、再探索,让他们把他们的幸福的界线不停地向外推移吧!让他们给能实现他们的野心的人提供六万和十万弗罗林②奖金吧!而我,我已发现我的黑色郁金香和我的蓝色大丽花!

无与伦比的花,被重新发现的郁金香,含有寓意的大丽花,你应该生长、开放的地方,不就在那里,不就在那如此宁静、如此梦幻般美丽的国土上吗?你不会在那里被镶进你的同类之中吗,你不能,借用神秘思想家的话来说③,在你自己的感应物④之中照看你自己的影子吗?

梦!永远是梦!心灵越是有野心,越是敏感,梦就越是会把它跟可能的现实远远隔开。每个人的身体里都含有天生的鸦片剂,不停地分泌和代谢;而且,从生到死,我们能数得出多少时间被实际的快乐、被已决定并获得实现的行动占满呢?难道我们要永远生活在、置身在由我的精神描绘的那幅图画、跟你一模一样的那幅图画之中?

这些宝物,这些家具,这种豪华,这种秩序,这种芳香,这些奇花,就是你!这些大河和这些静静的运河,也还是你!在河面上漂动的大船,装满财宝、传来水手们单调歌声的那些船,就是在你胸脯上高卧着、摇动着的我的思想。

---

① 瑞士的文化及文学史家雷诺尔德(Gonzague de Reynold,1880—1970)在《波德莱尔》评传中说波德莱尔"要使自然从属于人,服从人的意志",对"自然必须加以改造",他"断然排斥愚蠢的自然崇拜"。
② 弗罗林,即盾,荷兰货币名称。
③ 一八五七年发表本诗时,这句话原为"借用那些常常乱放在我的桌上、使你那样睁大着眼睛的书本中的用语……",这里的书本指瑞典神秘哲学家斯威登堡的著作,尤其是他的《天国及其奇异》。
④ 感应物,根据万物感应(交感、应和、通感)的原理,跟你互相感应的自然界的一切。参看《恶之花》中《感应》一诗。

你把它们悄悄地引向大海，大海就是"无限"，而在你美丽的灵魂的清澄之中反映着太空的高深——随后，当它们倦于浪涛颠簸、满载着东方的物产回到故乡的海港时，那还是我的思想，是从"无限"的彼岸回到你的身旁来的、变得更加丰富的思想。

19　穷孩子的玩具[*]

我想要介绍一种天真的消遣。世上很少有什么无罪的娱乐。

当你们上午出门，决意要去大路上闲逛时，请在口袋里装一些个把铜板一件的新发明小玩意儿——例如：单用一根线牵动的扁平形木偶滑稽人、在铁砧上打铁的铁匠、骑士和他那装着哨子尾巴的马——沿着小酒馆，在人行道上的树下，把它们赠送给你将会碰见的那些不认识的穷孩子。你们就会看到：他们把眼睛张得很大很大。开始，他们不敢拿，他们会对这种好运感到怀疑。随后，他们会伸手很快地把礼物攫夺过去而逃走，就像猫儿把你丢给它们的食物衔到远处去吃，因为它们养成了不相信人类的习惯。

有一座大花园，花园后边现出一座美丽府邸的白墙，映照在阳光之下，就在花园栅栏里面的路上，站着一个漂亮的容光焕发的孩子，穿着十分讲究的乡村衣服。

奢华、无忧无虑、习以为常的富贵气派，使这种孩子显得如此可爱，让人觉得他们是用另一种面团捏成的，跟中等人家或是贫苦人家的孩子大不相同。

在他身边的草地上，躺着一个华丽的布娃娃，像她的主人一样容光焕发，上过漆，涂过金，裹着绛红色的衣裙，佩

---

[*] 波德莱尔曾写过一篇随笔式散文《玩具的寓意》，发表于一八五三年四月十七日的《文学世界》、一八五五年八月十九日的《作品选刊》和一八五七年六月十三日的《拉伯雷》。本篇乃是将该文中的一些段落改写成的散文诗。发表于一八六二年九月二日的《现在》。

戴着羽毛和玻璃珠子。可是，这孩子却一点不把他素所喜爱的那个玩具放在心上，他眼睛盯着的是：

在栅栏的另一边，在路上，在蓟草和荨麻之间，有另一个孩子，又脏，又瘦弱，脸色像煤烟，他属于那种穷人家的孩子。可是，如果把他那种讨厌的贫苦绿锈揩揩干净，公正的眼光会在他身上发现一种美，就像鉴定家从华丽马车制造者的油漆手艺之中看出理想的绘画一样。

通过那一排把两个世界、大路和府邸隔开的象征性铁栏，穷孩子向富家孩子炫耀他自己的玩具，后者贪婪地观察着，就像看一样稀罕的从未见过的东西。而这个小邋遢鬼放在铅丝笼子里逗弄着、折磨着、摇晃着的玩具，乃是一只活老鼠！他的双亲，大概是为了省钱，从生活中给他弄来了这个玩具。

那两个孩子，像兄弟一般互相笑着，露出同样的雪白的牙齿。

20　仙女们的礼物[*]

仙女们举行集会,要给在二十四小时以内投生人世的一切新生婴儿分配"礼物"。

所有那些古老的、任性的"命运姐妹们",所有那些欢乐和痛苦的古怪"母亲们",形形色色,各不相同:有些露出阴沉的不大高兴的脸色;有的显得爱开玩笑和爱做恶作剧;有些很年轻,永远显得年轻;有的很老,一直显得很老。

所有信仰仙女的父亲们都来了,各人的手臂里都抱着自己的新生婴儿。

一切"礼物",如"才能""幸运""挡不住的机会",全堆放在裁判席一旁,就像授奖时放在台上的奖品一样。但在此处有点特别的乃是:"礼物"并非作为任何努力的酬赏,完全相反,它是授给那些尚未尝过生存滋味者的恩惠,这种恩惠能决定被授予者的命运,成为他的幸福的泉源,也同样能成为他的不幸的泉源。

可怜的仙女们忙碌不停:因为求赏者人数很多,而这个介于人与神之间的中间阶层,也像我们一样,要顺从"时间"和它的无数后代,即"日""时""分""秒"的可怕的法则。

实际上,她们有点慌慌张张,就像那些在会见日的大臣们,或者像公营当铺职员遇到国庆节允许免费赎当一样。我

---

[*] 本诗发表于一八六二年九月二十四日的《新闻报》。

甚至认为她们也在时时刻刻以同样不耐烦的心情望着时钟的指针，就像人世的法官们上午开庭出席，总禁不住要想到晚餐、家庭和他们心爱的拖鞋。如果，在这种超自然的裁判席上，有些仓促，发生点意外事件，那就正如在人世法庭上有时也会碰到同样的情形一样，并不使我们感到奇怪。在这种场合，我们自己也会成为不公正的法官的。

就在那天，出现了一些差错，如果人们认为，仙女们的永久的特性乃是谨慎小心，而不是任意行事，那就会觉得很怪了。

因此，像磁石一般吸引财富的强大力量被授给一个极其富有的人家的唯一继承者，而这个孩子，既没有被赋予任何一点慈悲心，也没得到对人世中最显而易见的善举的任何渴望，在他成人以后，他的百万家财会使他感到左右为难。

因此，对"美"的热爱和写诗的"大才"被授给一个阴郁的穷人的儿子，这个穷人以采石为生，无论他怎样努力，他也不能帮助他的可悲的后代发挥才能，也无法满足其要求。

我忘记告诉你们，在这种庄严的场合，对礼物的分配是不许申诉的，任何礼物也不能拒绝接受。

所有的仙女们都站起身来，认为她们的这项苦差事已经办完了；因为，再也不剩下任何礼物、任何恩赐可丢给所有这些人类的幼苗了，就在此时，一个老实人，我想他是个贫穷的小商贩，站起来，抓住离他最近的一位仙女的五彩云裳，大声叫道：

"哎！太太！您忘掉我们了！还有我的小家伙哩！我不愿白来一趟，一无所获呀！"

那位仙女大概很尴尬；因为，什么也没有剩下。可是，她却及时想到一条众所周知的规则。尽管在这些人类之友——常常不得不满足人类的热情的捉摸不到的精灵,诸如仙女、地精、火精、风精、气精、水精、男水妖和女水妖们——居住的超自然世界里很少应用。我要说的这条规则就是:碰到类似的场合,也就是说,当分配的礼物一份也不剩时,可以让仙女有一种本领,再给一份外加的特殊礼物,不过,还要她有足够的想象力立刻创造出来。

于是那位善良的仙女露出恰如其分的镇静样子回答道:"我给你的儿子……我给他……一份礼物,就是讨人喜欢。"

——可是,怎样讨人喜欢?讨人喜欢?……为什么要讨人喜欢?[①]——小商贩固执地问着。无疑,他属于那种普通的推理者中间的一个,不能提高到荒诞的推理的地步。

"因为!因为!"——仙女愤怒地回着,转身而去;追上她的同伴们的队伍,对她们说道,"你们对这个爱虚荣的小小法国人有什么看法?他什么都想知道,他已替他的儿子争得一份最好的礼物,竟然还大胆询问,对无可争议的事进行争论。"

---

① 现实生活中的波德莱尔并不讨人喜欢,诗人借小商贩之口发此疑问,怀有对命运的轻蔑之意。

21　诱惑或爱神、财神、荣誉女神[*]

两个傲慢的恶魔和一个不寻常的魔女在昨夜登上神秘的阶梯，这里是地狱向进入睡乡的人的弱点进攻而跟他秘密交往之处。他们堂堂地站到我的面前，挺直着身体，就像站在讲台上一样。他们三人的身上发出硫黄似的光辉，就这样从黑暗深处显现出来。他们的样子是那样高傲，那样充满威严，使我一开始竟把他们三位全都当作真神。

第一个恶魔的容貌，分不清是男是女，在他身体的线条上，还带有古代酒神巴克斯的柔软。他那无精打采的美丽的眼睛，色泽模糊而阴暗，就像在暴雨之后还含着沉重泪珠的紫罗兰，他那半开的嘴唇，就像热乎乎的香炉，从里面散发出香料的芬芳的香气；每当他呼一口气，那些飞来飞去的、带有麝香香味的昆虫，就被他的热气熏得发出亮光。

在他那件紫色的长内衣周围，像带子一样，盘着一条闪烁发光的蛇，它抬起头，无精打采地把它那像火炭一样的眼睛转向着他。在这条活带子上，交替地吊着一些盛有毒液的小瓶、闪光的刀和外科器械。他右手拿着另外一个小瓶，里面装着红色的发光的液体，标签上写着这些奇怪的字句："服用吧，这是我的血，极好的强心剂"；他左手拿着一把小提琴，无疑，这是供他伴唱他的欢乐和痛苦，而且在恶魔聚会之夜用它来把他的疯狂传染给别人的。

---

[*]　发表于一八六三年六月十日的《内外评论》。诗人在一八五九年致普莱·玛拉西斯的信中说，他原打算把这个题材写成韵文诗，以《梦》为题收入再版《恶之花》。

在他的细细的踝节部，拖着金锁链的几节链环，碰到这种累赘迫使他不得不把眼睛垂向地面时，他就得意扬扬地注视着他那像细心磨过的宝石似的闪闪发光的脚趾甲。

他用无可安慰的悲伤的眼光望着我，眼中流露出诱人上钩的迷醉神色，随后，用悦耳的声音对我说："如果你想要，如果你想要，我就让你做众灵魂之王，你将成为众生的主人，比雕塑家能成为黏土的主人更便当；你将会懂得不断再生之乐，就是从自身中跳出，进入别人的体内，忘掉自己，而且还能把别人的灵魂吸过来，跟你的灵魂和在一起。"

我回答他说道："非常感谢！我不需要这些众生的劣货，也许他们并不比我的可怜的自我更有价值。尽管我回想起来，有些羞愧之处，可是，我什么也不愿忘掉；纵然我不了解你，老怪物，但是，你的神秘的刃具、你的可疑的瓶子、绊住你的脚的链子，都是一些象征，十分清楚地说明你的友好有些不大适宜。收回你的礼物吧。"

第二个恶魔没有这种悲剧式的、同时又是笑眯眯的样子，没有优美的献媚姿态，也没有娇弱的芬芳的美丽。他是一条大汉，脸很胖，没有眼睛，便便大腹突出在大腿上面，全身皮肤涂着金色，像文身一样描绘着表示世间各种形形色色的惨况的一大群蠢动的小人：有自愿吊在一根钉子上的皮包骨头的小人们；有瘦弱的畸形侏儒，他们的哀求的眼光乞求施舍，比他们颤抖的手更感动人；接着是年老的母亲们，抱着叼住她们干瘪的乳房的早产儿。还有许多其他的形象。

肥胖的恶魔用拳头敲着他的大肚子，随即发出悠长而响亮的金属铿锵之声，以后又化为由无数人声合成的隐隐约约的呻吟而消失。于是，他恬不知耻地露出蛀坏的牙齿，大声地发出傻笑，就像任何一个国家的人在吃得过饱以后发出的笑声一样。

这个家伙随即对我说道:"我可以送你一样东西,凭着它,可以获得一切,它比什么都宝贵,它可以代替一切!"他敲了一下他的巨大的肚子,响亮的回声给他的粗鲁的说话下了个注释。

我感到讨厌,转过头去,回答他道:"我不需要借别人的苦难来获得快乐;我不要由那种像墙纸一样糊在你的皮肤上,描绘出的一切不幸所造成的令人悲伤的财富。"

至于那个魔女,如果我不承认在一见之下就在她身上发现一种不可思议的魅力,那我就是说谎了。为了说清楚这种魅力的特点,只有把它跟那样一种非常漂亮的女人的魅力相比,这种女人虽然青春已不能复返,但总不显得老,她的美貌还有"废墟"①的强烈的魔力,除此以外,我就没有更好的法子来形容了。这位魔女的样子,既蛮横,同时又有点笨手笨脚,她的眼睛,虽带黑圈,却含有一种迷惑人的力量。最使我震惊的,是她的声音的神秘,那种声音使我想起最美妙的女低音歌手的歌声,还有点像经常灌白酒的喉咙的嘶哑声。

"你想知道我的威力吗?"这位假女神用她那迷人而又奇特的声音说,"你听着。"

于是,她拿起一只巨大的喇叭吹起来。喇叭像芦笛一样,系着写有全世界报纸名称的丝带。她就通过这只喇叭叫着我的名字,那叫声就像十万惊雷之声,隆隆地响彻宇宙之间,从最远的行星上面向我送来回声。

"魔鬼!"我有点被征服了,"吹得很不错!"可是,当

---

① 废墟,原文 ruines,转义年老色衰的女人。

我仔细端详这位迷人的女丈夫时,我恍惚记得,曾见过她跟我所认识的几个怪家伙一起碰杯喝酒。而且,她的铜喇叭的粗哑的声音传到我的耳中,使我不知想起什么卖淫的喇叭。

于是,我万分轻蔑地回道:"去你的吧!我来到世间,并不是要跟我不愿提其姓名的某些人的情妇结婚的。"

确实,我有权为我这种勇敢的克己行为感到自豪。可是,不幸的是,我醒来了,浑身的气力都跑掉了。我自言自语道:"事实上,我一定睡得很熟,才能表现得这样小心谨慎。啊!如果他们在我醒着时重新回来,我就不会如此疙瘩了。"

我大声祈求他们,请他们饶恕我,并且提出,他们在必要时可以随时侮辱我,也不枉他们的惠顾;可是,毫无疑问,我一定深深地得罪了他们,因为,他们再没有回到我这里来过。①

---

① 确实,波德莱尔生前再没有赢得爱情、财富和荣誉。

22　黄昏[*]

白天过去了。极大的安宁降临到那些被一天的繁重劳动搅得非常疲倦的可怜的心灵之中；现在，他们的思想呈现出黄昏的柔和而朦胧的色彩。

这时，从山顶上，穿过傍晚的透明的云层，向我的阳台上传来一阵由无数不协和的叫声组成的大声喧嚷，这些声音在越过空间飘来时，就像海上涨潮或是要刮起暴风一样，变成一种凄凉的和声。

这是些什么样的不幸的人，黄昏也不能使他们安静，他们像猫头鹰一样，竟把夜晚的来临当作恶魔夜会的信号？这种不祥的叫声是从位于山上的昏暗的疯人院里传来的；在黄昏时分，我一面吸烟，一面眺望着空阔的谷中的宁静，那里布满许多房子，每一扇窗子都似乎在告诉我："这里现在一片安宁；这里有家庭的乐趣！"每逢一阵风从山顶上吹来，我就可以把那些像地狱和声的叫喊一样使我感到震惊的思绪平息一下。

黄昏使疯人兴奋。——我想起我有两个朋友，一到黄昏，他们的病情就会加剧。其中一个，到那时就全不顾友谊和礼貌，一看到有人过来，就像野人一样粗暴地扑上前去。我曾看到他把一盆好端端的鸡肉向服务员领班的头上扔去，

---

[*] 一八五五年发表于《枫丹白露》。后发表于一八五七年八月二十四日的《现在》、一八六一年十一月一日的《幻想派评论》、一八六四年二月七日的《费加罗报》。前三次发表稿无大差异，但最后定稿却有很大的改动。这首散文诗跟《恶之花》中《黄昏》《静思》二诗相类似，可参看。

他以为在那只鸡身上看到不知什么侮辱性的象形文字。黄昏,本是极端快乐的先驱,在他看来,却使最美味的佳肴受到破坏。

另一个是个受到挫折的野心家,随着天色昏暗,就变得更加乖僻,更加忧郁,更加恶作剧。白天里倒还忠厚而平易近人,一到晚上就变得冷酷无情;他的黄昏躁狂症,那样猛烈地发泄,不仅对别人,而且对他自己也是一样。

第一个,后来认不出他的妻子和孩子,发狂死了;第二个,由于经久不断的烦闷,老是惶惑不安,即使把各个共和国和帝王们所能授予的一切荣誉赏赐给他,我相信,黄昏还会使他的心里燃起对于空想的荣誉所抱的热烈的渴望。夜晚,在他们的精神中布满黑暗,却给我的精神送来光明;同样的原因产生相反的两种结果,虽然并不罕见,却总使我感到似乎有些惊奇和不安。

哦,夜晚!哦,使人爽快的黑暗!对我说来,你就是内心欢乐的信号,你就是苦恼的解脱!在旷野的寂静之中,在一座都市的石头迷宫里,闪烁的繁星,突然放亮的灯火,你们就是自由女神的烟火!

黄昏啊,你是多么温存柔和!像在黑夜节节胜利的压迫之下败退的白天一样还赖在地平线上的蔷薇色的微光,给落日的余晖抹上一些暗红色污斑的枝形大烛台的烛火,一只看不见的手从东方的深处拉过来的沉重的帷幕,这些就像在人生的严肃时刻、在人们内心进行搏斗的一切复杂的感情。

还可以把它比作舞蹈女郎们所穿的一种奇异的衣服,就是透过一层深色的透明的薄纱,让人隐约看到一条鲜艳的裙子的收敛的光彩,仿佛透过黑暗的现在,显露出美妙的过去；而从裙子上射出的亮晶晶的金星银星，正象征着只有在黑夜的深色丧服衬托之下才能点得烁亮的幻想之灯火。[1]

---

[1] 最后三节在一八六四年发表的定稿中才补加进去。

23 孤独[*]

一位博爱主义的办报人[①]告诉我，孤独对人是有害的。为了支持他的论点，他像一切不信神者一样，引用了教父们[②]的话。

我知道，恶魔常爱去荒凉冷落的地方，凶杀和奸淫的意图在孤独之中特别燃烧得厉害。但是，很可能，只有对于那些用激情和妄想来充实孤独的游手好闲、逍遥放荡的人，孤独才是危险的。

确实，以高踞讲坛或演说台发表讲话为无上快乐的健谈者，如果置身在鲁滨逊的荒岛上，颇有变成躁狂型疯人的可能。我并不苛求这位报人要具有克鲁梭[③]的勇敢的美德，可是，我要求他对于爱好孤独和神秘的人不要加以指责。

在我们的专爱夸夸其谈的一批人之中，有个别的人，如果允许他们到断头台上发表长篇大论的演说，而不必顾虑桑泰尔[④]的鼓声会不适时地打断他们的话头，他们会甘愿受极

---

[*] 一八五五年发表于《枫丹白露》，一八五七年发表于《现在》，一八六一年发表于《幻想派评论》，均跟前诗《黄昏》同时发表。后又发表于一八六四年十二月二十五日的《巴黎评论》。前三次所发表者跟一八六四年的定稿出入很大。这首散文诗跟第十二首《群众》类似。波德莱尔是个孤独的诗人，他在《赤裸的心》中写道："我从童年时起就已有孤独的感情。不论在家庭里，或者有时在朋友之中。我深深觉得，永远孤独，乃是我的命运。可是，我依然对人生、对快乐抱有强烈的愿望。"

① 办报人，指《世纪报》一类舆论的代表。
② 教父们，指公元一至六世纪（有时要到中世纪）的神学家，他们在信仰和道德方面被奉为权威人物。
③ 鲁滨逊·克鲁梭，英国小说家笛福（Daniel Defoe, 1660？—1731）所著《鲁滨逊飘流记》中的主人公。
④ 桑泰尔（A. J. Santerre, 1752—1809），巴黎市郊一家啤酒厂老板，革命爆发后当上营长，后任巴黎国民军总司令。法国国王路易十六被送上断头台时，要对民众讲话，他令人敲起鼓来干扰。

刑而不辞。

我不为他们惋惜,因为我猜想,这样尽情吐露,会使他们获得快乐,就像别人从沉默和冥想中获得的快乐一样;可是,我轻视他们。

我特别希望这位讨厌的报人让我自得其乐。他用使徒[①]似的鼻音对我说:"你就从未感到要跟别人分享喜悦的欲望吗?"瞧这狡猾的嫉妒者!他知道我轻视他的喜悦,想闯进我的喜悦之中,这个讨厌的败兴者!

"不能独居的这种大不幸!……"拉布吕耶尔[②]曾在什么地方说过这句话,好像要羞辱那些冲进群众之中以忘记自己的人,大概,他们是害怕受不了自己的孤独的。

"我们的一切不幸几乎都是由于我们不能待在自己的房间里",另一位智者帕斯卡尔,说过这句话,我认为,他是要把所有那些在活动之中以及,如果我想用本世纪的漂亮语言来说,可以称之为友爱的卖淫之中寻求幸福的神魂颠倒的人召回到冥想的斗室里去。

---

① 使徒,耶稣门徒(共十二人),受耶稣派遣,奉上帝之命传教救人者。此处泛指说教者。
② 这首散文诗在《巴黎评论》上发表时,这里附有脚注:"在比利时极受轻视的法国作家"。拉布吕耶尔(Jean de la Bruyère,1645—1696)著有针砭时弊的散文集《品格论》。他在《论世人》中说:"我们的一切不幸都是由于不能独居造成的:由于赌博、奢侈、浪费、醇酒、妇女、愚昧、诽谤、嫉妒、忘记本身和上帝。"

24　计划*

他在一座僻静的大公园里散步时,这样想道:"如果她穿上精心制作的豪华的宫廷服,穿过美丽的傍晚的大气,从面对着大草坪和喷水池的宫殿的大理石台阶上走下来,该是多么美丽!因为她具有天生的公主的风度。"

随后,他走过一条大街,在一家版画店前停下来,在一只画夹里看到一张描绘热带风景的版画,他又想道:"不!我要占有她的可爱的一生,并不是在一座宫殿里。在那里,我们不会觉得无拘无束。而且,在那些贴金的墙壁上,没有一处可挂她的肖像;在那些庄严的回廊里,没有一个角落可让我们亲密交谈。确实,我应该住到版画中,去培养我一生的美梦。"

他一面仔细研究版画的细节,一面在心里继续想道:"在海滨,一座美丽的木屋,四周环绕着许多记不起名字的奇奇怪怪、闪闪发光的树木……在大气之中,有一种难以形容的醉人的气味……在小屋里,有蔷薇和麝香的强烈的芳香……远处,在我们的小小领地的后面,看到被海波摇动着的桅杆顶……在被透过帘子射进来的蔷薇色柔光照亮的房间的外面,在我们周围,放着些凉席,还有醉人的香花,又放着几张用乌黑而沉重的木料制成的葡萄牙洛可可式①的珍奇

---

* 这首散文诗曾分别发表于一八五七年八月二十四日的《现在》,一八六一年十一月一日的《幻想派评论》,一八六四年八月十三日的《巴黎生活》及同年十二月二十五日的《巴黎评论》。前两次跟后两次所发表者有很大的差异。
① 洛可可式,十八世纪欧洲盛行的华丽、繁琐的艺术风格。

的椅子（她可以在那里安静地休憩，让凉风吹着，吸吸微带鸦片味的烟草！），在遮阳游廊外边，听到沉醉于阳光中的鸟儿的啁啾和黑人小姑娘的喊喊喳喳的声音……而且，一到夜间，有音乐之树、忧郁的木麻黄树的哀吟，为我的好梦进行伴奏！是的，确实，那里正是我所寻求的舞台背景①。要宫殿干什么？"

随后，他又向远处，沿着一条大马路走去，看到一家干干净净的旅馆，从一扇挂着花花绿绿的印花棉布帘子的颇为悦目的窗子里伸出两张堆满笑容的脸。他立即想道："我的思想一定是个大浪荡子，竟然舍近而求远。快乐和幸福就在随便碰到的旅馆里，就在偶然发现的旅馆里，这里竟如此充满欢快。烧得熊熊的火，鲜艳夺目的瓷器，还算不错的晚餐，涩口的酒，宽大的床，床单虽有点粗糙，却是新换上的；还有更胜于此的吗？"

等他独个儿回家，在"智慧"的忠告不再被外界生活的喧嚣掩盖掉的这个时刻，他想道："今天，在梦想之中，我有了三个住处，在每处，我都觉得同样快乐。既然我的灵魂如此轻松地漫游，我为什么要强迫我的身体换换地方？②既然计划本身就有足够的乐趣，何必要把计划付诸实施呢？"

---

① 以上一段描写是对毛里求斯岛和多罗泰的回忆（见第三百三十二页的题解）。参看《恶之花》中《异国的清香》《给一位马拉巴尔的姑娘》《遥远的他处》等诗。
② 波德莱尔并不十分爱好旅游。他只要在幻想之中神游就满足了。参看《恶之花》中《旅行》一诗："我们想出去旅行，不借助帆和蒸汽！"同时可参看《恶之花》中《猫头鹰》一诗："为了想要把住所更动，他们永远会受到膺惩。"

恶之花 巴黎的忧郁 | 375

25 美丽的多罗泰[*]

太阳以可怕的直射光压制城市；沙滩刺眼，大海闪闪发光。麻木的世人疲沓地倒下来午睡，这种午睡，可说是像那半醒着的睡眠者在品尝毁灭之乐的一种美味的死亡。

这时，像太阳一样强壮而高傲的多罗泰，在没有行人的路上向前走着，她是此刻在辽阔的碧空之下唯一的生灵，在阳光上面投下一个辉煌的黑影。

她向前走着，懒洋洋地晃着她那丰满的髋部之上的苗条的躯干。她那件鲜艳的蔷薇色的绸料紧身连衣裙跟她皮肤的黑色形成强烈的对照，完全显出她那修长的身材、凹陷的背部和尖尖的乳房。[①]

她的红阳伞，滤过阳光，在她黑黑的脸上抹上一层反射光的血红色的胭脂。

她那几乎是蓝色的、沉甸甸的浓密的头发把她的柔和的头微向后拉，给她添上一种懒洋洋的得意的神态。沉重的耳坠对她那娇美可爱的耳朵悄悄密语。

海风不时掀起她那飘飘的衣裙的一角，露出光亮的美丽的小腿，她的脚，像被幽禁在欧洲美术馆里的大理石女神们

---

[*] 最初发表于一八六三年六月十日的《内外评论》。在致普莱·玛拉西斯的信中，诗人曾表示原本想把这首散文诗写成诗，题名《多罗泰》。波德莱尔在此信中所作的最初的计划里说，这首散文诗写的是"波旁岛的回忆"，有人认为这里的多罗泰，乃是另一人，即波旁岛（今留尼汪岛）上的非洲土人妓女，诗人也借用多罗泰之名称呼她，见《恶之花》中《给一位马拉巴尔的姑娘》一诗的题解。

[①] 这篇散文诗在《内外评论》上发表时，编者没有征求作者的同意，将"她那修长的身材、凹陷的背部和尖尖的乳房"改成"她的身形"。波德莱尔曾于同年六月二十日致主编热尔韦·夏尔庞蒂埃（Gervais Chatpentier，1805—1871）的信中提出强烈的抗议。

的脚，在细沙上忠实地刻印下它的原形。因为多罗泰是一个如此惊人的喜欢卖俏的女性，在她看来，受人赞美的喜悦比获得解放的女奴的骄傲还要重要，而且，尽管她已自由，她走路仍然不穿鞋子。

她就这样向前走着，体态轻盈，充满生活的幸福感，露出天真的微笑，就像看到远处有一面映出她的步态和美貌的镜子。

在这连那些狗都吃不消太阳的折磨而发出痛苦的呻吟的时刻，是什么有力的理由使慵懒的、美丽的、冷淡得像青铜的多罗泰这样在外面行走呢？

她有她自己的小房子，布置得那样雅致，只用些鲜花和席子，不花多少钱，就成为一间完美的闺房，当海水拍击着百步外的沙滩，给她的迷迷糊糊的梦想进行强有力的单调的伴奏，当那煮着配上藏红花粉和米的蟹肉的铁锅从庭院深处送来刺激食欲的香气，那时，她可以那样自得其乐地梳梳头发、抽抽烟、摇着大羽毛扇子扇扇凉风或是照照镜子，她为什么要离开那里呢？

也许她跟哪位年轻的军官有约会，那位军官曾在某处遥远的海滨听到他的战友们谈起有名的多罗泰。这位单纯的姑娘肯定要去恳求他讲讲巴黎歌剧院的舞蹈，并且问他是否可以赤脚进去，就像这里连那些卡菲尔老太婆都快乐得如醉如痴地参加的星期天舞会；随后还要问问巴黎的漂亮女人是否都比她更美。

多罗泰受到大家的赞美和钟爱，她真的会完全幸福，要不是她必须一元一元地积蓄下皮阿斯特[①]大洋，以便为她的小妹妹赎身，那个小妹妹实足十一岁，而且已经成熟，又是

---

① 皮阿斯特，一种货币名称。

那样美丽!①善良的多罗泰,她定会获得成功,因为小妹妹的主人是那样一个十足的守财奴,不懂得除了金钱以外还有别的更美的东西。

---

① 《内外评论》的编者将"实足十一岁,而且已经成熟,又是那样美丽"改为"已经是那样美丽",遭到波德莱尔的反对。

26 穷人们的眼睛[*]

啊!你想知道今天我为什么恨你。让你弄明白,可能很难,还不如由我对你说明来得容易;因为,我认为,你是我所能遇到的难以理解他人心情的女性的最好的范例。

我们曾在一起度过很长的一天,这一天在我看来却很短暂。我们曾互相保证,我们要思想统一,我们两个的灵魂今后要变成一个——这毕竟不是什么新鲜的梦想,除了人人都这样梦想而却无一人实现过之外。

到了傍晚时分,你有点疲倦,想到一家新开的咖啡馆前面坐坐,那爿店在一条新马路的拐角处,满地还留有涂墙泥,虽未竣工,但已显示出富丽堂皇的气派。咖啡馆光辉灿烂,煤气灯在那里发挥一切初试锋芒的热情,尽其全力照亮一切:使人眼花的雪白的墙壁,一片片耀目的镜面,上楣和装饰线条上的贴金,紧紧地牵着狗的、双颊丰满的侍童们,对栖息在自己拳头上的鹰隼微笑的贵妇人们,头上顶着水果、馅饼和野味的仙女们和女神们,端出盛有牛奶浓茶的小小双耳壶或者盛着多味冰淇淋的二色方尖形盅的赫柏们和伽倪墨得斯们[①];一切历史和神话都被用来为大吃大喝服务了。

---

[*] 一八六四年七月二日发表于《巴黎生活》时,未署作者名。后又发表于同年十二月二十五日的《巴黎评论》。主题为相爱者之间的不理解(参看第十一首《野蛮的女人和装模作样的女郎》)和对受虐待的穷人的同情(参看第二首、第十三首和第五十首)。

[①] 赫柏,希腊神话中为众神斟酒的青春女神。伽倪墨得斯,希腊神话中宙斯的酒僮。此处指男女服务员。

恶之花 巴黎的忧郁 | 379

正好在我们对面，在马路上，呆立着一个四十岁左右的正直的人，面色疲惫，胡须灰白，一只手搀着一个小男孩，另一只手抱着一个过分虚弱、不能走路的幼儿。他是在充当保姆，把孩子带出来吸吸晚间的空气。他们都穿得破破烂烂。三人的脸色都非常严肃，六只眼睛紧盯着新开的咖啡馆，露出同样的惊叹的神情，只不过由于年龄的差异而有些细微的差别罢了。

父亲的眼睛像在说："多好看！多好看！仿佛把可怜的世界上的一切黄金都装在这些墙上了。"——小男孩的眼睛像在说："多好看！多好看！可是这房子，只有跟我们不一样的人才能进去。"——至于那个幼儿的眼睛，已看得过分入迷，除了惊呆的深深的喜悦，再也无所表现了。

歌曲作者们曾说：欢乐使灵魂变得善良，使人心软。[①]这句歌词，对那天晚上的我，是颇为恰当的。我不仅被这一家人的眼睛所感动，而且为我们的那些对于解渴来说显得太大的酒杯和酒瓶感到有些惭愧。我转过眼睛，对着你的眼睛，亲爱的恋人，想从中看出我的想法；我沉浸在你那双如此美丽又如此异样的含情脉脉的眼睛里，沉浸在你那双由"任性"占据、由"月神卢娜"赋予灵感的绿色的眼睛里，那时，你却对我说："这些人张着的大眼睛，活像能通车辆的大门，真令我难以忍受！你不能要求咖啡店的服务员领班叫他们离开此处吗？"

相互了解竟然如此困难，我亲爱的天使，思想竟如此不能沟通，即使在相爱者之间！

---

① 使这种思想得以广泛流传的，是当时的通俗作家柯克（Charles-Paul de Kock，1793—1871）。

27 悲壮的死*

方希乌尔是一个令人赞赏的小丑,而且几乎是国王的朋友之一。可是,对于以献身喜剧谋生的人,严肃的事情却有不可抗拒的魔力,祖国和自由的观念横占了一个丑角的头脑,尽管这事会令人觉得奇怪,然而,有一天,方希乌尔竟参与了由几个心怀不满的贵族所策划的阴谋。

对这些想废黜君主、不经过磋商就想进行社会改革的性情乖张的分子,到处自有善良的人向当局检举。有关的贵族都被逮捕,方希乌尔也不例外,他们当然被判了死罪。

我很自然地相信,国王看到他宠爱的喜剧演员也在叛逆者之中,几乎怒不可遏。这位国王,比其他君主,不更好,也不更坏;但由于他过度敏感,他在很多场合,比跟他同样地位的一切君主更加残酷,更加专制。作为热情的艺术爱好者,而且又是个出色的内行,他寻求快乐,真是永难满足。关于人事和道德,他倒满不在乎,他本身是个真正的艺术家,除了无聊,不知道还有什么危险的大敌。看到他为了逃避或者克服这种世间的恶霸而做出的种种奇妙的努力,严厉的历史学家肯定要送给他"怪物"的外号,如果在史学的领土以内,允许他们写下一切,而并不仅限于描写快乐或是惊奇,惊奇也是快乐的最微妙的形式之一。这位国王的最大不幸乃是他从没有一个足够发挥他的才能的广大的舞台。有不

---

* 本诗最初发表于一八六三年十月十日的《内外评论》,后又发表于一八六四年十一月一日的《艺术家》。有人说它的主题和结构跟爱伦·坡的小说《跳蛙》,亦说跟《红色死亡假面舞会》相似。

少后辈的尼禄[①]皇帝就这样闷死在过于狭窄的界限之中，使他的名字和善意在后世永远默默无闻。无先见之明的天公偏赋予这位国王比他的国家更大的才能。

突然流传一个消息，统治者要对所有的谋反者开恩特赦；这个消息来源于一场特别演出的广告，说方希乌尔要在那天演一出他的最拿手的好戏，而且，据说，连那些被判罪的贵族也要出席观看；一些智力浅薄者还补充说，这就是被冒犯的国王具有宽宏大量的本性的明证。

对于一位在天性和意志方面有如此怪癖的人，不管是行善，不管是宽大，干什么都有可能，特别是当他有希望能从中获得意想不到的快乐之时。可是，在像我这样能更深刻地洞察这个奇妙病态的灵魂深处的人看来，更可能的是，这位国王是想鉴定一下一个被判死罪者的舞台上的才能。他想借此机会做一次具有重大兴趣的生理学实验，检验一位艺术家的惯常的才能会被他所处的异常状态改变或是削弱到何种程度；此外，在他的心灵里是否存在着或多或少出于宽恕的意图？这一点是永远弄不清楚的。

终于，那个重大的日子来到了，这个小小的宫廷极尽铺张之能事，一个资源有限的小国的特权阶级，竟能摆出够得上真正的盛典的豪华场面，若不是亲眼目睹，是很难想象得出的。这是双重的真正的盛典，首先是由于它所炫耀的豪奢的魅力，其次是由于随之而引起的神秘的心理上的兴趣。

方希乌尔先生特别擅长扮演哑剧或者说话很少的角色，这在以象征手法表现人生奥秘的神话剧中常常是主角。他登

[①] 尼禄 (Nero Claudius Caesar, 37—68)，罗马皇帝 (54—68)，以放荡、残暴出名。尼禄杀妻弑母，赐死老师塞涅卡，大肆捕杀基督徒。他以才子艺人自居，常吟诗奏乐，登台演出，参加比赛。

上舞台，非常轻松，十分自如，这在贵族观众之中，具有增强柔和宽容的观念的作用。

当我们谈到一个演员，说"这是一位好演员"时，我们是在使用一句惯用的套语，意味着：在扮演的角色后面，还可以辨别出演员本人，也就是说，他的演技、功夫、意志。可是，如果一个演员，在他所要表现的角色方面，能成功地达到那种境地：就像那些奇迹般地栩栩如生的、逼真的、能行走、能观看的古代最杰出的雕像一样，达到了"美"的一般的模糊概念的要求，这也许是一种完全出乎意外的情况。那天晚上，方希乌尔的演技完全达到美的理想化，不能不使人认为这种理想是活生生的、可能的、现实的。这位小丑走来走去，哭着，笑着，抽搐着，在他头部四周现出不灭的光轮，这种光轮，大家都看不到，我却看得见，其中有"艺术"的光彩和"殉教者"的荣光混合成奇妙的融合体。方希乌尔，我不知道他获得什么特殊恩宠，竟把神圣的和超自然的东西一直引进最荒诞的滑稽里面。当我现在力图向你们描述那难忘的一晚时，我的笔在颤抖，永远铭记着的感动使我的眼泪夺眶而出。方希乌尔以不容置辩的断然手法向我证明：对"艺术"的陶醉，比其他一切更能充分掩盖掉对深渊的恐怖；天才在坟墓之旁，也能怀着对坟墓视而不见的快乐，像他那样，沉迷在把坟墓和毁灭的观念全都排除掉的乐园里演他的戏。

全体观众，不管他们怎样麻木和肤浅，立刻受到艺术家的全能的支配。没有一个人再想到死亡、哀悼和酷刑。人人都不再担心，全都沉醉在由于看到活生生的艺术的杰作而感到的无限快乐之中。爆发出的欢呼赞叹之声一次又一次地震撼着建筑物的拱顶，就像经久不停的雷霆的声势一样。连国王本人也看得入迷，跟他的朝臣们一起鼓掌。

可是，在明眼人看来，他那样陶醉，并不是不含有杂念的。他感到他的专制的权力遭到失败了吗？他那使人心吓破、使人精神迟钝的领导艺术遭到挫败了吗？他的希望落空，他的预料受到嘲笑了吗？这种不能证明是确有道理、可也不是绝对没有道理的想象，在我观察国王的脸色时，闪过我的脑海，只见他的脸上，在本来的苍白色上面，又不断地增添上新的苍白色，仿佛雪上添雪一样。他的嘴唇闭得越来越紧，他的眼睛闪着就像内心里含有嫉妒和仇恨的火焰，尽管他表面上还在为他那面临死亡、作着精彩表演的不寻常的小丑、他的老朋友的才能鼓掌。过了一会儿，我看到陛下欠身对站在他后面的一个小侍童低声耳语。那个美少年的调皮的面部表情闪着笑容；他随即迅速离开国王的包厢，仿佛要去完成一桩紧急任务。

几分钟之后，一声又尖又长的喝倒彩的口哨声打断了方希乌尔在最精彩的时刻的表演，同时撕裂着观众的耳鼓和内心。从那发出这种意想不到的喝倒彩的观众座位之处，一个少年，强忍住笑声，急急忙忙地逃到走廊里去了。

方希乌尔，大受震惊，恍如从梦中醒来，先闭上眼睛，随后又几乎立刻把眼睛张开，张得极大极大，接着又张开嘴巴，像要抽搐着透气，微微向前，又微微向后摇晃了一下，随即直挺挺地倒在舞台上死去了。

那像利剑一样迅急的口哨声，就这样在实际上越俎代庖、执行了刽子手的任务吗？国王本人已预先察知到他的诡诈具有完全杀人的效力吗？这是容许怀疑的。他可曾惋惜他的亲爱的、无与伦比的方希乌尔？相信这一点，是令人愉快而且是合情合理的。

那些犯罪的贵族最后一次欣赏了喜剧演出。他们就在当夜被夺去了生命。

从那时以后，也曾有过在各个不同的国家受到公正的好评的许多哑剧演员来到×××的宫廷演戏；可是，在他们当中，没有一个能及得上方希乌尔的杰出的才能，也没有人能荣获到同样的宠爱。

28　假币[*]

我们离开烟店以后,我的朋友把他的钱币仔细拣选了一下:把小金币塞进背心的左面口袋里;把小银币塞进背心的右面口袋里;又把一大把铜币塞进左面的裤袋里;最后,把一块两法郎的银币特别细看了一下,放进右面裤袋里。

"他分得真是仔细而奇怪啊!"我自言自语道。

我们遇到一个乞丐,颤抖的手拿着帽子向我们伸过来——我不知道还有什么比这更使人感到不安的事情:他那双乞怜的眼睛的无言的神情,感情容易冲动的人能从中看出它含有那么多的谦卑,同时也含有那么多的责备之意,从中又可以看出某种类似从一只被鞭打的狗的泪眼里看到的深潜的复杂感情。

我的朋友的施舍比我的超过许多,我对他说道:"你是对的;除了吃惊时的喜悦,再没有比使别人惊奇更大的喜悦了。"——"这是一枚假币。"他平静地回答我,好像为他的大手大脚辩护。

可是,在我这总是忙着自寻烦恼的可怜的脑子里(大自然赠给我什么一种讨厌的才能啊!),突然发生一个想法,我的朋友的这种行为,只有当他想在那个可怜虫的生活中制

---

[*] 这首散文诗曾发表于一八六四年十一月一日的《艺术家》、同年十二月二十五日的《巴黎评论》和一八六六年六月一日的《十九世纪评论》。在论文《异教派》(发表于一八五二年一月二十二日的《演剧周报》)中有如下一段有关的记述:"我记得听人说过,有个诙谐的艺术家,他在收到一枚伪币时,说道,我留给穷人用吧。这个卑鄙的男子,从穷人处进行盗窃,同时又坐收慈善的美名,而由此感到残暴的快乐。"

造一桩重大事件，或许想知道一枚假币在一个乞丐手里会产生不幸的或是别的什么种种后果时，才是可以宽恕的。这枚假币不能换到很多的真币吗？它不也会导致他去坐牢吗？例如一个小酒店老板，一个面包铺老板，也许会去告发，让他被抓起来，说他是假币制造者或是假币使用者。同样，这枚假币，对一个可怜的小投机者，或许会成为他在几天里变为暴发户的基因。我的幻想就这样飞驰着，给我的朋友的思想添上翅膀，从一切可能的假设推出一切可能的结论。

可是，这位朋友突然打断了我的幻想，把我自己说过的话重复了一遍："是的，你是对的：再没有比给人超出他希望以外的东西而使他感到惊奇的这件乐事更大的喜悦了。"

我死盯住他看看，看到他的眼睛闪着一种无可置疑的坦率的光辉，感到大吃一惊。我这才清楚地看出：他是想做一桩大善事，同时又想做一件好买卖；赚到四十个苏[①]和天主的圣心；节俭地跨进天堂；最后，不花一文钱而巧取到慈善家的合格证书。我刚才还猜想可能是他想要获得犯罪的喜悦而几乎原谅他；他损害穷人以自娱，我还会感到有点稀奇古怪；可是现在，对他的这种荒唐的打算，我绝不会原谅他。存坏心是绝不能宽恕的，不过，知道干的是坏事，还有一些可取之处；最不可救药的罪恶乃是出于无知而作恶。

---

① 四十个苏相当于两个法郎。

29　慷慨的赌徒*

　　昨天，穿过林荫道上的人群，我觉得有个神秘的人和我擦肩而过，这是一位我老想认识的人，尽管我从未见到过他，我却立即把他认了出来。在他那方面，大概也有同样的愿望要跟我结识。因为，他在走过时，向我使了一个具有含义的眼色，我急忙遵旨行事。我小心地跟随着他，不久，我就跟他走进一处令人眼花缭乱的地下住所，那儿显示出的豪华，是巴黎任何一座地上的住宅都比不上的。我感到奇怪，我常常打这座富有魅力的销金窟旁边走过，竟然没有发现它的入口处。那里面充满美味的气氛，尽管有点醉人，它几乎在顷刻之间就使人忘掉浮生中的一切可恶的恐怖；在那里呼吸到的，乃是十足的真福，就像那些吃了忘忧果①的人们该体会到的感受一样：当他们下船后，登上一座照着永远的午后阳光的迷人的岛屿，听到悦耳的瀑布传来令人昏昏欲睡的声音，他们觉得心里产生了这样的愿望：永不想再见到他们的故乡、他们的妻子儿女，也不想再去乘风破浪。

　　那儿有许多男男女女，奇异的脸上显示出不可抗拒的美，我好像曾经见到过，但记不准是在何时何处了。这些面孔，在我心里唤起的，与其说是在跟陌生人初次见面时通常所产生的恐怖，不如说是一种兄弟般的好感。如果我要试用

---

* 这首散文诗曾发表于一八六四年二月七日的《费加罗报》、一八六六年六月一日的《十九世纪评论》（当时题名《恶魔》）。主题跟第二十一篇《诱惑或爱神、财神、荣誉女神》类似。
① 忘忧果，荷马《奥德修纪》第九歌叙述奥德修漂流到一个岛上，他的伙伴们吃了岛民给他们的忘忧果，就不想回家了。

任何一种方式来给他们的眼光的奇特表情作一番说明，我会说：我从未见过有任何眼睛更强烈地闪着对无聊的恐惧和对生存意识的永远渴望的光辉。

我的东道主和我，在就座时，已经完全成了老朋友。我们吃着，我们过量地喝着各种珍奇的酒，而不无奇异的是，我觉得，过了几小时以后，我并不比他更醉得厉害。可是，赌博，这种非凡的快乐，时时中断了我们的痛饮，我不能不坦白说出，我是以一种满不在乎和英雄的轻率态度，在决定胜负的第三局，把我的灵魂押作赌注而输掉了。灵魂是一个如此捉摸不到的东西，常常百无一用，有时又是如此令人讨厌，我把它输掉，比我在散步时忘记把名片放在哪里还觉得更加无所谓哩。

我们长时间抽了几支雪茄，那种无比的烟味和香气使我的心灵怀念起未知的幸福和国土；我沉醉在这一切欢乐之中，进入一种看来不会引起他不高兴的亲热阶段，我突然举起斟得满满的酒杯，大胆叫道："祝你永远健康，老山羊！"

我们也谈论宇宙，谈起宇宙的创造和它的未来的毁灭，谈到本世纪的伟大思想，也就是进步论①和可臻完善论②，还有通常使人醉心的一切模式。在关于后一种主题方面，他阁下滔滔不绝地说出轻松的、不可辩驳的玩笑话，他在表达他的思想时所用的美妙的措辞和沉静的风趣，是我在任何最有名的通达人情的健谈者当中从未见到过的。他对我说明直到目前占据人们头脑的各种哲学的荒谬，甚至承蒙他不弃，向我吐露出一些基本原理，对这些原理的占有和获益，我是不

---

① 进步论，人类社会会不断前进的观点。
② 可臻完善论，一种认为人可在现世达到道德、宗教、社会等方面圆满完善境地的观点。

想跟任何人分享的。他对他在世界各地所蒙受的恶评没有半句怨言,他向我断言,他本人是最关心破除迷信的人,他又对我招认,他对他自己的能力,只有一次感到害怕过,那是在某日,他听到一位比其同道们更加精明的传教士在讲道台上大声叫道:"我亲爱的弟兄们,当你们听人赞扬文明的进步时,绝不要忘记,魔鬼的最高明的诡计乃在于使你们相信魔鬼并不存在!"

一回想起这位著名的讲道者,自然而然地就把我们引到科学院的问题上来。我这位奇怪的共餐者对我肯定地说,在很多情况下,他并没有不屑给学究们的笔头、语言和良心予以鼓励,而且对一切科学院会议,差不多总是亲自出席,尽管不为人所见。

在这种好意的鼓舞之下,我向他打听上帝的消息,问他最近可曾见到过上帝。他以一种略带点忧戚的漫不经心的口吻回答我说:"我们碰到时,互相打了招呼,可是,却像两位年老的贵族,在他们之间,天赋的礼貌并不能完全拭去宿怨的回忆。"

他这位阁下对一介凡夫可曾有过先例,惠赐如此长时间的接见,这倒是个疑问,我深怕过分滥用这种殊宠。终于,当颤巍巍的曙光把窗玻璃照得发白的时候,这位由那么多的哲学家在无意之中为他的荣誉大动脑筋而为他服务,又有那么多的诗人歌颂的著名人物对我说道:"我想让你留下对我的美好的回忆,并且向你证明,我,尽管有那么多的人说我的坏话,可是,我有时却是——借用你们的一个俗语来说——一个老好人①。为了补偿你输掉灵魂的无可挽回的损

---

① 老好人,原文 bon diable,字面直译为"善良的魔鬼"。

失,我将给你赌本,如果你交运,你会赢得一种可能性,也就是说,在你整个一生之中,减轻和战胜你得'无聊'怪病的可能性,这种'无聊'乃是你的一切疾病的病根,你的一切惨况的发展的根源。今后你的任何愿望,如果没有我帮你实现,你绝不能独力如愿以偿;在你的同类的庸夫俗子之中,你将高高在上;你将被人奉承,甚至受人崇拜;黄金、白银、金刚石、仙境似的宫殿,都要来找你,求你收下它们,毋需你费举手之劳;你可以听命于你的幻想,常常调换祖国和地方;你将陶醉于快乐之中,毫无厌倦,置身于那些迷人的地方,那里,天气总是暖和,女人身上发出像鲜花一样好闻的香气,等等等等……"接着,他站起身来,露出亲切的微笑,把我打发走了。

如果不是害怕在这大庭广众之间使我丢脸,我真会心甘情愿地拜倒在这位慷慨的赌徒足下,感谢他的异乎寻常的豪爽。可是,当我离开他以后,医不好的疑心病又渐渐地在我胸中复发,我再也不敢相信这种奇迹般的幸福。在我上床时,我依然按照遗留下来的愚蠢的习惯做我的祷告,我在半睡半醒状态之中反复念道:"我的天主!主啊,我的天主!请你让魔鬼对我遵守诺言!"

30 绳子*

——献给爱德华·马奈*

"幻觉,"我的朋友对我说,"也许是数不清的,就像人与人之间或是人与各种事物之间的关系一样。幻觉一旦消失,也就是说,当我们看到人或事实以其存在于我们外界的本来面目出现时,我们就产生一种奇怪的复杂化的感觉,一半是由于对消失了的幻象感到的惋惜,一半是由于面对新奇事物、面对真正的事实感到的可喜的惊奇。如果真有一种明显的、通常的、永远同样的、具有绝不可能搞错的性质的现象存在,这就是母爱。一位母亲没有母爱,就像光没有热,是难以令人想象的。一位母亲对自己的孩子所做的、所说的一切,都应归之于母爱,这不是完全合乎情理的吗?可是,请听我说这个小故事,我已被最逼真的幻觉奇妙地迷惑住了。

"我的作画职业迫使我对那些在我的路上出现的人们的面孔和容貌进行仔细的观察,我们有一种才能,使我们看到的生活,比别人所见的,更加生动,更有意义,你知道,我们从这种才能中获得什么样的快乐。在我居住的那个偏僻的地区,在那还有一片片长满青草的空地把各个建筑物隔开的地方,我常常对一个孩子进行观察,他那热情

---

* 这首散文诗曾发表于一八六四年二月七日的《费加罗报》和同年十一月一日的《艺术家》,以及一八六六年六月十二日的《事件》。马奈的油画《淘气鬼》即以本散文诗中的主人公为原型创作。

的顽皮的面部表情，比起其他一切孩子，首先吸引住我。他曾不止一次充当我的模特儿，有时我把他画成小小的流浪者，有时画成天使，有时画成神话中的小爱神。我曾让他拿着江湖艺人的小提琴，戴上受难耶稣的荆冠而插上铁钉，又曾让他擎着爱神的火炬。①我从这孩子的有趣的动作中获得极大的满足。终于，有一天，我要求他的父母，那两个穷人，同意把他让给我，答应给他穿上好衣服，给他一点钱，除了给我洗洗画笔、跑跑腿之外，不叫他干别的苦活。这个孩子，把脸洗干净后，变得很可爱，他跟我一起过的生活，比起在他父母的破房子里受苦的日子，对他来说真像进入了天堂。不过，我必须说明，这个小娃娃，有时出现过早发展的哀伤的奇妙发作，使我很吃惊。而且不久，他就暴露出对糖和酒的过分嗜好，以致有一天，尽管我曾多次警告过，他又犯了另一次偷窃的老毛病而被我当场捉住。我恐吓他，说要把他送回他的父母身边去。随后，我出门去了，我的事务使我在外面耽搁了很久，没有回家。

"等我后来回到家里，最初映入眼帘的，就是我的小娃娃，我的生活中的顽皮的伙伴，吊在壁橱的镜板上，我是怎样害怕和吃惊啊！他的脚几乎要碰到地板；一只椅子倒在旁边，大概是被他用脚踢翻的；他的头痉挛地歪向一侧的肩头；他的脸，肿了起来；他的眼睛，张得很大，露出可怕的凝视的样子。开始时，我有一种幻觉，好像他还活着。把他放下来，并不像你能想象的那样容易。他已经非常僵硬，如果粗暴地让他摔在地上，会使我觉得难言的厌恶。

---

① 希腊神话中的爱神厄洛斯即罗马神话中的丘比特，其形象为长着金翅的少年或儿童，张弓搭箭，背负箭筒，有时手持火炬。

必须用一只手臂把他全身托住，再用另一只手去割断绳子。可是，这样干了，还没有完全了结，这个小怪物使用的是一根很细的绳子，它已深深地嵌进肉里，现在我必须用小剪刀，寻找出夹在两块肿起的浮肉之间的绳子，从他的脖子上剪掉。

"我忘记告诉你，我曾迅速大声呼救；可是，我的所有的邻人都不肯前来相助，他们遵照文明人的习惯，也不知是什么道理，从不愿意插手上吊的事情。最后，来了一位医生，他宣称，这孩子已经死了好几个小时。以后，当我们要给他脱下衣服以便裹上尸布时，他的尸体是那样僵硬，无法把他的四肢弯起，只得把他的衣服扯开、剪掉，从他身上脱下来。

"我当然要把这桩意外事件报告警察局长，他斜着眼睛看着我，对我说：'这是个可疑的案件！'他这样说的动机，无疑是出于根深蒂固的愿望和职业习惯，对无辜者和犯罪者都要同样碰碰运气进行恐吓。

"还有最后一件大事要做，只要一想到这点，就使我诚惶诚恐：这就是必须通知他的父母。可是，我的腿却不听使唤，不肯带我前去。最后，我鼓起了勇气。然而，使我大为惊奇的是：做母亲的却无动于衷，她的眼角里连一滴泪水都没有渗出。我认为，她一定是感到恐怖，才出现这种怪事。这使我想起一句众所周知的格言：最可怕的痛苦，乃是无言的痛苦！至于那位父亲，他露出一半发呆、一半迷惘的神态，只是说了这样的话：'归根到底，这样也许最好；他反正是不得好死的！'

"可是，当尸体被放在我的长沙发上，在一个女仆的帮助之下，我正忙着准备后事时，那位母亲走进我的画室。她说，她要看一看孩子的尸体。我实在无法阻止她沉醉于她的不幸之中，不能拒绝给她最后的凄惨的安慰。接着，她要求我指给她看看她孩子上吊的地方。'哦！别看吧！太太，'我回道，'这会使你伤心的。'当我的眼睛无意之中转向那个阴惨的壁橱时，看到那只钉子依然钉在橱板上，一段长绳还拖在那里，我感到一阵混杂着恐怖和愤怒的厌恶之情。我赶快冲过去，拔掉不幸事件的最后的遗迹，而当我要把它们从打开着的窗子那边扔出去时，那个可怜的女人抓住我的手臂，用一种使我受不了的声音对我说：'哦！先生！把这留给我吧！我请求您！我恳求您！'我觉得，一定是她的绝望心情使她变得那样失常，以致现在对她儿子用来寻死的工具感到偏爱，想留作可怖的宝贵纪念品。——随即，她把钉子和绳子夺过去了。

"最后！最后！一切后事都办妥了。我只有比平常更加热烈地继续投入工作，以便把那萦回在我脑海深处的小尸体逐渐忘掉，他的阴魂张着大眼睛盯着我，真使我厌烦。可是，第二天，我收到好多封信：有的是本大楼的房客写来的；另一些是附近几幢楼房的房客写来的。一封来自二楼，一封来自三楼，另一封来自四楼，其他各层楼都有；有些信，用的是半开玩笑的文笔，仿佛要用表面的打趣掩盖其真心的要求；另一些信写得极不要脸，别字连篇；可是，所有的信都有一个同样的目的，就是说，要从我这里获得一段不祥的而又会给人降福的绳子。在署名上，我不得不实说，女的比男的多。可是，请相信我，所有的人并非都属于最低的下层阶级。我把这些信都保存起来。

"那时，突然间，我的脑子里闪过一道亮光，我才弄明白为什么那位母亲一定要从我手里夺去那一段绳子以及她想用什么交易安慰自己。"①

---

① 本诗在《艺术家》上发表时,结尾还有如下一段:"当然啰!我回答我的朋友说,上吊的绳子,平均一分米值一百法郎,如果人人按能力付钱,一米可得一千法郎。这对那位可怜的母亲,乃是现实的、有效的宽慰。"

31 天资[*]

在金色的彩云像移动着的陆地一样漂浮着的、已经染成浅绿色的天空之下，在秋季的太阳似乎还恋恋不舍、要在那里多停留一会儿的一座美丽的花园里，四个漂亮的孩子，四个男孩，大概是玩腻了，在互相交谈。

一个说："昨天，我被带去看戏。在衬托着海和天的背景的那些又大又凄凉的宫殿里，有些男人和女人，严肃而又忧伤，可是，比我们在各处看到的人们穿得更好、更漂亮，他们用悦耳的嗓音谈话。他们互相威胁，他们在恳求，他们在发愁，而且他们常把手按在插在腰带上的匕首上面。啊！真是非常精彩！那些女人，比那些到我们家来看望我们的女客要好看得多，高大得多，尽管由于凹陷的大眼睛和红得像火烧似的面颊，使她们显出可怕的样子，却使人不由得不喜爱她们。你觉得害怕，你禁不住要哭，可是你还是很满意……而且，更奇怪的是，他们使你也想穿上他们那样的衣服，说他们那样的话，做他们那样的事，用他们那样的声调交谈……"[①]

四个孩子中的一个，他已有好一会儿不再听他的同伴谈话，只是惊奇地盯视着天空里的不知哪一点，这时突然说

---

[*] 这首散文诗于一八六二年拟交《新闻报》（主编为阿尔塞纳·乌塞）发表，遭到拒绝，后拟在一八六四年一月的《自由主义评论》上发表，主编爱德华·勒·巴比埃要求删去一部分，结果亦未能达成协议。最后发表于同年二月十四日的《费加罗报》。争端在于第三个孩子所说的话。

[①] 第一个孩子对演戏有兴趣，在这里表达出他的幻想。将来他可能走上演员的道路。波德莱尔在《赤裸的心》中说他童年时常想当喜剧演员。

道:"瞧啊,瞧那边!……你们看到他了吗?他坐在那一朵小小的孤云上,那一朵火红色的小小的云在缓缓移动。他也在移动,仿佛他在凝望着我们。"

"到底是谁啊?"其他的孩子们问道。

"天主!"他用完全确信的语气回答,"啊!他已经离得很远了;过一会儿,你们就不能再看到他了。他大概是在周游列国。噢,他就要走到几乎在地平线那边的一排树木后面去了……现在,他降落到钟楼后面去了……啊!再也看不到他了!"这个孩子转面朝着那个方向待了好长时间,盯视着把天和地分开的那条线,眼睛里闪着难以言传的表情,像是出神,又像在惋惜。①

"真是蠢货,他在谈着只有他自己一个人能看到的天主!"这时,开口的是第三个孩子,他那小小的身体,显出异样的生气和活力。"我呀,我要来跟你们讲讲我所碰到的事情,这是你们从未碰到过的,比你们的戏院和云稍许有趣一些……几天以前,我的爸妈带我一同去旅行,在我们住宿的旅馆里,由于床位不够,决定让我跟保姆同睡一张床。"他把同伴们拉近身旁,放低声音说道:"不是独个儿睡,而是在黑暗中跟保姆同睡一床,听我告诉你们!这真令人产生奇妙的感觉。由于我睡不着,我就趁她睡着时,把手伸到她的臂膀、脖子和肩膀上抚摸着玩弄。她的臂膀和脖子比其他女人胖得多,皮肤是那样柔滑,像信纸或薄纸一样。我摸得那样高兴,真会继续摸个好长时间,要不是害怕,首先是怕惊醒她,另外我自己也不知道怕的什么。后来,我把头埋到她

---

① 第二个孩子表达出他对于天主的憧憬和茫漠的爱。将来他可能成为虔诚的基督徒或者神职人员。波德莱尔在《赤裸的心》里说:"童年时,我常想当罗马教皇。"他又说过:"从童年起,我就倾向神秘,我跟上帝对话。"

的头发里，头发披在她的背后，浓密得像马鬃毛，气味也很香，我敢向你们担保，就像此时此地花园里的各种花一样。你们如果有机会，像我一样去试试，就会明白!"

这段奇闻的年幼作者，在叙述时，双目圆睁，似乎还因那一段经历感到惊愕，落日的斜晖掠过他蓬乱的红棕色环形鬈发，把它照得像是激情的硫黄质的光轮。这个孩子，他不会向云中寻找天主而贻误一生，他将常到别处去发现他，这一点是很容易猜想得出的。①

最后，第四个孩子说道："你们知道，我很少在家里玩；他们也从不带我去看戏；我的监护人太吝啬；天主不关心我和我的无聊，我也没有一个漂亮的保姆悉心照料我。我常常觉得，我的乐趣就在于永远一直往前走，不知道往何处去，不要有任何人为此担心，永远去看看一些新的国土。不管在哪里，我总感到不舒服，我常常认为，离开我现在待着的地方，到任何一处地方去，总会感到更自在些。好啦! 在邻村的上次集市上，我看到三个男人，他们正过着我想过的那种生活。你们，谁也没有留心过。他们个子高大，皮肤几乎是黑色的，尽管衣衫褴褛，却很傲慢，露出不需要任何人帮助的样子。他们演奏音乐时，阴郁的大眼睛就突然变得炯炯有神。那种音乐如此令人惊奇，使你听了，一会儿想跳舞，一会儿想哭，或者使你既想跳舞，同时又想哭，如果听得太久，会使你发狂。其中的一个，拿着琴弓拉小提琴，像在倾诉他的哀愁；另一个，把系着皮带的小洋琴吊在脖子上，用小锤在琴弦上敲来敲去，像在嘲笑他的同伴的悲叹；而那第

---

① 第三个孩子显示出性的早熟。将来他可能成为登徒子。波德莱尔在《火箭》中自己承认："我爱女人是早熟的。我闻到皮衣的香味就像闻到女人的香味。我记得……最后，我爱我母亲，是由于她漂亮。因此，我是个早熟的纨绔子。"

恶之花 巴黎的忧郁 | 399

三个人,却不时地拼命敲着铙钹。他们是那样洋洋自得,甚至在观众星散之后,还继续演奏他们野蛮的音乐。最后,他们把观众赏的小钱拾起来,把行囊背在背上,径自走了。而我,想知道他们住在哪里,就远远地跟着他们,一直走到森林边缘,到那里我才知道,他们没有一定的住处。

"那时,他们中的一个人说道:'要不要撑起帐篷?'

"'肯定用不着!'另一个回答说,'这夜色多美!'

"第三个人数着收到的钱说道:'这里的人不懂音乐,他们的老婆跳起舞来就像狗熊。幸而,要不了一个月,我们就会赶到奥地利,在那里,我们就会碰到比较令人喜爱的观众啦!'

"'也许我们去西班牙更好些,因为季节在变换;趁雨季还没来赶紧跑掉吧,现在只求润润喉咙就行啦。'另两人中的一个这样说。

"你们瞧,一切我都记住了。后来,他们各自喝了一杯烧酒,就转面向着星空睡去了。①我最初曾想恳求他们把我一起带走,教我弹奏他们的乐器;可是,我不敢这样做,也许因为,不管干什么事情,要下定决心总是很难的,而且也因为我害怕在离开法国以前就会被抓回来。"

其他三个同伴所表现的不大感兴趣的样子使我想到这个小家伙已经是个不被理解者。我对他仔细观察了一下:在他的眼中和他的额上有某种必然会招致不幸的早熟迹象,这种早熟,通常难以获得别人的同情,可是,不知道什么缘故,却激起我的同情心,使我一下子发出奇想,认为我竟会有一

---

① 这一段描写跟《恶之花》中《旅行的波希米亚人》主题相似。

个我自己不认识的弟弟。①

太阳落下去了。庄严的夜色取而代之。孩子们分手了,每一个都不自知地要顺从环境和机遇,去完成自己的命运,引起近亲的愤慨,向着光荣或是耻辱的方向走去。

---

① 第四个孩子显示出对旅行的爱好,类似《恶之花》中《旅行》一诗最后一节"跳进未知之国的深部去猎获新奇"的愿望。

32 酒神杖[*]

——献给弗朗茨·李斯特[①]

什么是酒神杖？按照精神上的和诗的意义，它是圣职的象征，由男祭司或女祭司们拿在手里颂扬神道，而他们就是神道的传话人和奉祀者。可是，从物质上说来，它只是一根手杖，纯粹的手杖，一根忽布[②]撑杆，葡萄树的支柱，又干，又硬，而且笔直。在这根手杖的周围，茎和花，纷然杂陈，屈曲盘绕，嬉戏玩乐，有的弯弯扭扭，像要逃跑，有的下垂着，像吊钟或是翻转的酒杯。从这种柔和的或是鲜明的、线条和色彩的错综复杂之中迸发出一种令人惊叹的荣光。这不是仿佛曲线和螺线向直线求爱，在其周围翩翩舞蹈以表示无言的爱慕吗？这不是仿佛所有的优美的花冠、所有的花萼、色与香的迸发，在圣事杖周围，大跳其神秘的凡丹戈舞[③]吗？可是，究竟是这些花和葡萄蔓为神杖而生，还是

---

[*] 本诗曾发表于一八六三年十二月十日的《内外评论》。酒神杖，希腊神话中酒神狄俄倪索斯及其随从的标志，一根绕着常青藤、葡萄枝叶，顶端有一颗罗汉松果的手杖。在酒神节举行盛大游行时，参加游行的男男女女也拿着酒神杖，并且头戴常春藤冠。波德莱尔在《人工乐园》的《鸦片服用者》一章中谈到英国作家德·昆西（de Quincey, 1785—1859）时，这样写道："德·昆西本质上是个爱东拉西扯的人……他在某一段，把自己的思想比作一根酒神杖，单单这一根杖，把他的特征和他的魅力，从覆盖杖身的错综复杂的枝叶丛中完全无遗地显露出来。"

[①] 弗朗茨·李斯特（Franz Liszt, 1811—1886），匈牙利作曲家、钢琴家、指挥家。波德莱尔对他特别敬爱，一八六〇年曾将《人工乐园》一书送给他。李斯特也在一八六一年将其研究著作《波希米亚人和匈牙利境内的他们的音乐》送给诗人。

[②] 忽布，一种植物，亦称蛇麻草，其果名蛇麻子或啤酒花，可用以增加啤酒的苦味。

[③] 凡丹戈舞，一种西班牙民间舞蹈，以响板伴奏。

神杖只是作为借口来显示葡萄蔓和花的优美,又有哪个轻率的凡夫敢来断定呢?享有权威的、受人崇敬的大师,赞颂神秘的和热情的"美"的亲爱的酒神信徒①,酒神杖就是你的可惊的二重性的具体化。被无敌的酒神激怒的水泽神女在她那些疯狂的同伴们的头上挥舞她的酒神杖时,也从没有一次像你在你同胞的心上发挥你的天才时那样充满精力和变幻莫测。——这根杖,就是你的意志,又直,又坚定,不可动摇;这些花,就是围绕着你的意志的、你的幻想的漫游,就是女性在男性周围所跳的迷人的单足脚尖旋转舞。直线和阿拉伯式花纹曲线、意图和表现、意志的坚定不移、言语的迂回曲折、目的的一致、方式的多样、天才的不可分割的、强力的混合,有哪位分析家会有可憎的勇气来对你进行划分和分离呢?

亲爱的李斯特,穿过迷雾,越过河川,在那些有无数钢琴颂扬你的荣名、有印刷厂翻印你的才智的城市那边,不管你在何处,在永恒之城②的繁华境地,或是康布里努斯王③惠赐安慰的那些梦乡④的雾中,即兴创作欢乐的或是无比哀伤的歌曲,或是把你的深奥的沉思寄托在纸上。你啊,永远的"快乐"和"苦恼"的歌手、哲学家、诗人和艺术家,我祝你永远不朽!

---

① 艺术原理(或艺术冲动)上有两种类型的概念:阿波罗型的艺术是梦想的、静观的,如造型美术;狄俄倪索斯型的艺术是陶醉的、激情的,音乐、舞蹈本质上即属此型。李斯特是音乐家,故称他为酒神信徒。
② 罗马有永恒之城的美称。李斯特于一八六一年迁居罗马。
③ 康布里努斯,比利时市拉班特地方传说中的王者,生活于查理大帝时代,据说他曾发明啤酒酿造法。十四世纪成立的啤酒酿造业同业公会尊他为该行业的主保(祖师爷)。
④ 梦乡,指德国,德国人爱喝啤酒,喜听李斯特的钢琴作品。

33　陶醉吧[*]

应当永远陶醉。最要紧的就在于此：这是唯一的问题。为了不感到那种压断你的肩膀、使你向地面弯下的"时间"的可怕的重荷，你应当无休止地陶醉。

可是，借什么来陶醉？借酒、借诗或者借美德，随你高兴。只要陶醉吧。

如果有时，在宫殿的台阶上，在沟边的青草上面，在你室内的阴郁的孤独之中，你醒过来，醉意已经减退或者消失，你就去询问微风、波涛、星辰、禽鸟、时钟、一切逃遁者、一切呻吟者、一切流转者、一切歌唱者、一切谈话者，问问现在是什么时间；微风、波涛、星辰、禽鸟、时钟将会回答你："现在是应当陶醉的时间！为了不做受'时间'折磨的奴隶，去陶醉吧，不停地陶醉吧！借酒，借诗或者借美德，随你高兴。"①

---

* 最初发于一八六四年二月七日的《费加罗报》。
① 逃避时间折磨的主题常见于波德莱尔的许多诗中。《人工乐园》中也有如此的主题。

34 已经!*

太阳已经千百次从那几乎一望无边的大海的大澡盆里时而光芒四射地,时而忧伤地跳出来,它也已经千百次,时而辉煌地,时而闷闷不乐地又钻进巨大的黑夜浴池里。好多天以来,我们已能观看在地球反对侧那边的苍穹,辨读对跖点上的天文字母①。每一个旅客都嗟叹埋怨。似乎接近陆地更加剧他们的痛苦。他们说:"什么时候才能结束被波涛颠簸、被海风打扰的睡眠?海风的鼾声比我们的打鼾还要厉害得多啊。什么时候我们才能坐在不摇晃的安乐椅上消化消化?"

有些人想家,有些人后悔丢下不忠实的郁闷的妻子和哭闹的儿女。大家都被这不见陆地的景象弄得神魂颠倒,我相信,如果有草吃,他们会比家畜吃得更起劲。

最后,海岸在望的信号传来了;在驶近时,我们看到一片耀眼的极美的陆地。仿佛听到生命的音乐发出隐隐约约的低语之声从那里升起,而且从那长满各种绿色植物的岸上,送来一阵阵香飘数海里的花果的芳馨。

立刻,人人都高兴起来,丢掉不愉快的心情。一切争执都被遗忘了,相互间的一切过错都被原谅了;约定的决斗都从记忆中被抹掉了,仇恨也都烟消云散了。

只有我,独自忧伤,难以被人理解地忧伤。像一位被夺

---

* 最初发表于一八六三年十二月十日的《内外评论》。诗中所描述的乃是诗人去毛里求斯岛航海时的体验。跟《恶之花》中《人与海》一诗有类似之处。
① 天文字母,指星辰。

去神道的祭司,我不能不感到伤心的悲痛而脱离这片具有如此巨大魅力的大海,在它的恐怖的单纯之中藏有如此无限变化的大海,①这片大海,看上去就像在它的内部藏有过去、现在、未来三世一切众生的心情、苦闷和狂喜,而这些,都由它的嬉戏、波动、愤怒和微笑反映出来!

在跟这无比的美告别时,我感到沮丧得要死;因此,当每一位同船者说"终于!"时,我只能叫一声"已经!"。

可是,已登上陆地,充满喧嚣、热情、舒适、欢乐的陆地。这是一片富饶、壮丽、充满希望的陆地,它给我们送来蔷薇和麝香的神秘的芳馨,从那里有一阵阵生命的音乐向我们飘来,宛如情意绵绵的私语。

---

① 对波德莱尔,大海有时给他快感,有时使他产生恐怖。他在《赤裸的心》中写道:"为什么眺望大海是如此无限地、永远地快适?因为大海给我们宏大的观念,同时又给我们运动的观念。""十二海里或十四海里运动的流波足以使人产生美的最高的观念。"

35　窗户[*]

从打开的窗户外面向室内观看的人，绝不会像一个从关着的窗户外面观看的人能见到那么多的事物。没有任何东西比一扇被烛光照亮的窗子更深邃、更神秘、更丰富、更阴郁、更灿烂夺目。在阳光下所能见到的一切往往不及在窗玻璃后面发生的事情那样有趣。在这黑暗的或是光亮的洞穴里，生命在延长，生命在做梦，生命在受苦。

在一座一座起伏的屋顶的那边，我看到一个中年的、已经面有皱纹的贫穷的妇女，老是弯下身子在干些什么，从不出门。从她的面貌，从她的衣着，从她的动作，甚至从她的细枝末节，我编造出这位妇女的故事，或者，不如说，她的传奇，有时我噙着眼泪讲给自己听。

如果是个可怜的老汉，我也会很容易编出他的传奇。

于是，我上床睡觉，我能在我自身以外的别人身上体验生活和痛苦，我为此感到自豪。

也许你们会对我说："你肯定这个传奇是真实的吗？"这有什么关系，只要它曾帮我生活下去，帮我感到我自己的存在，感到我是什么样的人，我自身以外的任何现实，又有什么重要性呢？

---

[*] 本诗曾发表于一八六三年十二月十日的《内外评论》。

36　作画的欲望[*]

人类也许是不幸的，可是，被欲望折磨的艺术家却是幸福的。

我渴望画下那位难得在我面前出现而又如此迅速离开的女性，她像一种令人恋恋不舍的美好的形象，被遗留在旅人背后的黑夜之中。自她消逝以后已有了多久的时间啊！

她很美，而且不只是美，她令人惊奇。她内里充满黑暗：她向人唤起的一切就是深沉的黑夜。她的眼睛是朦胧地闪着神秘之光的两个洞窟，她的眼光像闪电一样照人：这是黑暗中的爆炸。

如果人们可以想象有一个倾泻光明与幸福的、黑色的恒星，我要把她比作黑色的太阳。可是，她使人更愿想起月亮，大概是月亮在她身上留下可怕的影响吧。但这个月亮，并不是像个冷冰冰的新娘似的，牧歌中的白色的月亮，而是挂在暴风狂吹的夜空、被行云催赶的、不祥的、令人迷醉的月亮；它不是趁纯洁的人们入睡时前来光顾的[①]、和平的蕴藉的月亮，而是从空中被摘下来、虽败北而并不服帖、被忒萨利亚[②]的魔女们强迫它在可怕的草地上跳舞的

---

[*] 最初发表于一八六三年十月十日的《内外评论》。跟《恶之花》中《幻影》一诗近似。
[①] 例如希腊神话中说：月神塞勒涅经常到美男子恩底弥翁的山洞中看望他，欣赏他熟睡时的容貌。
[②] 希腊北部的古代地区名。据古代传说，忒萨利亚的魔女能念咒语引起月蚀。

月亮!①

在她小小的额头里盘踞着顽强的意志和对猎获物的酷爱。在她那神色不安的脸上，有两个吸入"未知"和"不可能"的翕动的鼻孔，而在这脸庞的下部，从那张显出一种难以表达的优美的大嘴里发出哈哈大笑，那张嘴又红又白，芬芳馥郁，令人想到在火山地带刚开出的富丽堂皇的奇迹之花。

有不少女人令人想去征服她们、玩弄她们；可是，这位女性却使人产生这样的欲望：想在她的凝视之下慢慢死亡。

---

① 歌德《浮士德》第二部第二幕第三场（第七千九百二十行）："是真有其事，忒萨利亚的魔女曾肆无忌惮地倚仗魔术唱得你（月亮圆盘）离开轨道下来……"关于忒萨利亚魔女的魔力尚可参看柏拉图《高尔吉亚篇》（六十八）、阿里斯托芬《云》（七百四十九）、贺拉斯《长短句抒情诗》（十七）、卢卡努斯《法尔萨利亚》（Ⅵ）。

37　月亮的恩惠[*]

"月亮",她就是"反复无常"的化身,当你睡在摇篮里时,她透过窗子窥望,自言自语说:"这孩子讨我喜欢。"

于是,她轻柔地走下云梯,悄无声息地穿过窗玻璃进来。然后露出温顺的母爱躺在你身上,又在你的脸上抹上她的色彩。因此,你的眸子依旧是绿色,而你的面颊却异常苍白。正由于你在凝视这位来客,你的眼睛才这样奇异地张得很大;她是那样温柔地紧抱着你的脖子,使你以后总是禁不住要哭出来。

可是,在喜极之余,"月亮"充满了整个房间,像带有磷光的大气,像发光的剧毒;所有的这些充满活力的光线都在想,都在说:"你将永远受我的亲吻的影响。你将像我一样美丽。你将爱我所爱者以及一切爱我者:水、云、寂静和黑夜;辽阔的绿色的大海;无形而又有千姿百态的水;你永远不会去的地方;你永远不会认识的恋人;奇形怪状的花;使人发狂的奇香;在钢琴上神魂颠倒、用轻柔的嗄声像女人一样呻吟的猫!

"而且你将被我的情人们喜爱,被奉承我的人奉承。你将成为那些绿眼睛的男人们的女王,在我的夜间爱抚之下,我也同样抱紧过他们的脖子;这些男人们,他们也喜爱大

---

[*] 本诗发表于一八六三年六月十四日的《林荫大道》时无题。发表于一八六七年九月十四日的《内外评论》时,除《月亮的恩惠》题名外,尚有"献给 B 小姐"献词,B 小姐即贝尔特,参看《恶之花》中《贝尔特的眼睛》一诗。本散文诗跟《恶之花》集中《月亮的哀愁》近似。但此处所吟咏的乃是被月亮宠坏的孩子,而不是月亮。

海,辽阔的、汹涌的、绿色的大海,无形而又有千姿百态的水,他们永远不会去的地方,他们永远不会认识的女人,像陌生宗教的香炉一样的不祥之花,扰乱意志的奇香,象征他们的疯病的妖媚的野兽。"

正因为如此,亲爱的该诅咒的宠坏的孩子,现在我伏在你的脚边,在你浑身上下寻找可怕的女神、预言祸福的教母、毒害一切月狂病患者①的乳母的影子。

---

① 月狂病患者,受月亮影响、周期性发作的精神病患者。古罗马人认为精神状态可受月亮的影响。患月狂病的人,随着月亮渐趋圆满,狂病也会逐渐加剧。

38 哪一个是真的[*]

我认识一个叫贝尼狄克塔的姑娘,她使四周的气氛充满理想,她的眼睛流露出对伟大、美、光荣和令人信为不朽的一切事物的欲望。

可是,这个奇迹似的姑娘长得太美,不主阳寿;因此,我认识她没过几天,她就死了。某日,当阳春把它的香炉一直摇到墓地时,是我亲自将她埋葬。是我把她盛殓在像印度宝箱一样不会腐朽的香木棺材里,亲自将她埋葬。

当我的眼睛盯视着我埋宝的地方时,我突然看到一个跟死者非常相似的小人,带着古怪的、歇斯底里的粗暴态度,踩着新覆上去的泥土,哈哈大笑着说道:"真正的贝尼狄克塔是我!我是一个有名的女光棍!为了惩罚你的愚蠢和盲目,你要爱现在这个样子的我!"

可是我,勃然大怒,我回道:"不行!不行!不行!"为了加强我的拒绝,我是那样激烈地跺脚,竟使我的腿深陷到新堆的墓土中,直齐到膝盖。结果,像一只中了机关的狼,我被理想之墓穴缠住,也许永久不得脱身。

---

[*] 本散文诗发表于一八六三年六月十四日的《林荫大道》时无题,后发表于一八六七年九月七日的《内外评论》,以《理想与现实》为题,米歇尔·莱维版全集中采用本题。按一八六七年发表稿题名所示,本散文诗的主题乃是现实与理想的相克。

39　纯种马[*]

她确是很丑。可是,她却讨人喜欢。

"时光"和"爱情"用它们的魔爪在她的身上留下了伤痕,无情地教导她:每一分钟和每一次接吻都要夺走些青春和朝气。

她真是很丑;她是一只蚂蚁,一只蜘蛛,如果你愿意,甚至说她是一具骷髅也可以;可是,她也是饮料、灵丹、魔术!总之,她是和蔼可亲的。

"时光"不能损害她那步态的妙趣横生的和谐,和她那骨架的不可摧毁的优美;"爱情"没有改变她那孩子似的芬芳的气息;"时光"没有拔掉她的一根浓密的头发,从那些头发里散发出法国南部那些受阳光祝福、充满爱和魅力的城市,诸如尼姆、艾克斯、阿尔、阿维尼翁、纳尔讷、图卢兹的像有魔鬼附身的生气,化成野性的清香。

"时光"和"爱情"徒然竭力咬她,丝毫没有减少她那像男孩一样的胸脯所具有的淡淡的、却是永远的魅力。

也许有点憔悴,但并不疲惫,而且总是英气勃勃,她令人想到那些高贵的纯种马,不管是被套在一辆华丽的出租马车上,还是一辆沉重的运货马车上,真正的爱马者的慧眼总会把它认出来。

此外,她又是如此温和,如此热情!她的爱,就像秋天

---

[*] 最初发表于一八六四年二月十四日《费加罗报》。

里的爱，①就像快要到来的冬天在她的心里燃起新的火焰，而她那低三下四的柔情绝不使人感到一点厌烦。

---

① 令人想起秋季之感的女性，是波德莱尔的颓废主义的偏爱。在散文诗第二十一首及第五十首中也可以看出。诗人晚年所作的诗《怪物》（收入一八六六年《漂流诗》），也使用同样的主题。该诗第三节这样写道："你的四十岁的碧绿的青春，我并不认为单调。秋天啊，我爱你的树木的果实，超过常见的春天的百花！不，你绝不单调！"在该诗的草稿上曾有"献给 B 夫人"字样，后被揩去。B 夫人大概是诗人在布鲁塞尔认识的舞女阿米娜·博斯凯提夫人。如果《怪物》和本诗所歌咏的是同一位女性，因本诗发表于一八六四年二月，尚在去布鲁塞尔以前，那么，这位 B 夫人应是巴黎妇女。因此，也有人说，这位 B 夫人乃是让娜·迪瓦尔。但在一八六〇年以后，让娜·迪瓦尔，对诗人说来，已经是老太婆了，故此说亦不足信。

40　镜子

一个奇丑的男人走进来照镜子。

"你为什么还要照镜子,既然你看到自己的面貌只能使你不愉快?"

那个奇丑的男人回说道:"先生,根据八九年的不朽的宣言①,人人都有平等的权利。因此,我有权照镜子,至于愉快不愉快,这只关系于我的心情。"

从情理上来说,我也许是对的;但从法律的观点看来,他也没有错。

---

* 最初发表于一八六四年十二月十五日的《巴黎评论》。
① 八九年的不朽宣言,一七八九年八月二十六日,法国制宪议会通过《人权宣言》(全名《人权和公民权宣言》),这是法国资产阶级革命的纲领性文件。波德莱尔在年轻时曾醉心于社会民主主义,后来,这种热度降低了。此处对一七八九年的大革命的理想,多少有点揶揄。

41　海港[*]

对倦于人生斗争的灵魂,海港乃是一处有魅力的盘桓之地。天空的广阔,云的移动建筑,海的变化的色彩,灯塔的闪闪发光,形成一面棱镜,非常适宜于娱悦眼目,使人久看不厌。船舶的苗条的外形,配备着复杂的帆缆索具,海波使它们和谐地摆动,足以使人们心中保持对节奏和美的欣赏情趣。[①]而且,特别是对于不再抱有好奇心和野心的人,当他躺在平台上或是把臂肘支在防波堤上,凝望着那些出发者、归航者,那些还有大志、还想航海或者出去发财的人的一切活动,会让他感到一种神秘的高贵的快乐。

---

[*] 最初发表于一八六四年十二月二十五日的《巴黎评论》。
[①] 在波德莱尔的日记中有如下的记述:"在宁静的水上微妙地晃荡着(摇摆着)的这些巨大的美丽的船舶,露出懒洋洋的、怀乡的样子的这些坚固的船,它们难道不是以无声的语言在问我们:我们在什么时候出发去寻求幸福呢?"(《火箭》)"我认为,在眺望船只,特别是一艘在航行中的船只时所产生的无限的、神秘的魅力,首先是由于规律性和匀称性(这是人类精神的基本需要,正像需要错综复杂的和谐和一致一样),其次是由于:被这种对象的现实的要素在空间刻画出的一切想象的图形和曲线在继续不断地增加和生成。"(《火箭》)

42　情妇的画像*

在一间男宾小客厅里，也就是说，在跟漂亮的赌博室毗邻的吸烟室里，四个男人在吸烟喝酒。他们恰好既不年轻，又不年老，既不漂亮，又不丑陋；可是，不管年老年轻，他们都带有久经欢乐者的不难辨认的特征，无法形容的某种特点，还有一种冷冷的嘲笑的哀愁，分明是在说："我们曾经坚强地生活过，如今我们在追求我们所能喜爱和重视的一切。"

其中一位把话头转到女人问题上。如果根本不谈这种问题，那倒显得明智得多，可是，有些有才智的人，在喝过酒之后，就毫不在乎地说出庸俗的话来。当时，听他所谈的一切，就像听跳舞音乐一样。

他说："所有的人都有过薛侣班①的时代：在那些年头，由于缺少护树神女②，人们会搂抱橡树的树干而不觉得厌恶。这是爱的第一阶段。在第二阶段，人们开始挑选。能慎重考虑，这已经是没落。也就是在此时，人们在断然追求美女。至于我，先生们，我早已荣幸地达到第三阶段的转折期，这时，单是美女本身，如果不加上香水、服饰等辅佐的话，已经显得不够了。我甚至要供认，我有时，就像渴

---

* 这首散文诗曾在诗人死后发表于一八六七年九月二十一日的《内外评论》。形式上采取四个人谈话的方式，跟第二十一篇《诱惑或爱神、财神、荣誉女神》相似。
① 薛侣班，博马舍《费加罗的婚姻》中阿勒玛维华伯爵的少年侍从，伯爵夫人的崇拜者，渴望爱情的纯真少年的典型。
② 护树神女，希腊神话中保护树木的神女，亦译树精、林中仙女。人类童年时代，还不懂得追求女性。

恶之花　巴黎的忧郁　|　417

慕未知的幸福一样,在憧憬着应该说是标志着绝对平静的某种第四阶段。可是,在我整个一生中,除了薛侣班的时代以外,对女人们的令人难忍的愚蠢和令人恼怒的平庸,比其他任何人更敏感。我对动物特别喜爱的乃是它们的单纯。请你们想一下,我为了上次的情妇不得不忍受多少痛苦。

"她是一位国王的私生女。不消说,长得很美,否则我为什么看上她?可是,由于她的不合适的变态的野心,她把这个很大的优点糟蹋了。她是个女人,却总要装出男人的样子。'你不是个男子!啊!我如果是个男子多好!我们两人中,我才是个男子!'这就是从她嘴里说出的令人难以忍受的老调,而我却是只希望听到从她嘴里飘出歌声。有关一本书,一首诗,一部歌剧,当我禁不住说出赞赏之辞时,她立即就说:'你大概认为这是非常强有力的吧?你对于强有力是否懂得?'于是她就大发其议论。

"有一天,她开始学起化学;因此,我就觉得在我的嘴和她的嘴之间从此有了一层玻璃口罩隔着。除此以外,她变成一本正经的女人。如果有时我有稍许过分热情的动作碰了她,她就发生痉挛,像受到侵犯的含羞草……"

其余三人中的一位问道:"结果怎样呢?我想不到你有如此的耐心。"

他回道:"是上帝对症下药。一天,我发现这位渴望理想之力的弥涅耳瓦①跟我的男仆在密谈,我在此情况下不得不谨慎地离开,以免使他们羞得脸红。晚上,我就付清所欠他们的工资,把两人都辞退了。"

---

① 弥涅耳瓦,即雅典娜,希腊神话中的智慧女神。

先前打断他话头的那一位说道:"谈到我,我只有埋怨自己。幸福已光临到我的家里,我偏没有认出来。最近一段时期,命运送给我一个女人让我享受,她真是造物中最可爱、最听话、最忠实的一个,她总是刻意逢迎,而并不显得热情冲动!'既然你喜欢这样,我也很愿意。'她通常总是这样回答。你如果给这墙壁、给这长沙发用棍子敲一下,你会听到更大的哀鸣,而从我那位情妇的胸壁上,你却不能使它迸发出最狂热的爱的冲动。在共同生活了一年以后,她向我坦白,说她从未感到快乐过。我对这不对等的决斗觉得厌恶,而那位无与伦比的女性也就嫁给别人了。后来,我忽然心血来潮去看望她,她把六个可爱的孩子领给我看,说道:'嘿!我的亲爱的朋友,做了妻子,还像当你的情妇时一样是个处女哩。'她什么也没有变。有时我惋惜错过机会:我本该跟她结婚的。"

其他人都哄然大笑起来,随即轮到第三个人说话:

"先生们,我尝到过也许你们没注意到的快乐。我要说的是爱情中的滑稽事,而这种滑稽并不排除使人赞赏。我对我的上一个情妇非常赞赏,我认为,比你们对你们的情妇所能爱或恨的程度要胜过许多。任何人都会像我一样赞赏她。当我们走进一家饭店,几分钟之后,每位客人都会瞧着她而忘记进餐。甚至服务员们和女账房也受到传染,看得出神,忘记自己的工作。简言之,我有一段时间跟一个活怪物打得火热。她吃起来、咀嚼起来,或是在咬碎、狼吞虎咽时,都露出最轻松、最满不在乎的样子。在好长时间里,她就是这样把我弄得神魂颠倒。她用一种温柔的、梦幻似的、英国式的、浪漫的口气说:'我饿了!'她日夜重复这一句话,露出世界上最美的牙齿,使你听得又心软,又高兴。——要是我把她带到集市上当作天吃星怪人展览,我准会发一笔财。我好好地供养她,可是,她却把我抛弃了……"

"大概是跟一个承办伙食的人跑了?"

"总是这一类的家伙,在军需处后勤部门供职的小子,通过关系贪污,也许把好几个兵士的定量供应都拿来供养这个可怜的孩子。至少我是这样猜想的。"

"现在轮到我,"第四个人开口说,"人们一般都责备女人自私,我却持相反的意见,为此我忍受了许多难以忍受的痛苦。你们这些太幸福的人,埋怨你们的情妇的缺点,我觉得是不适当的!"

这番话是用极其严肃的语调说出的,说话者是一位具有温和而庄重的外表的人,他有一副颇似教士的面孔,可惜闪烁着明亮的灰色的眼睛,那种眼神似乎在说:"我希望!"或是"应当!"又颇像是说:"我绝不原谅!"

"如果你,G兄,我知道你是个神经质的人,或者你们二位,K兄和J兄,你们是如此懦弱和轻浮,如果你们跟我所认识的一位女人打交道,你们不是会逃走,就是会送命。而我,你们看,却活到现在。请你们想象一位在感情和估计方面不会犯错误的女人,想象一种使人受不了的平静的性格,一种没有伪装和夸张的忠贞,一种并不软弱的温柔,一种并不过火的生命力。我的恋爱史,好比在单调得使人眩晕的,像镜子一样纯净、光滑的表面上所作的无止境的旅行。这面镜子,以我自己良知的嘲弄的正确性,反映出我的一切感情或行动,因此,我不能容许自己有任何不理智的感情或行动,否则就会立刻看到我那位形影不离的幽灵的无言的责怪。爱情在我的眼中就像是监督。有多少蠢事都被她阻止,我是多么后悔没有干出啊!我还掉多少不愿还的债务啊!从我个人的傻念头出发本可以获得的一切好处都被她剥夺了。她用冷酷的不可违反的规则阻挠我的任性。更可怕的是：等危险过去，她也不要求感谢。我有多少次忍不住扑过去搂住她的脖子，向她叫道：'别这样完美无瑕，可怜的人！让我能爱你，而不感到不安和愤怒！'在好几年以内，我总是敬佩她，而心里却充满怨恨。最后，因此而送命的，并不是我！"

其他人说道："唉！这么说，她死了？"

"是啊！不能再这样继续下去了。爱情对于我已变成一个难以忍受的噩梦。正如'政治'上所说的不获胜、毋宁死，这就是命运强迫我作的取舍！一天晚上，在林中……池塘边……在忧郁的散步之后，当时，她的眼睛映着柔和的天光，而我的心，像地狱一样抽紧……"

"什么！"

"怎么样！"

"你说什么？"

"这是必然的事，我有过多的公平合理的感情，不能去殴打、侮辱或者辞退一个无可厚非的仆人！可是，必须把这种感情跟这个女人令我产生的恐怖统一起来；摆脱这个女人而不失去对她的尊敬。你们要我怎样对待她，既然她完美无瑕？"①

其他三个朋友用茫然而稍许呆滞的眼光看着他，好像装作听不懂的样子，又好像暗暗供认：他们认为他们自己不可

---

① 波德莱尔写过一部未完成的戏剧《酗酒》，在一八五四年一月二十八日致演员蒂斯朗的信中，曾介绍该剧剧情，其主题也是对美德的憎恶。那个醉鬼丈夫，为了妻子的"管束、优美、耐性、美德"而把妻子杀死。参看《恶之花》中《凶手的酒》注。

能干出如此严厉的行为,尽管另外作过充分的说明。

随后,他们又叫了几瓶酒,以消磨那具有顽强的生命力的时间,加速走得如此缓慢的人生步伐。

43 殷勤有礼的射手*

当马车穿过树林时,他叫车子停在一个靶场的附近,说他很乐意打几枪以枪毙"时间"①。枪毙时间这头怪物,不是每个人的最平常、最合理的事务吗?——于是他殷勤有礼地把手伸向他亲爱的、讨人喜爱而又讨厌的妻子,全靠这位神秘的女人,他才有许多快乐,许多痛苦,也许还有大部分的才华,端赖于她的赐予。

好几发子弹都远远打到目标以外去了,有一发子弹甚至打进顶板。当那位迷人的女人嘲笑她丈夫的笨拙而发出狂笑时,他突然转向她说道:"你看看那边、在右首、翘起鼻子、露出满脸傲气的人像靶。嘿,可爱的天使,我想象这就是您。"于是,他闭上眼睛,扣动扳机。人像靶的脑袋被直截了当地打飞了。

这时,他对他亲爱的、讨人喜爱而又讨厌的妻子,他的形影不离的无情的缪斯弯下身来,恭恭敬敬地吻她的手,而且说道:"啊!我亲爱的天使,为了这熟练的技巧,我多么感谢您!"

---

* 这首散文诗原拟在一八六五年的《内外评论》上发表而遭到拒绝。至一八六九年始在米歇尔·莱维版全集中发表。在作者的日记中有如下一段原型:"一个男人带着妻子同去靶场。他选了一个人像靶,对妻子说道:'我想象这就是你。'他闭起眼睛,把人像靶的头打掉。于是,他吻着同伴的手,说道:'亲爱的天使,为了我的熟练技巧,我多么感谢您!'"(《火箭》)
① 枪毙时间,原文"tuer le temps",消磨时间之意,字面意义为"枪毙时间"。

44　浓汤和云*

  我可爱的小小的疯姑娘请我吃晚饭。我向餐厅敞开的窗子外面看去,观看上帝用水蒸气建造的活动房子,那些用难以触摸的材料建成的神奇的建筑物。观赏之余,我自言自语道:"这一切幻景差不多跟我心爱的丽人、我那位绿眼睛的发疯的小妖精的眼睛同样美丽。"

  突然,我背上挨了猛烈的一拳,我听到沙哑的迷人的声音,歇斯底里的而且像灌过烧酒、变得嘶哑的声音,那是我亲爱的小小的心上人的声音,对我说:"你打算马上就喝浓汤吗?收购浮云的傻……瓜……"①

---

* 一八六五年《内外评论》未接受本稿,一八六九年始在全集中发表,主题为理想与现实的对比。诗中的女性大概是贝尔特,参看《恶之花》增补诗《贝尔特的眼睛》。
① 傻……瓜……,原文 s... b..., sot bète(傻瓜)之略。

45　靶场和坟墓[*]

望墓居。小酒店。——"奇怪的招牌，"我们的散步者自言自语说，"可是真叫人想去喝一杯啊！肯定，这家酒吧间的老板懂得欣赏贺拉斯[①]和伊壁鸠鲁[②]派的诗人。也许他还知道古代埃及人的高深的雅趣，那些埃及人没有一次盛宴不摆出骷髅或是任何一件象征浮生短暂的标记。"

于是他走进去，面对坟墓喝了一杯啤酒，慢吞吞地抽着雪茄。随后，他受幻想驱使，走向墓地。那儿，野草长得那样高，那样吸引人，那儿，阳光那样辉煌地普照着一切。

确实，光和热在那里肆虐，仿佛醉醺醺的太阳伸直四肢躺在被腐尸养肥的华丽的花坛上面。空气中充满了生命——微小生物的大片营营之声，这些声音，每隔一段时间，就被附近靶场砰砰的枪声打断，仿佛交响乐加上弱音器，正在嗡嗡地演奏时突然听到拔开香槟酒瓶塞的爆炸声。

这时，在晒得他头脑发烫的阳光之下，在充满"死亡"的强烈芳香的大气之中，他听到从他坐处的坟墓下面传来轻微的说话声。那声音在说："你们的靶子和卡宾枪真可恶，吵吵闹闹的活人啊，你们一点不体恤死者和他们神圣的安息！你们的野心真可恶，你们的算计真可恶，活得不耐烦的

---

[*] 本散文诗曾在诗人死后发表于一八六七年十月十二日的《内外评论》，大约为作者在布鲁塞尔逗留期间所作。诗中流露出诗人晚年面临死亡时的心情。
[①] 贺拉斯（Quintus Horatius Flaccus，前65—前8），古罗马诗人，歌唱生的快乐和节制欲望，被认为是伊壁鸠鲁的信徒。
[②] 伊壁鸠鲁（Enikouros，前341—前270），古希腊哲学家，主张人生的目的在于感官快乐和避免痛苦，快乐就是善，就是幸福。但不提倡纵欲，而是要求用合理的思想来抑制感官诱惑。后人误把他认为享乐主义者。

凡人啊，你们竟来到'死亡'的圣地附近练习杀人的技术！如果你们知道奖品是怎样容易获得，目标是怎样容易打中，除了'死亡'，一切是怎样空虚，你们就不会这样劳心劳神了，勤勉的活人啊，你们就不会这样频繁地打扰这些死者的睡眠，他们很久以前就抵达目标，可恨的人生唯一真正的目标！"

46　光轮的丢失[*]

"哎！怎么！您在这里，我亲爱的？您，竟来到这个下等的地方！您，是个饮太空灏气的人！您，是个吃天神食物的人！说真的，这可有点使我惊奇啊。"

"亲爱的，您知道我是害怕马和马车的。刚才，我急急忙忙穿过马路，纵身跳过泥泞，避开死神从四面八方飞快逼来的大混乱，就在这猛烈的动作之中，我的光轮从我头上滑落到碎石子路的烂泥里去了。我没有勇气把它拾起来。我认为，丢掉我的标志总不及摔断骨头那样难受。而且，我暗自思量，有些事会转祸为福。我现在可以隐姓埋名地走动，干些下流事情，像普通人一样放荡一番。我在这里，正如您看到的，跟您完全一样了！"

"您至少该为这光轮贴个招寻启事，或者去求助警察署长啊！"

"说真的！没有必要。我觉得这里很好。只有您一个人认出我。此外，尊严使我厌腻。再说，我很高兴地想到会有某个拙劣的诗人把它拾起来，厚颜无耻地戴在头上。让一个人幸福，这是何等的乐事！特别是一个使我忍俊不禁的幸福的人！请想想 X 先生或是 Z 先生！嗯！这多么有趣！"[①]

---

[*] 一八六五年，《内外评论》拒绝刊载本诗。一八六九年始在全集发表。
[①] 波德莱尔的日记中有最初的草稿："当我穿过马路，有点慌张地要避开马车时，我的光轮滑落，掉进碎石子路的烂泥里去了。幸而我有时间把它拾起来，可是过了一会儿，不祥的念头钻进我的脑子：这是个不好的兆头啊。此后，这个想法再也不肯离开我，整整一天，不让我得到一点安静。"（《火箭》）

47　手术刀小姐[*]

我走到市郊的尽头,在煤气灯光照耀之下,我忽然觉得有一只手臂轻轻地挽住我,同时听到有声音向我耳语道:"您是医生吗,先生?"

我仔细一看,是一位身材很高而结实的姑娘,眼睛睁得大大的,薄施脂粉,头发跟帽带一起随风飘拂着。

"不,我不是医生。放开我吧。"——"哦!不!您是医生。我看得清楚。到我家里去吧。您会对我非常满意的,来吧!"——"我一定会去看您的,但要在以后,找医生,真见鬼!……"——"啊!啊!"她说着,仍旧吊住我的手臂,发出一阵大笑:"您是一位爱开玩笑的医生,像这样的人我认识好多。来吧。"

我对神秘有强烈的爱好,因为我总是希望把它弄清楚。于是,我就让这位女伴,或者不如说,让这个出乎意外的哑谜把我带走了。

那间又脏又乱的房间,我不加以描写了;从以前非常著名的好些法国诗人的书中都可以读到。只不过,有个细节是雷尼埃[①]没有注意的,那就是墙上挂着两位名医的画像。

我受到多么殷勤的接待!熊熊的炉火,暖热的酒,雪茄烟;她把这些好东西奉给我时,她自己也点燃了一支雪茄。

---

[*] 一八六五年、一八六七年《内外评论》拒绝刊载本诗。一八六九年收入《全诗集》。诗中饶有趣味地描写了一个女子的变态心理,《内外评论》的编者认为不宜发表。

[①] 雷尼埃(Mathurin Régnier,1573—1613),法国讽刺诗人。

这位滑稽可笑的女性对我说道："我的朋友，请您像在自己家里一样，不要拘束。这样会使您想起医院的事情和青年时代的快乐的日子……哎呀！您的头发怎么变白了？当您在 L 大夫手下当实习医生时，并不是这样，算来时间还不太长啊。我记得在做大手术时是您给他当助手的。那是一位爱切开、剪开和截除的人！当时是您给他递器械、缝线和纱布的……而当手术做完时，他就拿出怀表看看，得意扬扬地说：'五分钟，诸位！'哦！我，到处都去！我跟这些先生都很熟。"

过不多久，她跟我搞熟了，用"你"称呼我，又重复那句老问话，对我说："你是医生，可不是吗，亲爱的？"

这句难以理解的反复提问使我跳起来。"不是！"我愤怒地叫道。

"那么，是外科医生？"

"不是！不是！我要是做外科医生，先要把你的头割下来！真是岂……有……此……理！"

"等等，给你看一样东西。"她继续说道。

她于是从壁橱里拿出一扎纸，那些无非是当时一些名医的肖像集，是莫兰的石版画，从前在伏尔泰沿河马路上有好几年可以看到它们被陈列着出售的。

"瞧，你可认得这一位？"

"是啊，这是 X，而且下面有名字；不过，我跟他本人相识。"

"我知道！……瞧！这是 Z，就是那位在课堂上谈到 X 时说他是'黑良心露在脸上的怪物'的人，这都是后者在同一个问题上跟他意见不一致的缘故！当时在学校里大家为此曾经怎样大笑过啊！你还记得吗？……瞧！这是 K，就是把那些在医院里由他治疗的起义者向政府告发的人。那是常常发生骚乱的时期。这样一个漂亮男子怎么会如此没有一点好心呢?……瞧,现在是 W,有名的英国医生;他来巴黎旅行时我曾碰见他。他的样子像一位小姐,可不是?"

圆桌上也放着个用绳子捆扎的纸包,当我用手去摸时,她说道:"稍微等一下,那些是住院实习医生;这一包是见习医生。"

她把一大批照片像扇子一样摊开,照片上的相貌比先前的几位年轻得多。

"当我们再见面时,你会把你的照片送给我的,是不是,心爱的?"

"可是,"轮到我,也固执己见地问她,"你为什么认为我是医生呢?"

"因为你对女人是如此体贴,如此和蔼可亲。"

"奇怪的逻辑!"我自言自语道。

"哦!我不大会弄错;我认识的医生很多。我是那样喜欢他们,即使我不生病,也有时去看他们,只是为了看看他们。其中也有些冷冰冰地对我说:'您根本没有什么病啊!'可是其中也有理解我的人,因为我对他们满脸堆笑。"

"如果他们不理解你呢?"

"当然啰!由于我白白地打扰了他们,我就拿出十个法郎放在壁炉上……那些人是那样和蔼,那样亲切!……我在慈善医院①看到一位小实习医生,他像天使一样美,而且彬彬有礼!他还去打工,可怜的小伙子!他的同事们告诉我,他一文不名,因为他的父母都很穷,不能给他补贴。这使我

---

① 慈善医院,指植物园路的慈善医院。

有了自信心。毕竟，我是个相当漂亮的女人，尽管不太年轻。我曾对他说：'来看我吧，常常来看我吧。在我家里你不用拘束；我不需要钱。'可是，你知道，我是想了许多方式让他领会我的意思的，我没有直截了当地对他说；我深怕挫伤他，这可爱的孩子！……得啦，你会相信我有个奇怪的愿望不敢对他说吗？……我希望他来看我时带着手术器械箱，穿着白罩衫，甚至上面还有点血迹！"

她说这话时，露出极其天真的样子，就像一个感情容易冲动的男子对他所喜爱的女演员说："我希望看到您穿着您在舞台上所创造出的著名角色的服装。"

我又执拗地问道："你能记得你产生这种特别的热情是在什么时候、什么场合吗？"

我很难使她听懂我的意思；最后，总算成功了。可是，那时她却露出非常悲伤的样子，甚至，根据我所能回忆起来的，她转过眼睛去，回答我说："我不知道……我记不清了。"

在一个大城市里，如果你懂得怎样闲逛和察看，有什么奇怪事不会碰到呢？生活里充满了若干无辜的怪物。——主啊，我的天主！您，创造者，您，主宰者；您，法则和自由的创立者；您，让人随意行动的至高无上者；您，能赦免人的审判者；您，充满了动机和原因，您，也许在我的胸中植入对恐怖的兴味，以便使我回心转意，像刺进一刀之后能治愈疾病一样；主啊，发发慈悲吧，请对疯狂的男女大发慈悲吧！哦，创造者！对于只有他才知道怪物为何存在、他们怎样被创造出来、他们怎样才能不被创造出来的创世主，怪物能在他的眼中存在吗？①

---

① 最后部分以对上帝的祷告结束，参看《巴黎的忧郁》中《凌晨一点钟》注。

48　在这世界以外的任何地方*

人生是一座医院,其中,每个病人都被想调换床位的欲望缠住。这一位情愿去对着火炉熬着,那一位认为靠在窗口会获得康复。

我觉得,如果我换个其他地方住住,就会常常感到舒服,这个迁居问题乃是我跟我的灵魂不断讨论的问题之一。

"告诉我,我的灵魂,可怜的冷丝丝的灵魂,去里斯本居住可好? 那里一定很暖和,你在那里会像蜥蜴一样恢复你的精神。那座城市靠近海滨;据说是用大理石建造的,而且那里的居民对植物如此厌恶,竟把一切树木都拔掉。那里有适合你的口味的景色;这种景色是由光、矿物和映照它们的水组成的。"①

我的灵魂不答话。

"既然你喜爱安静而又要看动的场面,你可愿意去住在荷兰那片福地? 你常在美术馆里欣赏该国的风景画,也许你去那里会好好消遣。你喜欢帆樯如林,喜欢停泊在人家门口的船只,那么,你觉得鹿特丹怎样?"

我的灵魂依旧保持缄默。

"也许巴达维亚②更合你的心意? 我们在那里还会看到

---

* 原题为英语 *Anywhere Out of the World*,乃英国诗人托马斯·胡德(Thomas Hood, 1799—1845)《叹息桥》中的诗句。波德莱尔于一八六五年左右曾在布鲁塞尔翻译该诗。这首散文诗曾于诗人死后发表于一八六七年九月二十八日的《内外评论》。
① 波德莱尔向往没有生命的自然,亦即无机的景色,参看《恶之花》中《美》《巴黎之梦》《邀游》《旅行》等诗。
② 巴达维亚,今名雅加达,在爪哇岛北面,濒爪哇海。

跟热带之美缔结良缘的欧罗巴精神。"

没一句回话。——我的灵魂难道死了？

"难道你已麻木到如此程度，只有在你自己的痛苦之中才感到快乐吗？如果是这样，那就让我们逃往那些类似死亡的地方去吧……旅行的事由我来办，可怜的灵魂！我们可以整理行装，前去托尔尼奥①。我们还可以去得更远，去波罗的海的尽头；如果可能，还可以再远远地离开尘世生活；我们可以去北极定居。那里，太阳只不过斜斜地掠过大地，昼与夜的缓慢交替消除了一切变化，增加单调，单调等于是一半虚无。在那里，我们可以进行长时间的'黑暗浴'，同时，为了给我们解闷，北极光会不时地给我们送来蔷薇色的花束，仿佛地狱烟火的反射光！"

终于，我的灵魂开口了，它对我老老实实地叫道："哪儿都行！哪儿都行！只要在这个世界以外！"

---

① 托尔尼奥，芬兰城市，濒临波的尼亚湾。

49　把穷人击倒吧*

　　两星期之中，我把自己关在房间里，周围放着许多当时（十六七年以前）流行的书籍，就是说，那些论述使人民在一昼夜之间变得幸福、聪明和富裕的方法的书籍。我就这样消化——也就是说，囫囵吞枣地耽读那些谋公众福利的事业家的苦心著作，那些作者劝告一切穷人要当奴隶，要使他们相信：穷人全都是被废黜的国王。当时，我陷于一种近似晕头晕脑或者惊呆的精神状态，这也是不足为怪的。

　　只是我好像觉得，在我的理解力的深处，萌发出模模糊糊的思想苗子，这种思想，比我最近在辞书中翻阅到的有关贤妻良母的老一套说法要显得高明。可是，这不过是思想中的思想，极其模糊的印象而已。

　　我感到非常口渴，走了出去，因为，热衷于苦读书的这种嗜好，也相应地产生对新鲜空气和清凉饮料的需要。

　　我正要走进一家小酒馆，一个乞丐把帽子伸过来，露出一种令人难忘的眼光。如果精神推动物质①，如果应用动物磁气说的催眠术师的眼光能使葡萄成熟，那么，这个乞丐的眼光也能推翻国王们的宝座。

　　同时，我听到有声音对我耳语，这是我非常熟悉的声音：也就是到处跟我形影不离的一位善良"天使"或者一位善良"精灵"的声音。既然苏格拉底有他的善良"精

＊ 一八六五年，《内外评论》拒绝刊载本诗，一八六九年始在全集中发表。
① 精神推动物质，引用维吉尔的名句，见《埃涅阿斯之歌》第六卷第七百二十七行。

灵"①，为什么我不会有我的善良"天使"，为什么我不能像苏格拉底一样，荣获由洞察入微的莱吕②和深思熟虑的巴亚尔热③给我签发的狂病证明呢？

在苏格拉底的"精灵"和我的"精灵"之间存在着这样的差异：苏格拉底的精灵只有在禁止他、警告他、阻止他时才出现，而我的精灵却惠予我以忠告、暗示、说服。那位可怜的苏格拉底只有个禁止主义的精灵；而我的乃是伟大的肯定主义者，我的乃是个行动的精灵，或者是斗争的精灵。

现在，精灵的声音轻轻地对我这样说道："只有能证实自己是平等者的人才能跟别人平等，只有能征服自由的人，才配享受自由。"

立刻，我向乞丐扑过去。只给了他一拳，我就把他的一只眼睛打得张不开，那只眼睛立刻像皮球一样肿起来。我打断他的两颗牙齿，却弄破了我一只手指的指甲，由于我生来文弱，又很少练习拳击，要把这个老头子很快击倒，我感到力不胜任，我就用一只手抓住他的衣领，又用另一只手揪住他的脖子，使劲把他的头向墙上乱撞。我应当直说，我事先已经向四周仔细看了一番，证实在这偏僻的郊区，在相当长的时间内，不会被警察撞见。

接着，我对他的背部踢了一脚，用力之猛，足以踢断他的肩胛骨，这样，就把这个衰弱的六十岁老人击倒在地。我抓起一根丢在地上的粗大的树枝，对他猛揍，我使出的那种

---

① "精灵"，古希腊哲人苏格拉底幼年时起就有一种特殊的心理现象，他称为"精灵的信号"或"声音"，以禁止之形束缚他的行动。
② 莱吕（Louis François Lélut，1804—1877），当时著名的法国精神病医生，曾发表论文《论苏格拉底的精灵，或心理学应用于历史学的一例》，论文将苏格拉底当作狂人处理，故波德莱尔很轻视他。
③ 巴亚尔热（Jules Gabriel Franois Baillarger，1809—1890），法国精神病医生，著有《精神病分类试论》等。

恶之花　巴黎的忧郁

顽强的狠劲,就像厨师要把牛排敲软一样。

突然——哦,奇迹出现了!哦,真是能证实自己学说高明的哲学家的乐事!——我看到这副老骨头架子翻身爬了起来,在这个极度损坏的机体里竟有这种气力,真使我万万料想不到。而他那充满仇恨的眼光,在我看来,却是一个很好的兆头。这个衰弱的歹徒向我扑过来,打肿了我两只眼睛,打断我四颗牙齿,又用一根树枝接连不断地将我痛打。——由于我的有效的治疗,我使他恢复了自尊和生气。

那时,我向他做了许多示意动作,想让他明白:我认为争执已经结束了,我怀着斯多葛派诡辩家①的满足,重新站起来,对他说道:"先生,您跟我平等了!请给我这种荣誉,来跟我平分我钱包里的钱吧;请记住,如果您是位真正的博爱者,当您的同行求您施舍时,您应当把我忍痛在您背上进行试验的学说在他们身上应用一下。"

他对我发誓,说他已了解我的学说,并将听从我的忠告。②

---

① 斯多葛派诡辩家。古希腊有两个芝诺,一个是塞浦路斯或季蒂昂的芝诺(Zénon de Citium),斯多葛派的创始者。另一个是埃利亚的芝诺(Zénon d'Élée),辩证法(论辩术)的创立者,以"阿喀琉斯与乌龟"和"飞箭不动"的论证否定一切运动,人们把他的论证称为"诡辩"。波德莱尔这里把他们混淆在一起了。

② 在阿尔芒·戈多瓦所藏原稿中,本诗以后,另有一行:"你有何感想,公民蒲鲁东?"大概是由于这句嘲弄的话对革命家、经济学者蒲鲁东有失敬意,而被诗人删掉了。波德莱尔一八四七年和一八四八年左右,对社会民主主义颇有共感,那时他对蒲鲁东评价最高。他在为一八五一年版皮埃尔·杜邦(Pierre Dupont)的《歌谣集》所作的序言中写道:"当我阅读杜邦的作品时……我总感到充满慈爱和热狂的蒲鲁东的崇高的格调又回到记忆里来。"在《道义的戏剧和小说》一文(刊于一八五一年十一月二十七日的《演剧周报》)中说:"蒲鲁东一向是让欧罗巴羡慕我们法国人的作家。"但在一八六五年至安塞尔的信中却说"他疯了",此时,往年的热情已经减退。但在蒲鲁东被迫逃亡至布鲁塞尔时,波德莱尔仍支持他。

50 善良的狗[*]

——献给约瑟夫·斯蒂文斯先生[①]

我对布丰[②]的钦佩,即使当着当代青年作家们的面,也从没有使我感到脸红过,可是今天,我要召唤来给我帮助的,并不是这位描绘华丽的自然的作家之魂。绝不是。

我更乐意请教斯特恩[③],对他说:"从天上下来吧,或者从极乐净土向我这里升上来吧,为这些善良的狗,可怜的狗,给我灵感,让我作一首能跟你相配的歌,你这位感伤的滑稽作家,无与伦比的滑稽作家!骑着在后世的读者记忆之中永远跟你一同旅行的那头著名的驴子回来吧,尤其是别让那头驴子忘记带来它那轻巧地吊在嘴唇之间的不朽的杏仁饼!"[④]

走开吧,学院的缪斯!要你这种一本正经的老太婆有什么用处。我要召唤的乃是家庭的、市民的、活泼的缪斯,让她来帮我歌唱这些善良的狗,可怜的狗,沾上泥巴的狗。人人都要赶走它们,当它们是传播瘟疫、生着虱子的狗,只有

---

[*] 曾发表于一八六五年六月二十一日的《比利时独立》,一八六六年十月二十七日的《小评论》,一八六七年八月三十一日的《内外评论》。波德莱尔爱猫而不爱狗,这首散文诗系例外,乃受画家斯蒂文斯嘱托而作。
[①] 约瑟夫·斯蒂文斯(Joseph Stevens, 1819—1892),比利时动物学家。诗人在布鲁塞尔逗留时,曾受他照应和安慰。
[②] 布丰(Georges Louis Leclerc de Buffon, 1707—1788),法国博物学家、作家。著有三十六巨册的《自然史》(其中有动物史)。
[③] 斯特恩(Laurence Sterne, 1713—1768),英国小说家,主要作品是《项狄传》和《感伤旅行》。作品的基调是幽默、善意的戏谑、感伤、暗示。
[④] 见斯特恩的《多情客游记》。波德莱尔在《一八五九年的沙龙》第五章《宗教、历史、幻想》中也曾提及"斯特恩的驴子和它的杏仁饼"。

恶之花 巴黎的忧郁 | 437

穷人才是它们的伙伴，只有诗人才用友好的眼光看待它们。

呸，自炫其美的狗，妄自尊大的四足兽，丹麦狗，查理国王种的狗，哈巴狗或是长毛小猎狗，你们是这样得意忘形、冒冒失失地钻到客人的两腿之间或者跳到客人的膝上，自以为讨人欢喜，像孩子一样顽皮，像轻佻的女人一样傻里傻气，有时像仆人一样粗暴无礼！呸，滚开吧，尤其是那些像四脚蛇的狗，颤巍巍，懒洋洋，人们称之为猎兔狗，它们的尖鼻子甚至没有足够的嗅觉去跟踪一个朋友，它们的扁平的头也没有足够的智力去玩多米诺骨牌！

滚到狗窝里去吧，这一切讨厌的寄生虫！

让它们回到铺着垫料的柔软的狗窝里去吧！我要歌唱沾上泥巴的狗，可怜的狗，无家可归的狗，流浪的狗，街头卖艺的狗，那种跟穷汉、流浪者、走江湖者同样，它的本能被贫困，也就是作为智慧的良母、智慧的真正的保护主的贫困极度磨练过的狗！

我要歌唱那些命途多舛的狗，不管是在大城市的弯弯曲曲的沟壑之中独自漂泊的狗，或是眨着聪明的眼睛、向浪子说"带我一起走吧，把我们俩的不幸加在一起，也许会使我们建立一种幸福！"的狗。

"这些狗到哪里去了？"从前内斯托·罗克普朗[①]曾在不朽的副刊里说过这话，他大概已经忘了。这句话，只有我，也许还有圣勃夫，直到今天还记得。[②]

这些狗到哪里去了，你们这些漫不经心的人要问？它们干它们的事情去了。

[①] 内斯托·罗克普朗（Louis Victor Nestor Roqueplan, 1804—1870），一位当时颇受欢迎的文艺批评家，《费加罗报》的主编。
[②] 圣勃夫曾说过"罗克普朗乘坐载有金粉的轻舟出发"这句话。

有事务性的接洽,有幽会。穿过迷雾,穿过大雪,穿过泥泞,在炎热的酷暑之下,在倾盆的大雨之中,它们走去,它们走来,它们奔跑,它们冲过马车下面,受到跳蚤、苦难、匮乏、本分的激励。就像我们一样,它们黎明即起,它们寻找生路或者追求快乐。

其中有些在郊区的瓦砾堆里过夜,每天都在固定的时间来到王宫饭店的厨房门口乞求施舍;也有的不惮五里之遥,成群地赶来分享某些六十来岁的老处女们大发慈悲地给它们准备好的食物,这些老处女无所用心,就把心思放在动物身上,因为连愚蠢的男人也不再需要她们;还有一些,像逃亡的黑人,被爱情弄得神魂颠倒,在一些日子里,离开它们的外省,来到城市里,在一头不大注意打扮、却也有些傲气而且颇知感激的、漂亮的母狗周围跳跳蹦蹦地待上一个小时。

它们没有记事本,没有小簿子,没有文件夹,可全都来得非常准时。

你们可知道懒洋洋的比利时狗,你们可曾像我一样,赞叹过那些健壮的狗,它们被套在肉贩子、卖牛奶的女人或是面包师傅的送货车上,发出洋洋得意的吠声,显示出它们由于能跟马竞争而感到高傲的喜悦?[1]

可是这里,还有属于更开化的阶段的两只狗!请允许我把您带到一个本人不在家的街头卖艺人的屋里。一张漆过的木床,没有床帏,拖着地的被子布满臭虫的脏斑。两张柳条椅,一只铁炉子,一把或两把破旧的乐器。哦!多寒酸的家具!可是,请看这两头聪明的角色,穿着破旧而又豪华的衣

---

[1] 波德莱尔在未定稿《可怜的比利时》中有如下的记述:"狗。比利时的黑人。……叫它们干活,可真热心!我曾看到一个结实的胖子躺在车子上,叫狗拉车上坡而驶去。这令人想到在男人不干活的野蛮国中的野蛮人的专制情况。"

恶之花 巴黎的忧郁 | 439

服,戴着像吟游诗人或者像军人的帽子,它们像巫师一样小心翼翼地照看着放在通红的火炉上煨着的叫不出名字的菜肴,菜肴中央插着一把长长的汤匙,就像宣告造船已经竣工而竖起在空中的一根桅杆。①

这两头热心的演员,要叫它们出发,首先要用提劲的厚实的浓汤给它们填饱肚子,这不是很合理的吗?这两头可怜虫,整天忍受着观众的漠不关心和驯狗主人的不公平,那位主人把大部分所得占为己有,而且他一个人要吃多于演员四份的浓汤,现在,让这两只狗满足一点食欲,您难道不能原谅吗?

我不知有多少次带着微笑和感动之情看着这两位四条腿的哲学家,这两个随和、驯服、忠诚不二的奴隶,如果对人民的幸福过于热心的共和国有时间尊重犬类的荣誉,那么,在共和国词典里也会授予犬类以勤务员的称号。②

我又不知有多少次想过,也许在某处(到底有谁知道?)有一座专供善良的狗、可怜的狗、沾着泥巴的愁苦的狗居住的特别天堂,报答它们如此的勇气、如此的耐心和辛劳。斯威登堡曾经明确地断言有一座专供土耳其人,还有一座专供荷兰人居住的天堂。③

维吉尔④和忒奥克里托斯⑤诗中的牧人盼望得到一块美味

---

① 波德莱尔在一八六四年左右写的一篇短文中曾记述:"约瑟夫·斯蒂文斯——街头卖艺人的凄惨的住居。暗示的画面。穿着衣裳的狗。卖艺人正要外出,给一只狗披着像轻骑兵戴的头巾,叫它对放在火炉上煨着的菜肴好好地守望。"
② 法国大革命后的共和政府,给仆人换上新的称呼"勤务员",以示平等,不把他们当下人看待。
③ 一八六七年发表的本诗作"一座专供中国人,还有一座专供土耳其人居住的天堂"。
④ 古罗马诗人维吉尔曾写过十章牧歌,基本上仿效忒奥克里托斯的牧歌形式。
⑤ 忒奥克里托斯(Theocritos,约前310—约前250),古希腊诗人,留下三十首田园诗,描写牧人的生活。

的干酪、能工巧匠制造的一支笛子，或是一只乳房鼓鼓的母山羊，作为他们互相对唱的奖品。歌唱可怜的犬类的诗人却接受一件背心作为酬赏，①这件漂亮的背心，颜色很富丽，却有点褪色，令人想到秋天的太阳、半老徐娘的姿色和圣马丁节的小阳春天气。②

凡是到过维拉·埃尔莫沙街的小酒馆的人，谁也忘不了画家是怎样急躁地脱下自己的背心送给诗人，这位画家是那样清楚地理解：歌唱可怜的狗是高尚而正直的。

同样的情况也有过，从前黄金时代的一位豪爽的意大利暴君，为了换取一首宝贵的十四行诗或是一首珍奇的讽刺诗，曾赏赐给非凡的阿雷蒂诺③一柄镶嵌宝石的短剑或是一件宫廷外衣。

而每当诗人穿上画家所赠的背心时，他总不禁想起那些善良的狗、像哲学家的狗、圣马丁节的小阳春天气和半老徐娘的姿色。

---

① 本诗最初发表在《比利时独立》上时，有如下的介绍词："我们把夏尔·波德莱尔所作的珍奇的未发表作品呈献给读者。这是在约瑟夫·斯蒂文斯先生赠以背心，嘱他写些关于穷人的狗的事情的条件之下写成的。"
② 圣马丁节，即在十一月十一日。此节前后出现和暖的天气，称为"圣马丁节的小阳春天气"。
③ 阿雷蒂诺（Pietro Aretino，1492—1556），意大利诗人，善写讽刺作品。当时欧洲最强大的君主都用重金厚礼拉拢他，力图借他的笔打击敌手。

跋诗[*]

心里满怀喜悦,我攀登到山上,
从这里可以览眺都市的宏伟,
医院、妓院、炼狱、地狱和劳改场,

一切极恶全像花儿一样盛开。
你知道,撒旦,我的痛苦的主保,
我来并非为了流无益的眼泪,

而是像老色鬼,恋恋不忘旧交,
我要陶醉于这个巨大的娼妓,
她的地狱魔力使我永不衰老。

不管你还躺在早晨的衾被里,
昏昏、沉沉、伤风,或者昂首阔步
在用纯金镶边的黄昏帷幕里,

我喜爱你,哦,污浊的都市!娼妇,
强盗,你们是那样经常地提供
世俗的庸人们所不知的欢愉。

---

[*] 波德莱尔在写给普莱·玛拉西斯的书信(1860年5月)中有如下的一段:"我在搞《恶之花》。不久就把原稿送上。最后的一篇,或者说是跋,歌唱巴黎这个都市,一定会使你吃惊。如果能好好完成(由悦耳的三行诗组成)……"由此观之,这首跋诗的草稿是作为《巴黎的忧郁》还是作为《恶之花》再版或三版而作的收场诗,还未能判明。本诗使用跟但丁《神曲》相同的三联韵体诗写成,但缺少最后一行。又,本诗在诗人生前未发表,最初刊于米歇尔·莱维版全集(1869)。

波德莱尔年谱

1821 年（我国清宣宗道光元年）

四月九日，夏尔-皮埃尔·波德莱尔（Charles-Pierre Baudelaire）生于巴黎奥特弗耶街。

父亲弗朗索瓦-约瑟夫·波德莱尔，时年六十二岁。农家出身，家有余资，受过良好教育，当过圣巴尔伯中学教师和舒瓦瑟尔·普拉兰公爵家的家庭教师。执政府时期（1799—1804）和帝国时期（1804—1815）任参议院行政职务，爱好文艺和美术，自己也爱好作画。

母亲卡罗莉娜·阿尔香波-迪费，时年二十八岁。其父是拥护波旁王朝的官员，恐怖时期逃亡英国。她出生于伦敦，二十一岁时回巴黎寄养于皮埃尔·佩里尼翁（Pierre Parignon）家。这个没有陪嫁的姑娘，一八一九年嫁给年老的弗朗索瓦-约瑟夫·波德莱尔做续弦。老波德莱尔的前妻罗萨莉·雅南（Rosalie Janin）于一八一四年去世，留有一子名克洛德-阿尔丰斯·波德莱尔（Claude-Alphonse Baudelaire）。

1827 年　六岁

二月十日，父弗朗索瓦逝世。他生前亲自给夏尔教读，把他收藏的蚀刻画给儿子看，常带儿子到卢森堡公园讲解雕像之美，对儿子影响较深。次年，为节省开支，夏尔随母迁居郊区讷伊。后迁居巴克街。

1828 年　七岁

十一月八日,母亲改嫁奥皮克(Jacques Aupick)上校。奥皮克当时担任营长职务。

1830 年　九岁

法国国王路易-菲力浦于是年七月革命后即位,这一时期,史称七月王朝。

1832 年　十一岁

奥皮克上校奉调至里昂驻防,一家随去。进私立德洛尔姆寄宿学校。

1833 年　十二岁

进里昂皇家中学寄宿。

1836 年　十五岁

继父奥皮克被调回巴黎要塞区参谋部工作。三月一日,夏尔转至巴黎的路易大王中学。爱读雨果、戈蒂耶、舍尼埃、圣勃夫诸人著作,学习写诗。

1837 年　十六岁

在中学优等生会考中获拉丁文诗作二等奖。

1838 年　十七岁

夏,一家去比利牛斯山旅行,写诗《乖离》。

1839 年　十八岁

四月,因不愿揭发同学被路易大王中学开除。

八月,继父被任命为旅长。

八月十一日,中学毕业会考及格,得业士学位。

1840 年　十九岁

入勒韦克-巴伊寄宿学校,结识诗人普拉隆(Ernest

Prarond）和勒·瓦瓦瑟尔（Gustave le Vavasseur），给文艺报《海盗·恶魔》写稿。

结识犹太妓女萨拉（Sarah），诨名"斜眼"。

1841年 二十岁

由于诗人生活放荡，继父决定托船长索尔（Saur）带他去印度旅行。六月九日（或十日）乘"南海号"由波尔多出发，前往加尔各答。九月，船停泊在毛里求斯岛路易港整修，三星期后，驶往波旁岛（即留尼汪岛）的圣但尼，在该处还需停留二十六天，波德莱尔遂改乘其他船只回国。

1842年 二十一岁

二月十五日，抵波尔多，回巴黎。

四月九日起，成年，继承先父遗产七万五千法郎，生活奢侈。跟纳达尔（Nadar）同游，爱上先贤祠剧场的女演员让娜·迪瓦尔（Jeanne Duval），她是黑白混血种，有"黑维纳斯"之称。

六月，迁居巴黎圣路易岛贝图纳沿河马路十号。

1843年 二十二岁

五月，迁居昂儒沿河马路十七号皮莫当大楼，在那儿结识戈蒂耶、萨巴蒂埃夫人，也可能在此时认识巴尔扎克，此外还认识了雨果和圣勃夫。

《恶之花》集中有好多诗篇写成于此时。

1844年 二十三岁

九月，由于诗人挥霍无度，继父请公证人安塞尔（Ancelle）做诗人的指定监护人，管理其财产，每月允支两百法郎。

1845年　二十四岁

四月,《一八四五年的沙龙》出版。

六月三十日,写信给安塞尔说想自杀,嘱将遗产传给让娜·迪瓦尔。

1846年　二十五岁

二月,在《民众思想》上发表翻译小说《年轻的魔术师》。

四月十五日,发表《敬告年轻的文人》。

五月二十三日,出版《一八四六年的沙龙》。

1847年　二十六岁

一月,在《文艺家协会通报》上发表小说《拉·芳法罗》。

八月,可能在此时结识玛丽·迪布朗(Marie Daubrun),她是一个漂亮的女演员,一位碧眼女郎。

1848年　二十七岁

二月二十二日,巴黎工人、学生、市民发动革命,推翻七月王朝,法王路易-菲力浦逃往英国。波德莱尔很激动,在街垒旁拿着枪说"要去打死奥皮克将军"。

二月二十七日,跟尚弗勒里(Champfleury)和图班(Toubin)创办革命刊物《公益》,发行了第一号,次日发行第二号,随即停刊。

六月二十二日,六月起义。二十三日,巷战。诗人参加革命群众行列。二十六日,起义失败。

七月,第一次翻译爱伦·坡的作品《磁气启示》,发表在《思想自由》上。以后继续从事坡的翻译达十七年之久。

十二月,继父奥皮克被任命为驻君士坦丁堡大使。

1849年　二十八岁

十月七日，爱伦·坡逝世。

1850年　二十九岁

避债暂居第戎市。事迹多不明。

1851年　三十岁

暂住沙托鲁，为地方报纸主持笔政，不久即辞去。

三月七日至十一日，在《议会通讯》上发表《酒与印度大麻的比较》(《人工乐园》第一部)。

六月，继父奥皮克任驻马德里大使（至一八五三年）。

十二月，路易·波拿巴发动政变，诗人激烈反对。

1852年　三十一岁

三月至四月，在《巴黎评论》上发表《爱伦·坡的生涯与作品》。

十二月九日，给萨巴蒂埃夫人第一次写不具名的信，并赠诗《给一位太快活的女郎》。夫人原名阿格拉伊·萨瓦蒂埃（Aglaë Savatier），自称萨巴蒂埃夫人（Madame Sabatier）。她是个有定评的美人，与黑维纳斯让娜·迪瓦尔相对，被称为"白维纳斯"，在她的沙龙里颇多知名的文人和艺术家，都称她为"女议长"。画家梅索尼埃（Meissonier）和虽卡尔（Ricard）为她画过肖像画，雕刻家克莱森热（Clésinger）让她担任作品《被蛇咬过的女人》的模特儿，戈蒂耶的《珐琅和雕玉》中有咏她的诗，此外，在她沙龙里出入的还有雨果、缪塞、圣勃夫、福楼拜、大仲马等人。她是银行家莫塞尔曼（Mosselmann）的外室，是个高等的交际花，美貌而心地善良，波德莱尔常给她写匿名情书并赠诗，后来得到夫人的垂青，白美人本可取黑美人而代之，但诗人却没有弃旧,避开了,对她仅是一种精神之爱。

1853年 三十二岁

三月,翻译爱伦·坡的《乌鸦》,发表于《艺术家》。

同月,继父奥皮克任议员之职。

1854年 三十三岁

继续给萨巴蒂埃夫人写不具名书信,并赠诗。

1855年 三十四岁

六月一日,在《两世界评论》上发表十八首诗,以《恶之花》为总题,并注明此题为伊波利特·巴布(Hippolyte Babou)所建议。

1856年 三十五岁

三月,出版所译之爱伦·坡的短篇集《奇妙的故事》。

十月,玛丽·迪布朗与诗人邦维尔同居,诗人的单相思结束。

十二月三十日,跟普莱·玛拉西斯签订出版合同,准备出版《恶之花》。

1857年 三十六岁

四月十八日,继父奥皮克将军逝世。

六月二十五日,《恶之花》初版出版。

八月二十日,《恶之花》被告发,由轻罪法庭审判。以妨害公共道德及风化罪判诗人罚款三百法郎,出版人玛拉西斯和布罗瓦斯各罚款一百法郎,并勒令从诗集中删去六首诗,即《累斯博斯》《被诅咒的女人》《首饰》《忘川》《给一位太快活的女郎》和《吸血鬼的化身》。

八月三十日,雨果从根西岛写信给诗人:"你的《恶之花》光辉耀目，仿佛星辰……"

1859 年　三十八岁

四月五日，让娜·迪瓦尔中风，入杜布瓦医院。

五月十九日，让娜·迪瓦尔出院。

1860 年　三十九岁

六月二日，《人工乐园》出版。

十二月，跟半身不遂的让娜·迪瓦尔住在讷伊。

1861 年　四十岁

一月，跟让娜·迪瓦尔分居，跟母亲和好。

二月九日，《恶之花》再版问世，删去六首禁诗，加进新诗三十五首，增辟《巴黎风光》之部。

发表《理查·瓦格纳和〈汤豪塞〉在巴黎》。

十一月一日，于《幻想派评论》上发表散文诗九篇。

十二月，被提名为法兰西学院院士候选人。

1862 年　四十一岁

二月，放弃，不当院士候选人。

出现健康恶化的征兆。

四月十四日，异母兄克洛德-阿尔丰斯逝世。

1863 年　四十二岁

五月，英国诗人史温朋在《旁观者》上撰文颂扬《恶之花》。

十一月二十六日至十二月三日，在《费加罗报》上发表《现代生活的画家》。

1864 年　四十三岁

二月，以《巴黎的忧郁》为总题开始发表六篇散文诗。

四月二十四日，至布鲁塞尔计划出版全集。

五月至六月，作演说旅行，收入不理想。

1865 年　四十四岁

二月，《赤裸的心》稿急速进展。病情日趋恶化。

六月，住巴黎及翁弗勒尔。

诗人及其友为全集出版奔走无效。

七月七日至十六日，暂回巴黎。

1866 年　四十五岁

二月，包括禁诗六首的佚诗集《漂流诗》出版于阿姆斯特丹（实际出版于布鲁塞尔）。

三月十五日左右，随费利西安·罗普斯（Félicien Rops）参观比利时那慕尔市圣路教堂时突然跌倒，出现失语症及右侧半身不遂的症状。

四月三日，住圣若望及圣伊丽莎白医院。

七月二日，由母亲护送回巴黎，失语症未恢复，但神志清楚。

七月四日，住进多姆街追瓦尔博士的疗养院。圣勃夫、马克西姆·迪康、邦维尔、勒孔特·德·李勒、萨巴蒂埃夫人均去探望。

1867 年　四十六岁

八月三十一日上午十一时，在母亲的怀中逝世。

九月二日，在圣奥诺雷教堂举行告别式，葬于蒙帕尔纳斯的奥皮克家墓地。

Charles Pierre Baudelaire
Les Fleurs du Mal
Le Spleen de Paris

图书在版编目（CIP）数据

恶之花；巴黎的忧郁／（法）夏尔·皮埃尔·波德莱尔著；钱春绮译. -- 上海：上海译文出版社，2025.
1. --（译文经典）. -- ISBN 978-7-5327-9761-5

Ⅰ．I565.24

中国国家版本馆CIP数据核字第202414BK42号

恶之花　巴黎的忧郁
[法]夏尔·皮埃尔·波德莱尔　著　钱春绮　译
责任编辑／杨懿晶　　装帧设计／张志全工作室

上海译文出版社有限公司出版、发行
网址：www.yiwen.com.cn
201101　上海市闵行区号景路159弄B座
山东韵杰文化科技有限公司印刷

开本 787×1092　1/32　印张 14.75　插页 5　字数 168,000
2025年1月第1版　2025年1月第1次印刷
印数：0,001—5,000册

ISBN 978-7-5327-9761-5
定价：78.00元

本书版权为本社独家所有，非经本社同意不得转载、摘编或复制
如有质量问题，请与承印厂质量科联系，T：0533-8510898